신분 상승 가속자

신분상승 가속자 2

초판 1쇄 인쇄일 2016년 6월 22일 | **초판 1쇄 발행일** 2016년 6월 27일

지은이 철갑자라 | **펴낸이** 곽중열 | **담당편집 팀장** 이범수
편집부 신연제 이윤아 홍현주 김유진

펴낸곳 (주)조은세상 | **출판등록** 제 2002-23호
주소 경기도 연천군 미산면 청정로 1355
TEL 편집부 02)587-2966 | **FAX** 02)587-2922
e-mail bukdu@comics21c.co.kr

ⓒ철갑자라 2016
ISBN 979-11-5832-591-6 | ISBN 979-11-5832-589-3(set) | 값 8,000원

철갑자라 현대판타지 장편소설

NEO MODERN FANTASY STORY

신분 상승 가속자

북두
(주)좋은세상

CONTENTS

NEO MODERN FANTASY STORY

1 장 - 가디언즈

신분상승 가속자

1 장 ~ 가디언즈

구마준을 따라 연구실의 깊숙한 곳으로 이동했다.

척 봐도 보안이 삼엄한 지대였다.

온갖 첨단 기술과 기현상이 복합돼 있었다.

파지지직.

마지막으론 반투명하던 전자기장 장막이 열렸다.

"후."

그래. 갑질만으로 인공 각성을 빼내는 건 애초에 불가능
했겠다.

구마준은 긴장하지 말라며 내 등을 두드려주었다.

"자, 수술 전에 자네를 최상의 컨디션으로 만들어둘 것이
네. 그리고 몇 가지 검사를 좀 체계적으로 할 거야. 확률을
거의 100%에 가깝게 높여야 하니까. 인공 각성 특성 상 임상

실험을 못해본 점은 이해해주게. 보통 사람에게도, 세뇌 능력자에게도 쓸모가 없으니."

"헌터들도 이미 각성을 한 상태니 의미가 없겠고요."

"그래. 자네 같은 유전자 패턴을 기대하며 연구한 것이네. 덕분에 미국 본사에서 연구원들이 파견되기까지 했어. 사실 미국에도 자네 같은 케이스가 하나 있거든. 그 때는 반(半)자연 각성이었는데, 똑같은 원리를 추출해서 만든 게 인공 각성이야."

"확률이 높다니 다행입니다. 이미 성공한 사례도 있고요."

"전혀 걱정할 거 없어."

나는 구마준이 안내해준 곳에서 샤워를 하고 수술복으로 갈아입었다.

수술실에 들어가니 매우 거대한 캡슐이 자리를 잡고 있었다.

그 안에 들어가 눕자 첨단 장비들이 바쁘게 나를 훑었다.

위이이잉.

온갖 센서들이 철저히 나를 검사했다.

곧 간호사 복장을 한 여성이 수술실로 들어왔다.

"잠시 컨디셔닝 버프 좀 뿌리고 갈게요."

사아아아.

여성은 하늘빛 기운을 내게 뿜더니 시크하게 수술방을 걸어 나갔다.

몸이 한결 편해진 기분이다. 긴장이 가라앉으며 근육이 이완됐다.

잠시 후 캡슐로 구마준의 음성이 전해졌다.

-모든 게 양호한 상태네. 적합도가 딱 들어맞아. 자네를 위한 연구 성과라 해도 과언이 아니야.

마이크가 있는 거 같아 거기다 대고 대답했다.

"다행이네요."

-이제 마취를 하겠네. 거기 동그란 부분에 손목을 맞춰 넣으면 될 거야. 눈 뜨면 각성이 끝나 있을 걸세. 가디언즈에 합류한 걸 환영하네.

"감사합니다. 잘 부탁드려요."

죽을까봐 걱정이 되진 않았다.

던전에서 담력을 키운 건 물론, 가디언즈의 시설을 보고 신뢰도가 올라갔다.

무엇보다도 위험을 무릅쓸 정도로 내겐 힘이 필요했다.

아무리 수능을 잘 본다 한들 얼마나 사회 서열을 올릴 수 있을까.

틈새 레이드를 돌면 얘기가 달라진다.

가족들도 몇 주 내로 이사시킬 수 있을 것이다.

위이잉, 철컥.

구마준 말대로 캡슐 한편에서 동그란 부분이 튀어나왔다.

칙.

"윽."

손목을 대자 살짝 따끔하더니 급격히 온 몸이 피곤해지기 시작했다.

나는 스르르 눈을 감았다.

던전에서 눈을 뜰까 아니면 몇 주 만에 진짜 잠다운 잠을 잘까.

문득 궁금해졌다.

전에 낮잠을 자려고 시도해봤지만 도저히 잠들 수 없었다.

-같은 각성자로서 만나자고. 푹 자게.

시원하고 이질적인 기체가 온 몸을 덮는 거 같았다.

그걸 마지막으로 인지하고 나는 의식을 잃었다.

의식을 되찾자마자 보이는 것은 하얀색 천장이었다.

결코 3층 던전의 모습은 아니었다.

"후으."

놀랍구나.

강제로 약에 취해 자면 낮 시간엔 던전에서 눈을 뜨지 않는다.

분명 절대적인 시간 값과도 상관이 있는 거구나.

살아 있는 걸 보니 인공 각성 수술은 성공적이었나 보다.

구마준이 해준 설명에 의하면, 주요 작업은 단순히 특수 물질을 심장과 뇌에 주사하는 것이었다.

캡슐 같은 첨단 기기가 필요한 이유는 주입 후 과정을 제어하고 통제해야 해서 그렇다고 한다.

"으음."

상체를 일으켜 몸을 움직여보았다.

살짝 머리가 아프고 삐-소리가 들리는 것 외에는 별다른 변화가 없었다.

목숨이 붙어있는 채로 실패할 수도 있는 건가.

일단은 눈이 떠진 것에 감사했다.

"아, 일어났나. 준후 군."

구마준이 위생복장을 한 채로 걸어 들어왔다.

그리곤 태블릿을 두드리며 나를 미묘한 표정으로 내려다봤다.

"각성은 성공한 겁니까."

짧은 순간 온 몸에 피가 말라붙는 기분이었다.

설마 실패했을까.

그렇다면 기억을 지워 달라고 하고 가디언즈와 연을 끊을 것이다.

"성공했네."

"오."

"하지만."

아쉽게도 하지만이란 말이 붙었다. 나는 차분히 구마준의 입이 움직이길 기다렸다.

성공한 거면 한 거지 웬 사족이 붙는단 말인가.

"각성 정도가 매우 극미하네. 뇌의 세뇌 능력 감각이 각성 분자가 성장하는 걸 극도로 억제했어. 분명 자네는 각성자이네. 이 손목시계를 차보면 알 거야."

구마준이 스마트와치를 건넸다.

그걸 차자 잠시 스마트와치의 화면이 잡음을 보이더니 이내 정리된 스탯 창을 띄웠다.

STAT.[Lv.1 / 힘: 1 / 민첩성: 1 / 지구력: 1 / 지능: 1 / 마력: 0 / 내성: 0]

누가 봐도 초라한 능력치였다.

"스마트와치가 아주 극소한 양의 피를 채취해서 실시간으로 검사해주는 방식이네. 스마트와치 밑 부분에 미세 바늘이 내장돼 있거든. 그렇게 반응하는 것만 봐도 자네는 각성자가 맞아. 단지 각 능력치 당 1은 일반인 수준을 뜻하거든……."

구마준은 매우 난해한 기색을 띄었다.

나를 각성시키는 데는 성공했지만, 내가 일반인보다 나은 점이 없다는 것이었다.

그냥 각성만 한 일반인에 가까웠다.

하지만 난 절망하지 않았다.

"그렇군요."

"너무 실망하지 말게. 우리 훈련 프로그램을 따르면 금세 성장할 수 있을 거야. 어쨌든 수술 결과는 성공적이야."

"분명 그럴 겁니다. 제가 시스템 능력자라는 걸 알고 계시죠?"

"그래. 검사해보니 각성자가 아닌데도 시스템 능력을 활성화시킨 것이었더군. 매우 신기했네. 출처가 어딘지 끝내 밝혀내지 못했어."

"비록 지금은 제 능력이 초라하지만, 걱정하지 않으셔도 됩니다. 금세 성장할 수 있습니다."

이번엔 오히려 내가 구마준을 위로했다.

내 말을 듣고 구마준은 그제야 표정이 바뀌었다.

다시금 원래의 장군 같은 당찬 표정을 보였다.

"짚이거나 계획하는 점이 있는 건가?"

"지원해주실 수 있죠?"

"물론이네!"

당연히 내가 생각하고 있는 답은 0포인트 상태였다.

단순 갑질은 내가 공동체에서 서열이 낮더라도, 사회 서열만 더 높으면 사용할 수 있었다.

하지만 0포인트 상태는 뫼비우스 초끈만의 특수성이었다.

설사 0포인트 상태가 되더라도 내가 특정 공동체에 속해 있어야했다.

그래야 그 공동체의 평가 기준에 관해 천재가 될 수 있었다.

"음. 일단 제가 가디언즈에 정식으로 소속되어야 합니다. 그리고 저보다 사회 서열이 낮은 사람이 필요해요. 기억을 지우는 것에 동의한…… 저학력 출신 비서면 좋을 거 같아요. 가급적 빚도 있으면 좋고. 당연히 여기 연구실 중엔 없을 거 같군요. 그리고 저를 가디언즈 내 전투 담당 헌터 팀에 소속시켜주세요."

내가 줄줄이 필요한 점들을 읊자 구마준이 혼란스러운 표정을 지었다.

그리고선 한동안 생각하더니 조심스레 되물었다.

"자네가 성장하는데 필요한 조건들인가?"

"네. 엄청 무작위한 조합 같지만, 전부 필요한 사항들입니다."

"그래. 빠르게 준비해주지."

구마준은 한 번 나를 믿어보기로 한 거 같았다.

그것 외에도, 각성시켜놓고 나 몰라라 할 순 없는 법이었다.

내가 유용해지면 가디언즈도 엄청난 잠복 요원을 얻는 것이었다.

말 그대로 하이브리드 초인.

[퀘스트 완료! 인공 각성에 성공하여 알파 권능인 하극상을 터득합니다!]

[현재 뫼비우스 초끈 숙련도 (3층급-F+). 흡수 능력 칸: 1개.]

[F+등급에 따라 하극상 확률은 13%입니다. 카운터 하극상 확률은 7%입니다.]

예상대로 하극상 확률이 그리 높진 않았다.

대신 없는 것보단 치명적으로 유용한 권능이었다.

층이 오를수록 더더욱 확률도 올라가겠지.

"후우."

약 30분 정도를 누워서 기다렸다.

여러모로 맘을 가다듬어야 했기에 오히려 짧게 느껴졌다.

"준후 군. 준비됐네. 가지."

구마준이 돌아와 나를 불렀다.

나는 스윽 일어나 구마준을 따라갔다.

이제 헌터로서 성장할 차례다. 재수생이나 마물이 아니라.

구마준이 나를 이끈 곳은 연구실 내부에 비치된 간이 훈련실이었다.

간이 훈련실이라곤 했지만 웬만한 체육관보다 넓고 최신식이었다.

절대 일반인들이 구할 수 없는 무기들이 곳곳에 비치돼 있었다.

구마준이 내 어깨에 손을 얹으며 몇몇 헌터들에게 말했다.

"자, 앞으로 우리와 일하게 될 잠복 요원이다. 세뇌 능력 자들의 사회에 들어가 활동하게 될 거야."

"정말 세뇌 능력자입니까?"

"동시에 각성자이기도 하고요? 이럴 수가."

헌터들도 반신반의하는 거 같았다.

그들의 상식에서 난 불가능한 존재였다.

그들에게 철저히 세뇌 능력자들은 개별 된 종족 같은 느 낌이었다.

"맞습니다. 각성에 성공했습니다."

내가 스마트와치를 들어 보여주었다.

일부러 오래 보여주진 않았다.

구태여 별 거 아닌 스탯을 자랑할 필욘 없으니까.

"놀랍군. 진짜인가 봐."

"그럼 구대장님이 헛소리를 하겠어?"

"제군들도 얼핏 들었을 것이다. 여기 김준후 군은 인공 각성에 성공해 우릴 돕게 된 인재이다. 그러기 위해선 훈련 과정을 거쳐야 해. 비서가 필요하다고 했지?"

"예."

"자, 김세희 양. 들어오세요."

"네에."

저편에서 앳돼 보이는 여자가 걸어 들어왔다.

단정한 양복을 차려입은 아담한 체구의 여성이었다.

그녀는 연구실 시설에 잔뜩 기가 죽은 듯 했다. 어깨가 움츠러든 것만 봐도 알 수 있었다.

"자네가 원하는 조건을 충족하려고 급히 찾아보았네. 농사 짓는 노부부의 손녀야. 사정이 딱하더군. 성격도 참하고."

구마준의 추진력은 그야말로 무시무시한 수준이었다.

가히 전사답다고 할 수 있었다.

내가 필요하다고 하니 연구실이 숨겨진 지역 외곽에서 순식간에 비서를 구해왔다.

까다롭게도, 나보다 사회 서열이 낮아야했다.

"음. 네, 좋네요."

나는 그녀의 머리 위를 보곤 고개를 끄덕였다.

"빚이 아주 많아. 노부부가 아프시거든. 그걸로 거래를 했네. 자네가 승인하면 빚을 탕감해주기로. 곧바로 적절한 치료도 지원하고."

구마준이 조용히 속삭였다.

돈 좀 쓰는 건 일도 아니라는 뜻이었다.

"원하는 조건이 갖추어진 건가? 자네가 말한 대로 자네를 전투 담당 팀에 집어넣었네. 보안을 위해 자료는 최소화했지만, 수술 데이터와 영입 소식이 본사에까지 건너갔어. 자넨 이제 가디언즈 소속이야."

"음. 잠시만요. 거울 있습니까?"

"자, 받아!"

내 말에 여성 헌터 중 하나가 자신의 손거울을 던졌다.

"갑자기 왜 거울은 찾는데?"

의아해진 헌터들이 웅성거렸다.

구마준은 기다려 보라며 검지를 입에 올렸다. 그러자 웅성거리던 헌터들이 조용해졌다. 본인도 이해가 안 갈 테지만 한 번 지켜보겠다는 것이었다.

[김준후 - 가디언즈 스카우트3팀 소속 - 13위.]

확인 차 구마준에게 물었다.

"혹시 스카우트3팀에 인원이 13명입니까?"

"자네를 포함하면 그렇지."

"됐습니다. 조건이 성사됐습니다."

"신기하군. 거울을 보고 정보를 얻은 건가? 여기 있는 헌터들은 다 합해봐야 5명인데. 나머지는 외근을 나가있는 중이네."

"비슷합니다. 자, 그럼 훈련을 시작하죠."

"바로? 이제 준비가 끝난 거야?"

가디언즈는 내 능력에 관해 자세히 캐묻지 않았다.

그저 검사를 통해 간접적으로만 알아내려고 했다. 나도 순순히 뫼비우스 초끈에 관해 말해줄 의향이 없다.

그냥 우린 서로 필요한 것을 주고받는 관계였다.

"흐음. 어떤 조건이나 패턴인지 추측도 못하겠군."

딱히 달라진 게 없는데 준비가 됐다고 하자, 이번엔 구마준마저 당황했다.

"훈련하다 보면 알겠죠."

"흐음. 알겠네. 수고해주시게. 성과를 지켜보겠네."

구마준이 머리를 긁적이며 자신의 업무를 보러 떠났다.

그러면서 헌터들에게 당부의 말을 남겼다.

"잘 도와주라고. 철없이 세뇌 능력자라고 차별하는 자는 고과점수에 벌점 부과한다. 내 개인적인 실망을 얹어서."

"예! 알겠습니다!"

헌터들은 철저히 군기가 잡혀 있었다.

단순히 길드원이 아닌 특수 정예원이라 그런가 보다.

[누적 갑질 포인트: 3 포인트.]

나는 김세희라는 비서에게 다가갔다.

구마준이 건네고 간 프로필을 보니 나와 동갑이었다.

"반가워요, 세희 씨. 앞으로 잘 부탁해요."

"네. 잘 하는 건 없지만… 시키시는 건 열심히 할게요!"

김세희는 정말 영문도 모르고 취직된 것이었다.

말도 안 될 정도로 큰 보수를 약속 받고.

그에 따라 기억을 지우는 것에도 동의를 했다고 한다.

"일단 저를 위해서 맛있는 식사랑 간식 좀 요리해와 주세요."

[갑질 3포인트 소모.]

"아, 넵!"

김세희는 씩씩하게 말하곤 연구실 내 취식 공간을 향해 걸어갔다.

이번에도 본인이 동의한 사안이라 갑질의 부작용이 크지 않은 거 같았다.

"뭐야. 비서까지 붙여서 하는 일이 겨우 심부름이야?"

"뭐가 뭔지 모르겠다. 대장님이 뭘 보고 뽑은 건지."

"방금, 세뇌 능력을 쓴 거 같았어. 미묘하게 여비서의 움직임이 뻣뻣했어."

"그런가?"

나는 먼저 헌터들에게 다가갔다.

아직도 그들은 내가 하이브리드 초인이라는 것에 어색한 듯 했다.

본인들도 초인이면서, 나를 이종족 보듯이 대했다.

"반갑습니다, 김준후입니다. 앞으로 잘 부탁드립니다!"

헌터들에게 다가가자 그들 특유의 향취가 느껴졌다.

각성자는 각성자를 알아본다는 게 이런 뜻인가.

동시에 온 몸에 힘이 넘쳐흐르기 시작했다.

0포인트 효과가 시작된 것이다.

헌터로 구성된 전투 팀.

그 공동체의 평가 기준은 당연히 전투력 및 강인함이었다.

"그래. 대장님이 말씀하신 게 있으니까, 일단 성심성의껏 가르쳐주마. 기본 체력부터 볼 것이다."

"흐읍!"

숨을 쭉 들이켰다. 그러자 몸이 재구성 돼 듯 온 몸에 선명한 감각이 뻗쳤다.

"흐흐!"

나도 모르게 웃음이 나왔다.

이게 초인이 된 기분이구나.

바위라도 깨부술 수 있을 거 같았다.

아직이긴 했지만.

"자, 내가 보여주는 코스를 그대로 반복한다."

몸이 날렵한 조교 헌터가 훈련장의 시설을 몸소 사용하며 시범을 보였다.

체조 선수 같은 움직임으로 여러 장애물을 넘고, 벽에 박힌 암벽 등반물을 순식간에 올랐다.

그리곤 라펠을 하듯이 줄을 타고 벽을 금세 내려왔다.

"어때. 가능하겠나?"

눈으로 모든 장면을 선명히 외워두었다.

물론 조교가 보인 무시무시한 속도는 따라잡지 못할 것이다.

사람이라기 보단 맹수의 속도에 가까웠다.

하지만 몸이 기억한다면 느리게나마 흉내는 낼 것이다.

"해보겠습니다!"

"좋은 자세야. 해 봐."

"후우우."

나는 심호흡을 한 다음 몸을 앞으로 던졌다.

조교가 한 그대로 모든 장애물을 통과하고 암벽 등반을 시작했다.

전혀 숨이 차오르지 않았다.

게다가 원하는 곳에 정확히 손과 발이 뻗어졌다.

모든 움직임이 내가 생각한 그대로였다. 오히려 더 부드럽게 보정되는 느낌이었다.

본능적으로.

삑!

암벽 등반 천장을 누르고 멀찍이서 관찰한 대로 줄을 타고 내려왔다.

사용법을 교육받지도 않았는데 한번 본 것만으로도 바로 터득했다.

"오."

조교가 흥미롭다는 듯 고개를 끄덕였다.

"혹시 각성하기 전에 운동선수 출신이었나?"

"아닙니다. 그냥 재수생이었습니다."

"그리고 방금 각성한 거고?"

"네."

내 대답에 조교가 신비로우면서도 가학적인 웃음을 지었다.

"오랜만에 제대로 된 훈련 세션을 진행해보겠군! 능력은 일반인에 가까운데, 감각이 아주 맘에 들어."

다른 헌터들도 미묘하게 눈빛을 빛냈다.

훈련 세션은 5시간동안 계속됐다.

나는 지치지도 않고 조교들이 가르쳐주는 모든 걸 따라했다.

나 스스로도 놀랄 만큼 똑같이.

김세희가 중간중간 심부름을 해줘서 항상 0포인트 상태를 유지할 수 있었다.

그녀는 노부부를 모시던 손녀답게 제법 솜씨가 대단했다. 우리 어머니 것보단 못했지만 제법 구수하고 진솔된 맛이 요리에서 느껴졌다.

아직도 적응 중이라 어깨가 움츠러져 있는 모습이었다.

이상하게 눈이 간단 말이지.

"허!"

내가 정확히 화살을 과녁에 명중시키자 궁술 조교가 감탄을 터뜨렸다.

거리가 꽤 있는 상황이었다.

그럼에도 정확히 과녁의 정중앙을 맞췄다.

물론, 이번이 내 첫 시도였다.

"진짜 쌩 감각으로 맞췄네, 너."

"네? 원래는 다른 방법으로 맞추나요."

"음. 그러니까 우리 헌터들은 각성한 능력으로 정확히 조준을 하는 방식이거든. 근데 네가 방금 명중시킨 경우는 올림픽 양궁 선수의 느낌이었어. 진짜 궁술에 필요한 감각만 사용한 느낌이랄까."

"정말 신기하군. 특기가 동작 흡수인가?"

"동작 흡수요?"

"그래. 헌터 중에는 그리 희귀한 능력이 아니긴 해. 본 그대로를 바로 몸으로 따라할 수 있는 초능이지."

"그래도 너는 방금 각성했는데. 원래 훈련 받은 사람처럼 움직이다니!"

처음엔 경계하던 헌터들도 이젠 내게 적극적으로 관심을 보였다.

일반인 치곤 잘한다는 게 아니라, 방금 각성한 헌터치고 너무 잘한다는 것이었다.

나도 그에 따라 기분이 좋아졌다.

평생 약골로 살아와서 그런지 솔직히 나도 지난 5시간이 낯설었다.

모든 게 물 흐르듯 자연스러웠다.

1번 만에 모든 게 끝났다. 집중하여 일을 벌리고 나면 조교들이 웃고 있었다.

"후우. 이거 어쩌지?"

조교가 곤란하다는 듯 이마를 짚었다.

뭔가 잘못한 건가.

"네?"

"기본 훈련이 끝났어. 원래 3일에서 일주일 정도 스케줄을 잡았는데."

"제법이네, 신입이. 하긴. 잠복 요원이 어리바리해선 안
되지."

본래 교육과 훈련에는 시간이 따르기 마련이다.

하지만 보자마자 완벽히 학습한다면 얘기가 달랐다.

월반 시험을 20분 만에 끝냈던 게 생각났다.

0포인트 상태는 잔잔하지만 매우 강력한 능력이었다.

"아, 어쩐다. 이런 경우는 생각 못했는데."

"역시 대장님이 생각이 있어서 데려온 거였군. 대우가
다르다 하더니."

단순히 조금 더 나아지거나 우수해지는 게 아니라, 정말
천재가 되는 것이었다.

특정 능력이 10배가 되면, 실제 성과는 그보다 훨씬 곱절
이 된다.

단순히 10인분을 하는 게 10배 능력자라는 게 아니었다.

좋은 예로, 덩치가 10배가 된다고 들 수 있는 무게가 고스
란히 10배가 되는 게 아니었다. 그보다 훨씬 늘어날 테였다.

몸으로 겪어보니 알겠다.

"후우. 일단 근력이나 다른 기본 체력은 다 일반인 수준
이야. 근데 가르쳐야 하는 감각은 전부 학습했어. 기본적인
부분은 말이지."

아쉽게도 0포인트 상태라 하더라도 근력이 늘거나 없던
이능이 생기진 않았다.

고정된 능력들은 스마트와치가 가리키는 그대로 한정됐다.

대신 배울 수 있는 감각들은 1번만에 완전 습득한 것이었다.

"김준후라고 했나? 능력만 더 키우면 제법 쓸 만하겠어. 지금 이 정도면 헌터는 아니어도 웬만한 정부요원 정도는 될 거야."

"격투, 검술, 궁술, 무술, 그 외 13가지 과목을 한 번에 터득했어."

"물론 기본기지. 근데 그게 절대 쉬운 게 아니거든."

헌터들은 잔뜩 흥분한 상태였다.

나는 실감이 나지 않아 가만히 서 있었다.

어쨌든 잘했다는 거겠지!

보다 못한 조교가 구마준을 불러왔다.

"그래. 아주 성과가 좋다고? 한 번 봐도 되겠나."

"준후야. 보여드려."

조교들이 차례대로 가르친 걸 반복하게 시켰다.

나는 칼을 쥐고 조교와 검술 대련을 펼쳤다.

캉! 캉!

정확히 검의 경로를 파악해 조교의 검을 빗겨 치고 반격을 가했다.

그런 식으로 배운 동작을 모두 선보였다.

"허. 방금 배운 거라고?"

"네."

"정말 기본적인 수준은 완전히 파악했구먼. 다음 걸 보여주게."

그 다음에도 격투, 무술, 궁술 등을 딱 배운 만큼 선보였다.

물론 대련의 경우 적절히 조교들이 봐준 것이었다.

점점 구마준의 얼굴이 반가운 기색으로 물들었다.

내 뒷조사를 철저히 한 사람이라, 지금의 성과가 절대 평범치 않다는 걸 제일 잘 알 테였다.

"과연 뭔가가 있구먼. 조건을 갖춰달라고 한 이유가 있었어. 보통은 능력이 앞서고 이런 훈련 감각이 몇 주에서 몇 달씩 걸리는데! 하루 만에 끝내다니. 기본이라고 하지만 놀랄 정도로 빠르군."

놀랄 정도라는 말이 초인의 입에서 나왔다.

"능력을 올려주면 되겠죠? 쉽진 않겠네."

"어떤가, 준후 군. 아직 체력이 남았나?"

"물론입니다!"

아직도 힘이 넘쳐흘렀다.

되레 아까배운 동작들이 생각 나 몸이 근질근질했다.

맘 같아선 실제 괴수라도 베어보고 싶었다.

"그럼 F급 틈새로 데려가게."

"예?"

"오늘 각성한 신입을요?"

"경험만 한 학습이 없지! 이 정도라면 보내도 될 거야."

구마준의 말에 모두가 놀랐다.

제일 놀란 건 나였다.

오늘 각성했는데 틈새에 들어간다니! 실제 괴수들을 볼 생각에 가슴이 뛰었다.

신기하게도, 두려움이 아니라 설렘이었다.

그러면서 어금니에 찔끔찔끔 감각이 올라왔다.

전투 의지가 끓는 것이었다.

"가겠습니다."

내 말에 구마준이 그 진한 눈으로 날 꿰뚫어봤다.

뭔가 동질적인 걸 느낀 것이다.

"잘할 것이네. 팀원 둘만 같이 가도 F급에서 다칠 일은 없을 걸세."

"알겠습니다. 길드에 연락해서 지금 바로 틈새 하나를 지정 받겠습니다."

"허! 아주 제대로 물건 하나 구했구먼."

구마준도 감탄을 내뱉으며 뒷짐을 지고 훈련장을 나갔다.

나는 내 두 손바닥을 내려 보았다.

두 손에 방금 배운 신체 기술들이 고스란히 새겨져 있었다.

나는 전투 의지를 주체하지 못해 방금 배운 훈련들을 계속해서 반복했다.

매 번 정확하고 완벽했다.

그보다 더하진 못했지만, 반복하는 것 자체는 전혀 힘들지가 않았다.

"후!"

30분 정도 훈련하며 기다리자 헌터 둘이 다가왔다.

"이젠 조교가 아니라 레이드 동료구나. 자식이, 빨리 크네. 가자."

"대신 너무 나대면 안 돼. 아무리 F급이라도 넌 몸의 강도가 일반인 수준이야."

"네. 조심하겠습니다."

헌터들과 연구실을 나섰다. 이번엔 눈을 가릴 필요가 없었다.

나는 가디언즈 소속이었으니까.

"아, 그리고 헤어질 땐 내가 기억을 지워줄 거다. 나는 김창준이야."

두 헌터와 함께 검은 밴에 올랐다.

헌터 하나가 내게 장검을 건네주었다.

"틈새 금속으로 만든 장검이다. 괴수들에게 효과적이지. 보고 웃지 말아. F급 괴수들은 괴수라기 보단 타락한 요정에 가까우니까!"

빨리 괴물들을 베어보고 싶다.

몸이 뜨겁게 펄펄 끓었다.

정말 약이라도 맞은 기분이었다.

오묘한 색채를 흘리는 장검을 꽉 잡아 쥐었다.

✦

　　다행히 스카우트3팀이 배정받은 틈새는 가까운 곳에 위치해 있었다.

　　그래서 험한 산세를 헤치고 30분 만에 틈새에 도달할 수 있었다.

　　내 입장에선 처음 틈새를 보고 경험하는 것이었다.

　　박동준 형처럼 가끔 레이드 동영상을 보긴 했지만, 그 뿐이었다.

　　전에는 내게 너무나 먼 얘기였었다.

　　"후."

　　그럼에도 많이 긴장되진 않았다.

　　몸이 근질거려서 방금 배운 감각들을 뿜어낼 대상이 필요할 뿐이었다.

　　나는 헌터란 개념에서도 각성자였지만, 그 외에도 정신 상태 자체가 전투 의지로 각성돼 있었다.

　　커피를 수십 잔씩 들이킨 뒤의 기분이랄까.

　　"음. 준후야. 이 F급 틈새에선 코볼트라는 마물들이 나온다. 치열이 뒤틀린 불독 머리를 가진 인간형 마물들이야. 딱 하급 괴수지. 키가 작고 무기도 조잡하지만……. 살면서 미친개를 마주해본 적이 있나?"

　　"전에 동네에서 미친개를 하나 본 적 있어요."

　　"대략 그 정도의 난폭함을 가지고 있을 거다. 잘못 물리면 놈들의 뒤틀린 치열 때문에 답도 없어. 살점이 다 뜯기지.
마구 휘두르는 무기도 그렇고."

"물론 훈련 받은 정도면 크게 걱정은 없을 거야. 그래도
안전한 게 좋으니."

막상 틈새에 들어가려하자 김창준과 다른 동료가 걱정을
했다.

아무리 기본기를 1번에 소화했어도, 여전히 난 오늘 각
성한 경험 부족한 신입이었다.

그래서 탱커 역할을 맡기로 한 동료가 차량에서 궁을 꺼
내주었다.

특수하게 개조되어 일반인의 힘으로 쏴도 몇 배의 관통
력을 지니는 궁이었다.

끼이이익.

일단 장검을 등에 매고 궁을 당겨 보았다.

쐐액!

연습으로 산속 나무에 대고 화살을 발사했다.

파삭!

화살은 놀랍게도 결코 얇지 않은 나무를 단번에 관통해
버렸다.

아무리 미친개라 불리는 코볼트라도 그 두개골이 남아나
지 않을 것이다.

"C급 틈새에서 얻은 금속으로 만든 무기야. 나쁘지 않
지. 게다가 코일 강화 메커니즘으로 거의 총이나 다름없는

부가 추진력을 얻을 수 있어. 그걸로 뒤에서 딜러 역할을
해주면 돼."

"네. 전부 명중시켜 보겠습니다."

"좋은 자세로군. 들어가지. 이 친구가 앞을 맡고, 네가
맨 뒤를 맡아. 내가 중간에서 3인 전열의 균형을 맞출 테니
까."

"알겠습니다!"

"가지. 기억해. 처음이니 만큼 무모해선 안 돼."

"네."

김창준과 탱커를 따라 마침내 틈새에 들어섰다.

틈새 입구는 찢어진 보라색 공간 형태였다.

묘하게 내가 돈을 지급받았던 요소와 비슷한 느낌을 풍
겼다.

한순간 시린 감각이 온 몸을 덮으며 주변이 온통 어두워
졌다.

<u>스르르르.</u>

그러더니 암흑으로 덮인 주변이 급격히 형태를 갖추며
어느새 다른 환경이 돼 있었다.

"모두 잘 들어왔나."

"예."

"저도 여기 있습니다."

"바로 시작하지."

틈새는 매우 허름하고 낡은 감옥 외형을 띠고 있었다.

곳곳에는 꺼져 가는 횃불들이 걸려 있었고, 문이 전부 뜯어진 감옥 곳곳에선 그르렁 소리가 들려왔다.

"헤헤."

헌데도 나는 웃고 있었다.

드디어 힘을 써볼 수 있다는 점 때문이었다.

오기 전 김세희에게 갑질 능력을 쓰고 왔다. 1시간 동안은 거뜬할 것이다.

"자, 가자고."

탱커가 앞서며 우릴 이끌었다. 나는 미리 궁에 화살을 먹여놓았다.

말 그대로 틈새 전용으로 개조된 궁이었다. 든든하구나.

"캬아아아!"

후웅! 파작!

옆 측 감방에서 코볼트 하나가 튀어나와 탱커에게 덤벼들었다.

탱커는 번개 같은 반사 신경으로 코볼트의 머리에 해머를 휘둘렀다.

그러자 얼굴을 자세히 볼 겨를도 없이 코볼트의 머리가 터졌다.

"아쉬워 마라, 준후야. 곧 너도 손을 쓸 수 있을 테니."

"음. 그래도 일자형 통로라 둘러싸일 일은 없을 거 같은데. 아예 도발해서 한꺼번에 상대해 볼까?"

"이 정도는 거뜬히 커버 가능하잖습니까, 선배님."

"뭐, 혼자서도 돌 수 있는 게 F급이긴 하지! 준후야, 준비해라. 한꺼번에 몰아서 상대해보자."

"예!"

내심 김창준이나 탱커가 하급 괴수들을 모두 독차지하면 어쩌나 걱정했다.

미리 예상이라도 한 것처럼 빠르게 대응하는 탱커를 보자 그런 생각이 들었다.

나는 구경이나 하러 온 게 아닌데.

"시작합니다."

다행히 둘은 나를 배려해주었다.

탱커가 잔뜩 힘을 끌어 모으더니 배와 양쪽 볼을 크게 부풀렸다.

-크아아아!

탱커로부터 이질적인 포효가 뿜어져 나왔다.

허공이 약간 구부러지는 게 보일 정도였다.

"배틀 크라이〈Battle Cry〉라는 스킬이다."

"캬아아아!"

"키야아아!"

감옥 전체에서 반격을 가하듯이 코볼트들의 포효 소리가 들려왔다.

그러면서 음침하던 감옥의 분위기가 급격히 난폭해지기 시작했다.

턱, 턱, 턱!

감옥 곳곳에 숨어있던 코볼트들이 한꺼번에 튀어나왔다.

그리곤 감옥 통로로 뭉쳐들어 동시에 달려오기 시작했다.

"준후야. 시작해라."

"네! 감사합니다!"

탱커와 김창준은 무기를 쥐고 자세를 잡았다.

일부러 나를 위해 먼저 코볼트들에게 덤벼들지 않았다.

끼이이익.

나는 개조된 궁을 차분히 잡아당겼다.

쐐액!

퍼걱!

정면으로 달려오는 코볼트 하나가 머리가 꿰뚫려 뒤로
고꾸라졌다.

나는 그것에 만족하지 않고 곧바로 궁에 화살을 먹였다.

쐐액! 쐐액!

화살 장전 속도 때문에 죽이는 속도 자체가 빠르진 않았
다.

하지만 매 번 백발백중으로 코볼트의 미간을 꿰뚫었다.

덕분에 바닥엔 금세 화살이 머리를 뚫고 지나간 코볼트
들이 많아졌다.

"이젠 거리가 좁혀졌으니 우리가 처리하마."

나는 궁을 낮추고 숨을 가다듬었다.

솔직히 코볼트들을 맞히는 게 너무 쉬워서 아직도 실감
이 나지 않았다.

후웅! 파작!

탱커가 해머를 세차게 휘두르자 동시에 코볼트 둘의 머리가 터져나갔다.

워낙이 힘이 센 탓에 한 번 휘두르는 것에 코볼트 둘의 머리를 겨냥한 것이었다.

코볼트들이 비명을 지를 겨를도 없었다.

콰아아아!

그에 더해 김창준은 두 손에서 뜨거운 화염을 뿜었다.

단거리긴 했지만 말 그대로 걸어 다니는 화염 방사기였다.

기억을 재우는 능력만 있는 게 아니었구나.

"키야아악!"

"키약! 키엑! 키야아악!"

뜨거움 때문에 코볼트들이 바닥을 뒹굴었다.

워낙 불길이 거세서 코볼트들은 금세 축 늘어졌다.

"후. 나쁘지 않았어."

잠깐의 순간 총 10마리의 코볼트들을 처리했다.

미친개에 비할 정도로 난폭하긴 했지만, 괴수 중 어느 하나도 이빨은커녕 우리에게 콧등도 대지 못했다.

사아아아.

"읍?"

딱히 눈에 뭐가 보이는 건 아니었다.

그런데도 이질적인 감각으로 느낄 수 있었다.

바닥에 널브러진 코볼트들의 시체로부터 미묘한 기운이 흘러나와 내게 스며든다는 것을.

"으!"

"왜 그러나?"

나는 한순간 짜릿한 전류가 내 몸을 타고 내려가는 걸 느꼈다.

탱커가 미묘한 표정으로 김창준에게 말했다.

"선배님. 설마 벌써 성장한 건 아니겠지요?"

"설마. 겨우 코볼트 몇 마리 잡았다고?"

나는 혹시나 하는 생각에 스마트와치를 내려다보았다.

실시간으로 극소량의 피가 채취되며 현재 내 상태가 표기됐다.

STAT.[Lv.10 / 힘: 10 / 민첩성: 10 / 지구력: 10 / 지능: 10 / 마력: 5 / 내성: 5]

뭔가 확연히 달라져 있었다.

그에 따라 몸에 뻗어있는 감각이 급격히 굵어지고 선명해지기 시작했다.

전보다 더더욱 강력하게 말이다.

"흐으으으."

나는 두 손을 부들부들 떨었다.

도저히 한 번에 익숙해질 수 없는 감각이었다.

"레벨이 9나 올랐습니다."

"뭐라고? 말도 안 돼!"

내 말에 김창준과 탱커가 믿기지 않는다는 듯 소리쳤다.

역시 평범한 상황은 아닌 거 같았다.

"말도 안 돼. 9레벨이 오르려면 몇 달에서 몇 년이 걸려."

그러건 말건 나는 근육의 가닥 하나하나를 느끼기 시작했다.

그제야 진짜 힘을 쓴다는 게 무엇인지 어렴풋이 알 거 같았다.

"후. 미치겠네."

"왜 그래. 뭔가 몸이 이상한가?"

"정말 9레벨이 올랐다면, 많이 낯설테지. 스마트와치의 측정 정확도는 99% 아닙니까? 설마 1% 오류일 리가."

헌터 사회에서 천재라면, 단순히 동작을 학습하는 것에만 뛰어난 게 아닐 테였다.

그들이 성장하는 곳이 틈새라면, 이 공간 내에서 난 폭발적으로 성장할 수 있었다.

……순식간에 김창준과 탱커를 앞지를 정도로.

스릉.

나는 궁을 등에 걸고 장검을 꺼내들었다.

전보다 장검의 손잡이를 더 꽉 잡아 쥐었다.

"이제 검을 써보고 싶습니다."

"음. 여기 탱커 선배 옆에 붙어. 네가 그 정도라면 우리도 한 번 확인해봐야겠다."

나는 어금니를 바득 씹었다.

중오에 가까울 정도로 장검을 통해 코볼트들을 썰어버리고 싶은 맘이 들었다.

그 정도로 전투 욕구가 강렬했다.

김창준과 탱커는 각자의 장비를 가다듬었다.

그러면서 내게 조언을 남겼다.

"아무리 F급 틈새고 하찮은 던전이라도 항상 무기는 점검하고 확인해야 돼. 나중에 중요한 순간에 재수 없이 날이 안 먹히거나 고장이 나면 안 되거든. 그 땐 보조 무기나 맨손으로 싸워야 하지. 이능을 앞세워서."

"그런 면에서 이런 둔기류는 그나마 내구도가 높은 편이야. 앞쪽에서 자주 싸워야하는 탱커들이 애용한다."

김창준은 짧게 헌터가 사용하는 무기에 관해 설명해주었다.

아무리 약한 헌터라도 웬만해선 평범한 강철 무기를 사용하지 않는다고 했다.

금세 구부러지거나 부러지거나 손상을 입기 때문이었다.

그래서 틈새에서 얻은 특수한 재료로 무기를 만든단다.

그리하면 재료 자체의 강도도 높았고 특수한 기현상도 새길 수 있었다.

"네가 쓴 강화 궁도 평범하게 생겼지만 틈새 재료를 섞어서 합금으로 만든 무기야. 화살도 마찬가지지. 부식 방지로 특수 코팅도 돼 있을 거다."

"괜히 비싼 게 아니군요."

"대신 틈새에서 얻는 재료들은 더더욱 비싸게 팔려. 그 재료에서 수 십 가지 성분들이 추출되거든."

문득 복도에 널브러져 있는 코볼트들에게 눈이 갔다.

헌터들이 괴수들의 재료와 틈새에서 발견한 보물 등으로 돈을 버는 건 이미 알고 있었다.

과연 코볼트의 시체도 가치가 있을까.

저 정도면 나 혼자서도 돈을 벌어볼 법 한데.

"F급이기 때문에 식용 정도로밖에 사용하지 않아. 내장이나 다른 기관들도 별로 보통 가축에 비해 쓸 만한 게 없고."

"약할 뿐 아니라 가치가 없어서 F급이기도 하군요."

탱커가 해머를 바닥에 세우곤 나를 바라보며 말했다.

"하지만 생체 실험을 하기엔 적합한 대상이지. 법의 범위에 포함되지 않는 생명체거든. 허가가 필요 없어. 다르게 말하는 눈감아주는 거라고나 할까. 네 인공 각성과 관련된 실험도 F급 던전에서 많이 시도됐어. 그 외에도 제약 회사에서 아주 좋아하지. 실시간 해부도 하고 말야, 흐."

헌터들은 정말 다양한 용도로 틈새나 괴수들을 이용하는 거 같았다.

탱커는 내게 겁을 주길 원하는 듯 했지만 난 덤덤한 표정을 지었다.

밤에는 내가 직접 마물들을 잡아먹었는데 뭐.

"후."

다시금 피가 끓었다.

궁금증이 해결되니 손이 가만히 있지 못하는 것이었다.

"계속 가죠."

"그래. 네 상태를 보니 그래도 될 거 같구나. 원래는 구간별로 휴식하며 전략을 짜고 팀 상황을 점검해야 돼. 일단 기억은 해 놔. 이번 경우에는 별 필요가 없겠지만. 나중에 제대로 레이드 돌 때는 필수 과정이야."

"네. 감사합니다."

그러고 보니 지금은 단순히 내가 전투를 경험하는 시간이 아니었다.

김창준과 탱커는 현장 교육의 목적도 충실히 수행하려는 것이었다.

그래서 나는 그들이 하는 말을 신중히 새겨들었다.

전투보단 전략에 속하는 지식들이었다.

"자, 계속 간다. 구조를 파악하는 게 중요해. 그래야 기습을 당하거나 함정에 빠질 확률을 줄일 수 있어."

김창준이 등에 걸어놓았던 소형 드론을 띄웠다.

그리곤 스마트와치를 이용해 원격으로 드론을 조종했다.

비행경로를 보니 어느 정도 인공지능이 탑재돼 있는 거 같았다.

"으음."

김창준이 내게 스마트와치를 보여주며 말했다.

"이 구간은 십자 구간이다. 드론이 특수 광선을 쏴서 시야가 원활하지 않은 공간도 수월하게 정찰해주지. 특수 기능 덕분에 웬만해선 괴수들이 반응하지 않아. 자, 왼쪽, 오른쪽은 막힌 길이고 쭉 가면 그 다음 구간이 나온다. 여기서 어떻게 해야 할까?"

전투에 관한 감각이 전략과 지략까지 곧장 확장되진 않는 거 같았다.

김창준은 나를 시험해보려는 것이었다.

처음으로 자신이 없네.

딱 와 닿는 감각이 없어서 일단 내 본래 능력으로 추측해봤다.

"보통은 앞으로 쭉 가려하겠죠. 하지만 보물을 찾거나, 추후에 뒤에서 괴수들에게 기습당하거나 포위당하는 걸 막으려면 차례대로 왼쪽, 오른쪽을 정리하는 게 맞을 겁니다."

내 말에 지켜보고 있던 김창준이 고개를 끄덕였다.

"좋아. 안 가르쳐줘도 잘 아네. 평소 레이드 영상을 좀 봤나 보지?"

"아닌 사람도 있나요. 하하."

맘 같아선 빨리 다시 전투에 임하자고 보채고 싶었다.

말은 차분히 하고 있었지만 장검을 쥔 손에 자꾸만 힘이 들어갔다.

그러면서 손목부터 삼각근까지 이어지는 근육 가닥들에 전류가 흘러넘치는 기분이 들었다.

"자, FM대로 하면 네가 얘기한 대로 해야 한다. 지금은 순전히 F급 던전이니까 편하게 가는 거야. 네가 보고 빨리 배우기도 하고. 하지만 좀 만만하기만 해도 이래선 안 돼. 알았지?"

"네. 지금은 일부로 빨리 공략하느라 설명만 하고 생략하시는 거잖아요."

"바로 그거다. 여, 배틀 크라이로 한 번에 모으자고."

"예, 선배님. 설마 비효율적으로 양쪽 막다른 길을 다 가야하나 싶어서 내심 고민 중이었습니다."

"준후가 잘 알아들었겠지."

"물론입니다."

―크아아아!

탱커가 다시 한 번 쩌렁쩌렁한 포효를 내뱉었다.

"키야아아아!"

"키랴아악!"

그에 따라 십자길 양쪽 구간에서 수많은 코볼트들이 달려오기 시작했다.

턱턱, 턱!

그들의 발바닥과 손바닥이 바닥을 두드리는 소리가 잔뜩 울려퍼졌다.

"본래 대열에선 내가 중앙인 게 균형이 맞겠지만, 지금은 안전 상 준후가 중간을 맡는다."

"예!"

나는 강화 장검을 치켜세웠다.

무리할 생각은 없다.

조교에게 배운 동작을 그대로 코볼트들에게 펼쳐볼 생각이다.

단지 이번엔 반격하거나 막지를 못하겠지.

"키야아악!"

"물리지 마라, 준후야!"

이제 김창준과 탱커는 어느 정도 나를 믿어주는 거 같았다.

본래 같아선 절대 처음에 이 정도로 자유도를 주지 않았다.

"흡!"

처음으로 직접 가까이서 괴수를 죽여보는 것이었다.

활은 원거리라 손맛이란 게 아예 없다.

서걱!

"후!"

장검으로 달려드는 코볼트의 목을 대각선으로 내리쳤다.

그러자 두부가 잘리듯 그대로 놈의 상체가 반토막났다.

나는 얼른 피해 피가 묻는 걸 방지했다.

"키야아아!"

곧장 다음 놈이 허벅지를 노리고 달려들었다.

허나 그 움직임이 너무 뻔하고 굼떠 보였다.

잠시 뒤 어떤 자세로 어느 지점에 위치할 지가 정확히 보였다. 초보다 잘게 나뉘어진 단위로 말이다.

퍽, 서걱!

발로 코볼트의 어깨를 걷어찬 다음 장검으로 놈의 머리를 갈랐다.

놈은 얼굴째로 바닥에 엎어져 즉사했다.

"음."

한 획마다 확실히 코볼트들을 즉사시켰다.

매우 깔끔한 공격이 아닐 수 없었다.

후웅! 퍼석!

하지만 탱커는 한 번 해머짓으로 코볼트들을 5마리씩 으깨버렸다. 해머질에도 그 휘두름이 멈추질 않으니 괴수 뒤편으로까지 힘을 뻗는 것이었다.

콰아아아!

김창준은 말할 것도 없었다.

손에서 뿜는 화염이 최소 다섯에서 열의 코볼트들을 삼켰다.

"키아아악!"

잠깐 둘러본 사이 코볼트들이 셋도 남지 않게 되었다.

나는 뭔가 지는 기분에 허벅지에 폭발적으로 힘을 주었다.

"이번엔 제가!"

김창준과 탱커가 피식 웃으며 슥 뒤로 빠져주었다.

나는 동시에 달려드는 세 코볼트들을 순서대로 인지했다.

그들의 엮이는 동선이 그려졌다.

서거걱!

배운 동작들을 현재 상황에 맞게 융합하여 개조했다.

당연히 머리가 아닌 전투 본능을 통한 과정이었다.

좌아아!

이번엔 피가 튀기는 걸 피할 수 없었다.

그래도 한꺼번에 세 마리를 잡았다는 것에 기분이 좋아졌다.

"지독한 놈일세. 오자마자 1타1피로는 만족 못한다는 건가."

"저 정도 움직임은 배운 동작을 오래 써야 비로소 나오는 수준인데. 진짜 제대로 이해를 했다는 거군. 선배, 물건이에요."

"그러게 말이다. 바로 우두머리 괴수에게 가자."

이번에도 죽은 코볼트들로부터 보이지 않지만 선명하게 느껴지는 기운이 날아왔다. 내 몸은 갈증을 풀 듯 그 기운들을 한꺼번에 집어삼켰다.

STAT.[Lv.25 / 힘: 25 / 민첩성: 25 / 지구력: 25 / 지능: 25 / 마력: 15 / 내성: 15]

이번엔 더더욱 레벨업을 했다.

그에 따라 또 다른 기분과 컨디션에 접어들었다.

"후."

일부러 김창준과 탱커에겐 레벨업을 얼마나 했나 알리지 않았다.

계속 이런 식이면 분명 앞으로 과하게 관심을 받을 것이다.

벌써 나는 숨기는 방향들을 고려 중이었다.

전략적 판단이 아닌, 맹수의 신중함에서 나온 판단들이었다.

-키랴아아악!

"매드 코볼트다. 근육질에 뒤틀린 팔 구조를 가지고 있어. 몽둥이 동선이 까다로울 테니 일단은 지켜봐라. 마무리는 네가 하게 해줄 테니."

내 눈빛을 보고 김창준이 우두머리의 끝을 양보해주겠다고 말했다.

나도 스스로 인지할 정도로 나는 표정과 눈빛이 격렬했다.

"쓰!"

김창준이 매섭게 튀어나가며 매드 코볼트의 품으로 파고들었다.

2M의 키를 가진 놈은 뒤틀린 팔로 뒤틀린 몽둥이를 높게 치켜들었다.

나는 장검에 묻은 내 손땀을 한 방울 한 방울 음미하며 내 차례를 기다렸다.

❖

매드 코볼트는 매우 독특한 움직임을 보였다.

멀찍이서 볼 때 뒤틀리는 놈의 동선이 똑똑히 눈에 그려졌다.

그러면서도 뒤틀리는 동선 끝의 겨냥점은 정확했다.

자칫 잘못하면 빗겨갈 거라 생각하다 그대로 몽둥이에 맞을 것이었다.

서걱!

"키약!"

하지만 김창준은 그리 허접한 헌터가 아니었다.

그는 옆구리 쪽으로 몸을 빼며 부드럽게 검으로 매드 코볼트를 쓸고 지나갔다.

결과는 처참했다.

매드 코볼트의 상반신이 거의 반토막날 지경이 된 것이었다.

"한 차례 더."

하지만 모두가 보는 한 수가 더 있었다.

비명을 지르는 것처럼 보였지만, 찢어져라 벌어지는 매드 코볼트의 주둥이는 김창준의 목덜미를 노리고 있었다.

　파각!

　역시 김창준은 그마저도 이미 예상했다.

　몸을 한 바퀴 돌리며 팔꿈치로 매드 코볼트의 밑 턱을 박살낸 것이다.

　"키에에엑!"

　덕분에 매드 코볼트는 턱이 덜렁거리는 상태에서 입과 옆구리로 엄청난 양의 피를 쏟았다.

　"준후야, 네가 처리해라."

　"이건 거의 거저 먹는 수준인데요."

　"네게 놈의 공격 패턴을 보여줘야 했어."

　"옆에서 보니 이미 간파하고 있었습니다."

　탱커가 내 중얼거림을 들었는지 김창준에게 대신 말해주었다.

　김창준도 딱히 놀라하지 않았다.

　"역시 그랬나."

　나는 저벅저벅 매드 코볼트에게 걸어갔다.

　다 죽어가는 놈을 보니 전투 의지가 확 가라앉았다.

　그러면서 아쉽다는 맘이 들었다.

　"키예에에!"

　내가 김창준이 서 있던 자리에서 온전히 매드 코볼트의 공격을 받아보고 싶었는데.

그것도 공격 패턴을 모르는 상태에서 실시간으로.

서걱!

높게 뛰어올라 매드 코볼트의 머리에 수직으로 검을 찍어넣었다.

정확히 뇌가 꿰뚫린 녀석은 쾅 바닥에 쓰러졌다.

나는 검에 묻은 뇌 조각과 피들을 땅에 탈탈 뿌렸다.

"후우."

내심 당황했다.

너무 급격히 강력해진 힘과 감각 때문에 너무 높게 뛰어오른 것이었다.

때문에 원래 의도한 것보다 약간 틀어진 각도로 매드 코볼트에게 검을 찍어 넣었다.

결과는 완벽했지만 입맛이 다셔지는 건 어쩔 수 없었다.

"정말 놀라운 수준이구나. 이렇게 빨리 F급을 공략한 것도 모자라 익숙한 우리만큼이나 무덤덤하다니."

"운동 선수도 아니었고. 그냥 평범한 학생 출신이라며? 싸이코패쓰인 거 아냐? 뭐 이렇게 노련해?"

탱커가 너무 이해가 안 되어 싸이코패쓰라는 말까지 썼다.

"정신 자세까지 같이 타고난 거겠지. 괜히 세뇌 능력까지 갖추고 있겠어?"

"그런가. 칭찬이니 너무 꽈서 듣지 마."

"네. 무슨 뜻인지 압니다."

저들은 모른다.

내가 밤마다 직접 내 입으로 얼마나 많은 마물들을 집어 삼켰는지.

내가 뱀 같은 몸으로 얼마나 많은 마물들을 물어뜯고 그들의 목을 절단했는지.

미친 개 같은 코볼트를 베는 것 정도는 일도 아니었다.

"자, 이렇게 틈새를 공략하면 틈새의 정수가 나오게 된다. 코어라고도 하지."

"진짜 돈 되는 건 이거거든."

돈이 된다는 말에 눈을 반짝였다.

내가 헌터가 되기로 한 결정적 이유 중 하나가 돈이었다.

직접 필요한 곳이 있기도 했고, 사회 서열을 올리는 가장 직접적인 방법 중 하나였다.

그 예시로, 빚이 많으면 나같이 허접한 신분의 재수생보다도 사회 서열이 낮았다. 적어도 우리 어머니나 나, 동생은 빚은 없었으니까. 그냥 쌓아둘 돈이 없어서 항상 허덕이는 게 문제였지.

이제까지는.

"이 코어는 헌터의 성장에 이용될 수도 있고, 여러 가지 목적의 에너지원으로도 사용될 수 있다. 나름 대외비야. 헌터들한텐 공공연한 비밀이지만. 석유 회사 등과 어느 정도 합의가 된 게 있거든."

"그렇겠군요. 그럼 F급 코어는 얼마 정도 합니까?"

내 말에 김창준이 흥미롭다는 듯 내 이마를 툭 검지로 밀쳤다.

"이 자식. 전투를 순순히 즐겨서 구마준 대장님 같은 타입인 줄 알았는데. 돈도 밝히네?"

"마땅히 땀 흘린 만큼 벌어야죠!"

"하하! 맞아. 얼마든지 자격이 있지. 의외로 헌터로 먹고 사는 일은 아주 정직한 일이야. 죽지 않고 사냥한 만큼 버니까! 글쎄, 워낙 싸구려라 기억은 안 나는데."

"선배님. 아마 100만원은 할 겁니다."

"그래. 용돈 정돈 되겠네."

역시 헌터들에겐 100만원이 별 거 아닌 돈이었다.

내게는 아니었다. 5번만 돌아도 500만원이 모인다.

동생을 잘 나가는 학원에 보내주고 어머니를 물리 치료에 보내드릴 수 있다.

"근데 저 혼자서 던전은 못 도나요?"

"아서라. 그러다 개죽음 당해."

"아무리 첫 번에 다 잘한다 해도, 무리하면 안 되는 선이 있어. 명심해라. 항상 헌터들이 각인해야 하는 사안이야. 초인이 됐다고 해서 불사가 된 건 아니야. 그냥 남들보다 좀 더 재주가 뛰어난 정도라 생각해."

찰스의 말에 의하면 헌터들은 짐승 같은 자들이었다.

하지만 대화를 나눠보니 그들은 인간성을 지킬 줄 아는 겸손한 사람들이었다.

물론 질 나쁜 헌터들도 있겠지.

하지만 가디언즈는 사회 질서를 지키기 위한 조직이라서 그런지, 그 조직원들의 인격도 전체적으로 나쁘지 않았다.

힘에 관해 성숙한 생각을 가지고 있었다.

"후!"

우두머리의 시체로부터 또 다시 기운을 전해 받았다.

저들의 피로부터 뭔가 진득하고 끈적하며 깊은 것이 흘러들어온다.

나는 그것으로 고스란히 성장했고.

김창준의 겸손하란 조언을 새겨듣긴 했지만, 그래도 몸은 정반대를 원하고 있었다.

"어쩔래. 네가 흡수할래 아니면 팔아서 용돈 할래? 너를 위한 수업이었으니 선물로 주마. 원래는 길드에 귀속 시키는 게 규정이야. 수고비는 정산해서 자동으로 입금돼."

"오, 저 주시는 건가요?"

안 그래도 탐내고 있었는데 잘 됐다.

미묘하게도, 헌터 사회에서 천재가 되니 욕구를 자제하는 능력이 약해졌다.

특히나 던전에선 그런 감정이 더 심했다.

"음! 팔게요!"

"푸하하! 그래! 엿 바꿔 먹어라. 연구소에 가서 직거래로 팔아. 내가 아는 연구원을 소개시켜줄게. 귀엽게 보고 눈 감아 주실 거다."

천재란 건 참 편한 팔자였다.

얽매이거나 급하지 않았으니.

물론 0포인트여야 한다는 조건이 붙는다.

그래도 언제든 헌터로서 성장할 수 있다고 생각하니 당장 실리를 챙기고 싶어졌다.

"으."

게다가 여기서 더 레벨업을 하면 폭주할 거 같았다.

일단 0포인트 상태를 벗어나 초인이 된 몸에 익숙해져야겠다.

분명 영구적인 성장은 남는다고 전에 뫼비우스 초끈이 일러주었다.

너무 온 몸에 힘이 넘쳐서 뇌가 녹아버릴 거 같았다.

"이제 나가지."

틈새가 어그러지기 시작했다.

그 전에 우린 매드 코볼트가 지키고 있던 출구에 들어섰다.

스르르르.

그러자 어느새 다시 산속 풍경이 펼쳐졌다.

다음으론 다시 지하 연구소로 이동했다.

구마준에게 보고를 올린 뒤 연구원에게 100만원에 F급 코어를 팔았다.

그리곤 피 묻은 옷을 버리고 새 옷으로 갈아입었다.

"자, 기억을 지우고 귀가할 시간이다."

사전에 구마준에게 무조건 수면 시간은 보장해달라고

부탁했었다.

정말 어쩔 수 없는 사정이었으니.

연구실 엘리베이터에서 김창준에게 말했다.

"정말 묘하겠군요. 모든 걸 잊고 구마준 대장님만 기억하는데, 몸은 초인이 돼 있을 테니."

"걱정 마라. 기억을 잠재우면 머리가 깨 있는 기억만으로 논리 고리를 만들어. 알아서 다 이해가 될 거다. 자연스러움이 내 능력의 장점이야. 지우는 게 아니라, 잠재우는 거거든."

"네."

"원래는 하급 괴수들이 숨 쉬는 법을 잠시 잊게 만드는 용도야. 하지만 이번엔 가디언즈에 관한 기억들을 전부 잠재우마. 아마 구대장님이 각성시켜준 걸로 기억할 거다."

"네."

김창준이 내 머리에 손을 얹었다.

그러자 코가 찡긋하며 잠시 머리를 뭔가 차가운 게 훑고 지나갔다.

구마준 덕분에 인공 각성에 성공했다.

더불어 뫼비우스 초끈 퀘스트를 완료해 하극상 능력마저 얻었다.

아직 완벽한 수준은 아니었지만, 전에 비하면 엄청난 차이였다.

갑질에 완벽히 노출된 허약한 몸의 세뇌 능력자.

그리고 갑질 능력과 어느 정도의 갑질 내성을 가진 초인.

가히 엄청난 차이였다.

"흐암."

아무리 초인이라도 뫼비우스 초끈이 억지로 주입하는 강력한 졸음은 버텨낼 수 없었다.

0포인트를 벗어나도 확실히 초인으로서의 기분과 컨디션이 유지됐다.

실제로 쇠를 구부릴 수 있을 정도의 힘과 체력이 항상 흘러넘쳤다.

그럼에도 눈이 감기는 건 막을 수 없었다.

-많이 바쁜가봐.

연락을 자주 안 한 게 섭섭한 듯, 최여진으로부터 간결한 문자가 와 있었다.

과연, 결코 생각할 겨를이 없을 정도로 바쁜 하루였다.

-웅! 같이 공부하고 싶었는데 아쉽다. 내일 봐.

나도 대략 답장을 남기고 도저히 버틸 수 없어 뒤로 넘어갔다.

눈을 뜨니 예상대로 3층 던전이었다.

"꿀럭."

기분이 갑자기 확 나빠졌다.

안 그래도 더 우월한 인간의 몸으로 살다 마물이 되면 뭔가 퇴화한 기분이 들었다.

그런데 초인이었다가 마물이 되니 그야말로 끔찍한 차이가 느껴졌다.

특히 느그적느그적거리는 다리 두 짝이 그렇게 불편할 수 없었다.

낮에는 웬만한 자전거보다 빨리 달릴 수 있게 됐는데.

"꿀라락."

참기로 했다.

기분 자체는 나빴지만, 마물로서 생존하고 강해지는 건 필연적으로 낮의 삶과 연결돼 있었다. 그래서 결코 간과할 수 없다는 걸 알았다.

"꾸륵."

그에 더해 다시 정신적인 성숙함이나 욕구의 자제력이 되돌아왔다.

정말 낮에 헌터 사회에서 0포인트 상태를 맞이하니 맹수가 된 기분이었다.

헌터들과 같이 있어서 그런가 그런 감정이 더더욱 심했다.

한 편으론, 찰스 리가 왜 헌터들을 짐승이라 부르는지 알겠다.

[미니 퀘스트: 추종자를 찾아가십시오. 보상: 추가 레벨업.]

안 그래도 필요했는데 잘 됐다.

이번엔 오묘하게도 뫼비우스 초끈의 의도와 내 의도가 정확히 겹친 거 같다.

3층은 결코 혼자 성장한다고 유리한 층이 아니었다.

물론 뫼비우스 초끈의 권능 정도라면 그런 특성을 무시하고 성장할 수도 있었다.

하지만 그건 정확히 그 권능의 효율성과 잠재성을 무시하는 행위였다.

그 외에도 여러 가지 이유가 있겠지.

"꿀락!"

스으으으.

내 몸에서 흘러나온 주홍 실을 여유롭게 따라갔다.

얼마 지나지 않아 작은 두꺼비집 옆에 주저앉아 있는 달텅을 발견할 수 있었다.

눈알 밑 주름이 어느 정도 눈에 익었다.

덩치가 조금 커졌구나.

-달텅.

-꿀락! 카몬님! 드디어 돌아오셨군요!

나를 보고는 무료하단 표정을 짓고 있던 달텅이 펄쩍 뛰었다.

반가워 해주는 걸 보니 기분이 나쁘지 않았다.

나를 따라 3층에 올 정도라면 적어도 2층 마물 중 가장 특별한 놈이었다.

-용케 잡아먹히지 않고 잘 살아남았구나.

-물론입니다. 카몬님의 첫 명령인데 죽어라 따라야지요. 말씀하신 대로 포식자에게 대들지 않고 순순히 두꺼비집을 넘겼습니다. 그래서 잡아먹히진 않았습니다.

-그런데 방금 보니 두꺼비집을 만들지 않고 있더구나.

-네. 혹시 언짢으셨다면 죄송합니다. 말씀하신 대로 최대한 크고 멋진 두꺼비집을 만들려 했지만…… 2번이나 뺏겨 먹히니 의욕이 떨어지더군요. 카몬님이 오시면 다른 방법이 있을 거 같아서 기다렸습니다. 그에 더해서, 매 번 3분마다 식사를 하다 1시간씩 하다 보니 좋은 점도 있지만 나쁜 점도 있더군요.

달텅이 말한 두 가지를 모두 이해할 수 있었다.

비록 한 번이지만 나도 포식자에게 내 두꺼비집을 뺏겨 보았다.

왜 3층의 약한 마물들이 구슬피 우는 지 알 거 같았다.

그에 더해서, 성실하게 살다가 갑자기 게으르 게 살면 무기력감이 느껴지기 마련이었다. 비록 생존을 위해서였지만, 나와 달텅은 2층에서 매우 부단히 식사를 하러 다녔다.

나는 달텅의 몸통을 긴 혀로 두드려 주었다.

격려의 표시였다.

-달텅. 걱정 말아라. 내가 생각해 온 게 있어. 포식자들이 우리 두꺼비집을 탐내지 않게 할 방법이다.

달텅과 협력하여 이루어야 할 퀘스트가 있었다. 15cm

높이 두꺼비집을 3회 이용하는 것. 하지만 매 번 포식자가 오면 결코 이룰 수 없는 퀘스트였다.

-네 두꺼비집을 2번 뺏어먹은 게 같은 포식자이지?

-그렇습니다, 카몬님! 저보다 훨씬 덩치가 커서 어쩔 수가 없었습니다.

-그래. 내가 둘러보고 다니니까, 특정 지역에서 각 포식자들이 활동하더라고. 잘못해서 더 큰 포식자 구역에 들어가면 큰 일날 테니까 말야.

-되레 역으로 당하게 되겠죠.

-바로 그거다. 자, 또 네 두꺼비집을 노리고 같은 포식자 올 가능성이 높다.

-안 그래도 30분 전 정도에 다녀갔습니다. 이번엔 제 두꺼비집이 워낙 초라해 그냥 비웃고 갔습니다. 일부러 제가 식사할 정도로만 만들어놨지요.

-그래. 이번엔 내가 말하는 대로 하자.

-충실히 따르겠습니다!

달텅은 내 페로몬에 잔뜩 신경을 집중했다.

나는 달텅에게 자신 있게 내 작전을 말해주었다.

골탕 먹이는 것에 가까운 계획이지만, 원하는 효과는 확실할 것이다.

-오! 꿀락! 역시 위대하신 분의 지혜답습니다!

-자, 시작하자!

-네!

달텅과 함께 작전을 시작했다.

그리고 머지않아 의도한 대로 두꺼비집을 완성했다. 딱 포식자가 탐낼 만큼 크고 매끈하게 생긴 원기둥 형태의 두꺼비집이었다.

"꾸르르릭!"

철퍽!

과연 잠시 후 나보다 덩치가 3배 되는 포식자가 나타났다.

놈은 힘자랑을 하듯이 입 주둥이에 공기를 불어넣으며 우리에게 다가왔다.

그리곤 눈알로 대로록 두꺼비집을 위아래로 훑었다.

-꿀라락! 이번엔 제대로 만들었구나. 그래, 이렇게 실력 발휘를 해야 내가 재미를 보지.

포식자는 당연하다는 듯이 나와 달텅이 만든 두꺼비집을 씹어먹었다.

오히려 이번엔 와그작와그작 먹는 그 모습이 통쾌하게 느껴졌다.

"꾸레에에엑!"

포식자가 비명을 지르며 몸을 바닥에 눕혔다.

그리곤 두 다리를 허공에 허우적거리며 고통스러워 했다.

나와 달텅은 이번 두꺼비집에 배설물을 섞어 넣었다.

그래서 두꺼비집의 맛은 그야말로 역겨움 그 자체일 것이었다. 특히나 평생 역한 식사를 안 해온 3층 마물에겐 끔찍한 악몽 같겠지.

-꿀락! 형편없는 실력이다! 네 놈들을 기억하마. 다시는 찾지 않을 것이야.

비틀거리며 멀어지는 포식자를 보곤 슬쩍 혀를 내밀었다 집어넣었다.

그리곤 킬킬거리는 달텅에게 말했다.

-이제 진짜 작업을 시작하자!

여러 가지 영감이 떠올랐다.

지난 번에 리치 핏 주변을 맴돌며 멀찍이서 웅장한 두꺼비집들을 감상했었다.

미터 단위로 솟아 있는 탑들도 있었다.

감상 결과, 항상 원기둥 통이나 단순한 상자 형태의 두꺼비집만 가능한 게 아니었다.

그래도 차근차근 기초부터 시작해야지.

아직 건설에 관해 별다른 능력이나 기술이 없다.

-다 되었습니다! 이제 뺏겨먹지만 않으면 되는군요.

-그래. 지켜보자. 새로운 포식자가 나타나지만 않는다면 당분간 괜찮을 것이다.

마침내 달텅과 15cm 높이의 두꺼비집을 완성했다.

우리 둘의 덩치보다 높은 두꺼비집이라, 나중에는 계단형 구조를 만들어 위쪽에 정화 물질을 토해야 했다.

추가로 우린 두꺼비집 주변으로 배설물을 뿌렸다.

포식자가 돌아왔을 때 좀 전에 맛본 끔찍한 맛을 상기시켜주기 위함이었다.

물론 두꺼비집에 직접 섞진 않았다. 이번엔 우리가 먹을 거였으니.

꾸르르르.

달텅과 두꺼비집에 열심히 폐기물을 퍼 넣었다.

마침내 기포 끓는 소리가 났다.

난 간단히 식사를 한 후 달텅과 주저앉아 주변을 살펴보았다.

-그러고 보니 너처럼 일부로 작게 두꺼비집을 만드는 자들이 많구나.

-네. 처음엔 능력이 없어서 그런 줄 알았는데, 억눌려서 그런 자들이 많은 거 같습니다.

-다른 의미로 부당한 포식이구나. 2층은 목숨을 뺏겼지만, 3층은 더 잘할 수 있는 기회를 뺏는 것이니.

-어차피 뺏길 것이라고 느낀다면 굳이 무리해서 필요 이상으로 노력하지 않지요.

과연 주변을 둘러보면 약자 마물 중 체념하고 사는 자들이 적지 않았다.

우리랑 덩치가 비슷한데도 딱 자기가 식사할 만큼의 두꺼비집만 운영했다.

내게 설명을 해준 마물들은 그래도 씩씩한 편에 속하는

것이었다.

"꿀락."

"꿀럭."

오히려 체념한 마물들은 나와 달텅의 두꺼비집을 안타깝
다는 듯이 쳐다봤다.

뺏겨 먹혔을 때의 상실감을 알기에, 이미 탈취당할 대상
으로 보는 것이었다.

꾸르르르.

나와 달텅은 휴식 시간을 길게 잡지 않았다.

15cm 두꺼비집을 완성했음에도, 마냥 기다리지만 않고
제2의 두꺼비집 건설을 시작했다.

-내가 구조를 대략 그려주마. 이해 안 되는 부분은 자세
히 물어보도록 해. 아니면 정화 물질을 만들고 있어. 내가
어려운 부분을 맡으마.

-네! 최선을 다해서 따르겠습니다.

달텅은 전적으로 나를 믿는 거 같았다.

비록 지금 난 하찮은 억대 서열 중 하나일 뿐이지만, 2층
에서 벌였던 활약을 똑똑히 기억하고 있는 것이었다.

-드십시오, 카몬님.

기포 소리가 줄어들며 15cm짜리 두꺼비집의 정화 작업
이 완료됐다.

[학습률1000%를 선택합니다.]

나는 혀를 집어넣어 쭉 적잖은 양의 정화 물질을 빨아

들였다.

빠르게 배가 불러오는 게 느껴졌다.

배설 기관으로 배출을 해야 하는 신체 구조라, 한꺼번에 많이 먹으면 확실히 배가 차오르는 게 느껴졌다. 전에는 소화력에 따라 곧이곧대로 전부 분해했었지.

"꿀러억!"

나는 트림을 하며 뒤로 발라당 넘어졌다.

배가 너무 커져서 짧은 두 다리로 균형을 잡기가 힘들었다.

-레벨 업! [Lv.512 / 힘: 0.512 / 민첩: 0.512 / 지구력: 0.512]

뒤로 넘어진 상태에서 몸이 급격히 부풀어 올랐다.

그러면서 다리가 길어지고 불룩했던 배가 푹 커졌다.

몸에 대부분 다 흡수해서 그런지 배설양은 의외로 많지 않았다.

나를 보며 달텅이 신기하다는 듯이 말했다.

-역시 카몬님은 뭔가 다른 거 같습니다. 제가 이상하다 싶어 유심히 봤는데, 분명히 눈에 띌 정도로 빠르게 커지십니다. 식사를 할 때마다 말이지요. 원랜 수십 년에서 수백 년이 걸릴 진데!

-그래. 그래서 3층에 오래 머물 생각이 없다는 것이다.

-그렇군요……. 3층조차! 어쩌면 정말 전에 말씀하신 대로 조만간 제가 쓸모없어질 지도 모르겠습니다. 몇 년은

모실 수 있을 줄 알았는데, 그보다 훨씬 짧게 3층에 머무르실 거 같군요.

몇 년은커녕 며칠 밤 이상으로 채울 생각이 없다.

그래도 혀를 꺼내 좌우로 흔들어주었다. 달팅의 말을 일부 부정하는 것이었다.

-아니다. 적어도 3층에선 너를 항상 데리고 다닐 생각이야. 이 생태계의 장점은, 두꺼비집의 내용물을 다른 마물과 공유할 수 있다는 거야. 물론 절대 그럴 놈들은 없겠지만.

이제 난 덩치가 달팅의 2배에 달했다.

갑자기 벌어진 격차를 보고 달팅이 낙담한 듯 했다.

-아닙니다. 짐이 되고 싶지 않습니다. 필요 없어지면 가차 없이 버려주십시오!

달팅은 진심이었다.

내 성장 속도를 도저히 따라올 자신이 없었나 보다.

-지금은 내가 만들어줄 수 있는 두꺼비집이 그리 대단하지 않다. 하지만 매순간 폭식을 시키면 너도 눈에 띄는 성장을 할 수 있을 거야. 그러니 내가 명령할 때까진 포기하지 말도록.

내 말에 달팅이 눈을 대록 굴렸다.

-네! 알겠습니다.

솔직히 아무리 먹인다 한들 달팅이 내 속도를 따라올 수 있을지 모르겠다.

반의반이나마 말이다.

하지만 뫼비우스 초끈이 따로 의도하는 바가 있을 거라 생각했다.

-그런데 말이지.

-네, 카몬님.

-두꺼비집의 정화물질을 반드시 먹어야하는 건가? 다시 그걸로 또 다른 건설을 해보면 어떻게 될까.

-꿀락! 역시 지혜로우십니다!

생각보해 보니 입 주머니와 두꺼비집은 기능 상 거의 흡사한 개념이었다.

그렇다면 두꺼비집에서 정화된 물질을 다시 건설에 사용할 수 있지 않을까.

꾸르르르.

마침 10cm짜리 2번 두꺼비집의 정화 작업이 완료됐다.

나는 내부의 정화 물질을 조심스럽게 혀로 떴다.

혀의 작은 구멍들이 열리긴 했지만, 내가 신경을 불어넣지 않으니 정화 물질을 빨아들이진 않았다.

"꿀락."

나는 정화 물질들을 얇게 1번 두꺼비집에 쌓아올렸다.

그리곤 빠르게 굳어지는 새로운 구조를 혀로 조심스레 가다듬었다.

-점점 더 높아지는군요!

-이젠 혀가 닿지 않을 정도야. 계단 구조를 만들어서 올라가 먹어야겠다.

"꿀럭!"

잠시 기다리자 예상한 결과가 나왔다.

두꺼비집의 정화물질로도 건설을 할 수 있는 것이었다.

그렇다면 얘기가 달라진다.

확실히 규모 있는 건설의 진행이 가능할 터였다.

일손만 더 많아진다면.

"꿀라라락!"

멀찍이서 포식자가 탐욕스럽게 내는 소리가 들려왔다.

좀 전에 배설물 맛을 보고 줄행랑을 친 그 놈이었다.

-오오! 내 덩치와 비슷할 정도로 높고 얇게 만들었구나. 정말 먹음직…….

멍청한 포식자 놈은 가까이 와서야 배설물 냄새를 맡고 좀 전의 경험을 떠올렸다.

-끌렉! 너희들의 두꺼비집은 맛이 형편없었지! 하마터면 또 배탈이 날 뻔했어!

단순히 맛만 없었던 게 아니라 소화 과정에서 상당한 문제를 겪은 듯 했다.

멀어지는 포식자를 보며 나와 달텅은 안도의 한숨을 내쉬었다.

포식자가 멀어지자 뫼비우스 초끈이 흥미로운 지령을 내렸다.

[서열이 더 낮은 마물 다섯을 모아 조직을 결성하라. 보상: 추가 레벨 업.]

"꿀락."

일손이 더 필요하다곤 생각했다.

역시 달텅만으론 충분치 않은 건가.

확실히 두꺼비집이 많아질수록 기하급수적으로 정화물질 생산량이 올라간다.

결과물 그 자체가 생산 능력의 증가를 뜻했으니.

"꿀라락."

나중 가선 입 주머니를 오로지 임시 식사용으로만 사용해도 될 것이다.

아마 크고 견고한 두꺼비집을 가진 마물들은 이미 그렇게 살고 있겠지.

-달텅. 1번과 2번 두꺼비집에 폐기물을 다시 집어넣자. 그리곤 나와 잠시 갈 곳이 있어.

-알겠습니다.

나는 체념한 채 앉아 있는 약한 마물들을 둘러보았다.

몇몇 놈이 예상대로 우리 쪽을 주시하고 있었다.

누가 봐도 포식자에게 먹힐 법한 1번과 2번 두꺼비집이 건재한 걸 보고 신기해하는 것이었다.

묘한 감정을 느끼고 있겠지.

-카몬님! 폐기물을 전부 채웠습니다! 곧 또 다른 식사가 가능하실 겁니다. 아니면 건설에 사용하셔도 되고요.

꾸르르르.

-그래. 잠시 따라 오거라.

정화 작업이 진행 중인 두꺼비집들을 뒤로 하고 작고 약한 마물들에게 걸어갔다.

그들의 혀와 주머니를 좀 더 가치 있는 요소로 뒤바꿀 차례다.

❖

이미 달텅은 추종자로써 날 따르고 있었다.

때문에 넷만 더 모으면 뫼비우스 초끈이 말한 규모의 조직을 결성할 수 있다.

단순하게 생각하면, 강제로 약한 마물들의 노동력을 착취할 수도 있다.

그러면 당장엔 두꺼비집 건설이 더 수월해지겠지.

하지만 그리 되면 조직을 결성하는 게 아니라 단순히 노동력을 착취하는 게 된다.

그런 시간 낭비를 할 바엔 한 번에 설득해 내 밑에 거둘 것이다.

"꿀락."

-왜 그러십니까? 저렇게 멋진 두꺼비집이 있는데 설마 제 것을 뺏어먹으려는 건 아니죠? 뭐, 사실 미련도 없지만!

내가 다가가자 먼저 약자 마물이 선수를 쳤다.

놈의 두꺼비집은 워낙 초라해 누구도 원하지 않을 대상이었다.

나는 혀를 꺼내 좌우로 흔들었다.

-관심 없다! 나보다 큰 포식자가 다녀간 걸 보았는가?

내 말에 약한 마물의 동공이 확장됐다.

-네. 사실 좀 놀랐습니다. 당연히 뺏겨 먹힐 줄 알았는데 투덜거리더니 가더군요. 어떻게 한 겁니까? 서열로는 당신이 더 낮았는데.

-의외로 간단한 작전을 썼다. 자, 어떤가. 만약 포식자에게 네 두꺼비집을 뺏기지 않고 맘껏 건설을 해볼 수 있다면. 그러면 어떻겠는가?

"꿀럭!"

내 말에 약한 마물이 두 다리와 눈에 힘을 주었다.

생각만 해도 해방감 때문에 신난 듯 했다.

살아있다는 걸 표현할 유일한 수단이 억눌리니 스트레스가 보통이 아니겠지.

-그리 되면 정말 좋을 거 같습니다! 부디 포식자들을 쫓아내는 방법을 알려주십시오! 은혜는 절대 잊지 않겠습니다!

-대신 조건이 있다.

-무엇입니까? 두꺼비집을 몇 년 동안 바치라는 건가요?

-아니. 나와 같이 두꺼비집을 만드는 것이다. 한 팀으로써.

-예? 저를요? 저는…… 별달리 쓸모가 없을 텐데요.

-나보다 덩치도 작고 정화 물질 생산량도 낮겠지. 하지만

여럿이 모이면 내게 쓸모가 있을 것이다.

약한 마물이 나와 달텅을 번갈아보았다.

누구도 원하지 않을 자신을 거둔다니 혼란에 빠진 거 같았다.

-카몬님이시다. 모시면 결코 손해 보는 일이 없을 거야. 적어도 뺏겨 먹힐까봐, 지금처럼 망연자실하게 앉아서 시간 낭비하는 일은 줄어들겠지.

달텅이 약한 마물에게 말했다.

정확히 놈의 맘을 간파하는 말이었다.

-꿀락. 저는 끼워 주시기만 한다면 열심히 따르겠습니다. 온전히 제 것이 아니더라도, 저도 제 혀로 한 번 제대로 된 두꺼비집을 만들어보고 싶습니다. 저렇게 멋진 건 아니더라도.

약한 마물은 부러운 눈길로 나와 달텅이 만든 1번과 2번 두꺼비집을 바라보았다.

내겐 하찮은 수준이지만, 약한 마물에겐 저 정도만 해도 꿈같은 정도였다.

-좋다. 따라와라. 네 친구들을 불러와도 좋다. 같이 거두어 주마.

-꿀락! 정말입니까? 저희 모두를 거둬주신다니. 홀로서도 충분히 잘 사실 분 같은데. 영문을 모르겠군요.

-어서 데려와라.

-네!

약한 마물이 자신의 친구 둘을 추가로 데려왔다.

모두 하나 같이 달텅보다도 작은 자들이었다.

그럼에도 난 불만을 품거나 그들을 깔보지 않았다.

-정말입니까? 굳이 하찮은 저희들을 왜요?

마물들은 나를 의심하는 게 아니었다. 되레 자신들을 왜 내가 거두려하는지 납득을 못하는 것이었다. 평생 그리 살아온 자들이었으니 답답해도 화를 내거나 하진 않았다.

-내 밑에서 일하다 보면 알 것이다.

-믿어도 돼.

전과 같은 설명을 반복하자 달텅이 눈치 있게 내 말을 뒷받침했다.

이미 추종자를 거느리고 있다.

그럴싸한 두꺼비집을 포식자에게 뺏기지 않았다.

이 두 가지 사실을 목격한 마물들이기에 금세 내게 설득 당했다.

-후. 이제 하나 남았군.

-저어, 죄송합니다만, 한 말씀 드려도 될까요.

마물 넷을 거느리게 되자 알아서 하나가 더 다가왔다.

나보단 작아도 덩치가 달텅만 했다.

-포식자로 활동해도 되는 분이 여러 마물을 불러 모으는 걸 봤습니다. 말씀하시는 걸 보니 뭔가 다른 게 느껴졌습니다. 그런데도 맘에 걸리는 게 있어 묻고 싶습니다. 허락하십니까?

신기한 마물이다.

달텅처럼 막연히 본능과 상황을 따르는 게 아니라 사유를 하고 말했다.

흥미롭다고 느껴져 승낙했다.

—허락한다.

—감사합니다. 분명 포식자를 쫓아내는 법을 아시는 거 같긴 합니다. 놀라운 일이지요. 하지만 전 전에도, 거둬준다는 포식자 밑에 들어가 일을 한 적이 있습니다. 처음엔 좋았지요.

—그런데?

달텅이 적대적으로 되물었다.

조직원을 모으는데 말을 걸어온 마물이 방해를 하는 것이라 느낀 것이었다.

—협력해서 큰 두꺼비집을 만드는 게 과연 처음엔 즐거웠습니다. 하지만 온전히 그 성과를 독차지하는 포식자를 보니 되레 맘이 더 안 좋더군요. 눈앞에서 항상 뺏기는 기분이랄까. 적어도 혼자서 소박하게 살면 그런 상실감은 느끼지 않아도 되잖습니까.

—그러고 보니 그러네. 우리가 가서 이 분을 도와도, 사실 크게 달라지는 건 없잖아.

—그래도 나는 오랜만에 제대로 된 두꺼비집을 만들어보고 싶어! 중간에 방해 안 받고 말이지.

—우리에게 남는 게 없잖아. 이런.

이미 모집한 마물들이 5번째 마물의 말을 듣고 웅성거렸다.

-이 자식! 하고 싶은 말이 뭐야! 왜 훼방이야!

보다 못한 달텅이 혀를 꺼내들고 그걸로 5번째 마물을 후려치려 했다.

-잠깐.

-쓸데없는 말을 하는 자입니다.

나는 달텅을 진정시키고 5번째 마물에게 다가갔다.

놈은 그제야 겁을 먹고 잔뜩 몸을 움츠렸다.

-내가 언제 성과물을 독차지한다고 했지? 원래부터 나눌 생각이었다.

-예?

-꿀럭!

달텅을 포함한 다섯 마물들이 일제히 놀란 기색을 보였다.

아. 그걸 설명 안 했구나. 내겐 상식인 것이 당연히 저들에겐 반대였나 보다.

-일한 만큼 정화 물질을 분배할 것이다. 수고비로 말이지. 작은 두꺼비집에서 소박하게 먹는 양보단 훨씬 많을 것이야. 게다가 내 방법대로라면, 두꺼비집이 계속 늘어나겠지. 포식자로부터 어느 정도 안전할 테니.

-설마, 정말 저희들과 성과물을 공유하시겠다는 겁니까?

5번째 마물의 말에 나는 주욱 다섯 마물들을 둘러보았다.

-물론. 나 편하자고 하는 짓이 아니다. 지켜보면 알 거야. 여기 달텅은 어렴풋이나마 알 것이다.

그제야 달텅이 다시 원래의 존경하는 눈빛으로 돌아왔다.

-맞아. 이 분은 너희 없이도 충분히 편할 수 있어. 게다가, 너희들이 뭐 얼마나 대단하다고 이 분의 식사량이 크게 달라지겠어? 다 너희들이 못 보는 미래를 보시니까 그러시는 거다!

-아.

달텅의 말을 듣고 마물들이 고개를 끄덕였다.

그들 수준을 고려할 때, 이미 내가 거두어주는 것 자체가 그들에겐 이익이었다.

-오해해서 죄송합니다. 이런 포식자 분은 처음 봅니다. 아, 포식자가 아니라 그저 우월한 분이시군요.

5번째 마물이 고개를 숙이고 혀를 꺼내 바닥에 댔다.

사과와 존경의 표시인 듯 했다.

-저를 거두어주실 수 있나요. 무례를 용서해주십시오!

-달텅. 잘 이끌어라. 프리프로그〈Free Frog〉의 5번째 조직원이다.

내 말에 달텅이 잠시 불만스런 표정을 짓더니 이내 고개를 끄덕였다.

-잘 알겠습니다, 카몬님!

그래도 불만보단 내 명령에 따르고자 하는 의지가 컸나 보다.

나는 1번과 2번 두꺼비집으로 다섯 마물들을 이끌었다.

-자, 너희들은 이제 프리프로그 소속이다. 나를 위해서 일하게 될 것이며, 마땅히 일한 만큼 식사하게 될 것이다. 마음껏 큰 두꺼비집에 기여할 수 있게 되고, 전보다 훨씬 풍족하게 식사할 수 있을 것이다.

-정말 좋군요!

-너희들이 손해 보는 건 없다. 그저 열심히 해주면 된다.

나는 2번 두꺼비집에서 정화 물질을 떴다.

그리곤 그걸 선으로 얇게 펴서 바닥에 청사진을 그리기 시작했다.

-이런 식으로 여러 기둥을 세울 것이다. 그리곤 그 위에 하나로 이어지는 지붕을 얹을 거야. 그리고 기울기를 통해 입구를 만들고, 기둥에 수직 여닫이를 만들면 수월한 관리 가 가능하다.

내 설명을 듣고 한동안 마물들이 말이 없었다.

설마 지능이 딸려서 이해를 못하는 건가.

내가 제안한 건축물은 여러 기둥을 하나로 이어서 통합 형 정화 탱크를 관리하는 방식이었다. 원시적이긴 했지만 일일이 기둥들을 따로 관리하지 않아도 됐다.

"꿀라라락!"

5번째 마물이 그제야 이해했다는 듯 펄쩍 뛰었다.

-이런 건 처음입니다! 전에 포식자 밑에서 일했을 때도 무조건 큰 기둥을 세웠는데, 여럿을 하나로 합치는 방식이라니.

다른 마물들은 아직도 이해를 못하는 듯 했다.

"꿀르륵."

나는 한숨을 쉰 뒤 각 마물들에게 단순한 작업을 명령했다.

달텅마저 3층이 익숙하지 않아서 이해를 못한 듯 했다.

그냥 높이가 작아지는 기둥들을 하나의 기울어진 지붕으로 잇는 것인데.

중력 때문에 위에서 붓는 폐기물들이 차례대로 기둥에 차오를 테고, 기둥에 여닫이 구멍을 만들어 결과물들을 빼내면 된다.

-자! 내가 명령하는 대로 그대로 따라하면 된다. 아, 참고로 이 건축물 주변에 얇고 높은 기둥들을 여러 개 세울 것이다. 이 기둥들엔 배설물을 섞어라.

-예? 배설물을요? 하지만 그러면 사용이 불가능합니다!

달텅이 혀로 마물 하나를 후려쳤다.

-일단 카몬님 말씀에 따라라! 멍청하면 말이라도 잘 들어!

내 귀찮은 일을 달텅이 대신 해주어서 참 좋다.

스네이커즈 간부 출신답다.

일일이 멍청한 마물들에게 답해줄 의향은 없다.

–자! 이제 시킨 일들을 계속 반복해라!

프리프로그가 열심히 움직이기 시작했다.

정화 물질은 1번과 2번 탱크에서 계속 만들어낼 것이다.

대신 혀가 내 것까지 여섯 개니 작업 속도가 배로 빠르다.

–거기 기둥의 윗면을 기울어지게 만들어! 이렇게.

5번째 마물이 그나마 건설에는 제일 가능성을 보였다.

나는 놈에게 제일 중요한 일들을 맡겼다.

달텅이 질투하는 듯 했지만 어쩔 수 없었다.

"꿀라락!"

"꿀락!"

마물들이 점점 몰입하며 즐거워하는 게 보였다.

본능적인 희열이 느껴지는 것이었다.

그러면서 작업 속도가 급히 빨라지기 시작했다.

"꿀락."

나는 4번 기둥이 완성되는 걸 보며 혀를 고개를 천천히 끄덕였다.

벌써 교란용 배설 기둥도 4개나 완성됐다.

당장 새로운 포식자가 와도 괜찮을 테지.

[서열 1만 위 이상에게 건축 능력들을 흡수하라. 보상: 레벨 업(+100).]

[카몬 – 3층 – 4억 1321만 9981위.]

뫼비우스 초끈이 다시금 어려운 지령을 내렸다.

하지만 나도 매우 동의하는 일이었다.

당장 서열이 높지 않아도 건축 능력이 뛰어나진다면 모든 작업 효율이 향상된다.

-달텅. 잠시 어디에 다녀오겠다.

-네? 예! 저흰 계속 말씀하신대로 건설하고 있겠습니다.

-그래. 만약 포식자가 오면 꼭 배설물 기둥부터 먹여라. 왜 그런진 알지?

내 말에 달텅이 혀를 꺼내 위아래로 힘차게 흔들었다.

-물론입니다!

차마 프리프로그에게 솔직하게 말하지 못했다.

목숨을 걸고 우월한 마물로부터 기술을 훔치러 간다는 걸 말이다.

산업스파이가 된 기분이다.

내가 곧장 향한 곳은 리치 핏이었다.

생각해보면 매우 무모한 짓이었다.

나보다 덩치는 물론 정화 물질 생산량이나 소유한 두께 비집 규모까지, 훨씬 월등한 마물들이 서식하는 공간이었다.

그런 곳에 발을 들이는 것만 해도 우월자들의 심기를 거스를 수 있었다.

아무리 작은 마물이라 하더라도 두꺼비집에 가까이 가는 것 자체가 위협의 의미가 될 수 있었으니. 나라고 하더라도 내가 아끼는, 소유욕이 강한 대상을 무조건적으로 다른 외부인으로부터 지키고 싶어할 것이다.

"꿀륵."

하지만 반대로 능력 흡수는 대상의 수준을 가리지 않았다.

2층 때 돌기를 흡수했던 것처럼, 대상이 우월하면 우월할수록 내가 얻는 능력도 같이 향상된다.

그리고 흡수하는 능력의 수준은 현재 내 수준과 무관해도 된다.

즉 최고의 건축 기술을 흡수하면 좋다는 것.

위험한 만큼 그 보상이 큰 상황이었다.

꾸르르르!

거의 천둥소리에 가까운 기포 소리가 들려왔다.

리치 핏에 자리를 잡고 있는 두꺼비집은 가히 성채에 가까웠다.

적어도 현재 내 덩치에서 보면 말이다.

그래서 한 번에 정화하는 폐기물양이 무시무시했다.

까마득하게 펼쳐진 두꺼비집들은 하나의 도시 같아 보이기도 했다.

"꿀라라락!"

그 외에도 두꺼비집 주변엔 내가 한참을 올려다봐야할 정도로 덩치가 큰 마물들이 가득했다.

역시 무작정 다가가는 건 너무 위험하다.

3층 마물들은 긴 혀를 지니고 있을 뿐 아니라 도약 능력까지 갖추고 있었다.

한 번 눈에 띄면 절대 도망칠 수 없다. 무모함 속에서도 최대한 조심하는 것과 그냥 처음부터 끝까지 무모한 것은 다르다.

척, 처억.

게다가 우월자들은 혀에 가시나 독주머니를 차고 있었다.

길고 굵은 혀로 두꺼비집을 다듬는 걸 봐서 알고 있다.

한 대 맞으면 그대로 몸이 찢기고 말겠지.

"꾸르!"

나는 작게 한 번 기합을 냈다.

우회할 수 없다면 정면으로 상대한다. 물론 힘으로 대한다는 건 아니었다.

내가 현재 저들보다 나은 것은 딱 하나였다.

그걸 가지고 거래를 해볼 생각이다. 아무리 잘난 자들이라도 본능적으로 끌리는 요소를 보면 가지고 싶은 맘이 들지 않을까.

철퍽!

나는 힘껏 뛰어 리치 핏으로 들어섰다.

─으음?

워낙 내 덩치가 작고 초라해 우월자들은 크게 놀라지조차 않았다.

오히려 의외라는 듯 거대한 눈알로 나를 대록 훑었다.

내가 일말의 위협도 되지 않는다는 뜻이구나.

그래도 기색을 봐선 불쾌한 거 같긴 했다.

-잘못 들어선 건가?

-아니면 우리 두꺼비집에 매료되어 걸어 들어온 건가!

-후자에 가깝습니다! 위대하신 건축가 분들에게 바치고
싶은 게 있습니다!

"꿀라라락!"

내 말에 리치 핏 외곽에 있던 거대한 마물들이 뒤로 자빠
져 웃었다.

내가 줘봤자 하찮은 것이란 거였다.

-겁 없이 들어선 만큼 멍청하기까지 하구나! 네까짓 게
우리한테 뭘 줄 수 있다는 거지? 네 눈알만한 정화 물질?
아니면 존경을 표하기 위한 눈에 보일랑 말랑한 작은 두꺼
비집?

마물 중 하나가 채찍 같은 혀를 꺼내 살살 휘둘렀다.

한 번 휘두르면 나 정도는 금세 죽일 수 있다는 것이었
다.

분명 그렇겠지.

-건축가 분들의 위대한 성채는 잘 감상했습니다. 하지만
엄청난 정화 물질 처리량에 비해, 한 가지 빠진 것이 있습
니다. 그게 있다면 모든 게 훨씬 수월해질 겁니다!

굳이 따지고 들자면 한 가지가 부족한 게 아니었다.

거대하고 웅장한 규모에 비해 저들의 건축 기술은 원시적이었다.

전문 지식이 없는 내가 봐도 그랬다. 적어도 난 현대 건축을 직접 보고 겪어왔으니까. 물론 깊숙한 안쪽을 본 적은 없다. 아마도 우월자들은 좀 더 발전된 건축 구조를 지니고 있겠지.

하지만 일단은 한 가지 기술로 거래를 해보려 한다.

적어도 리치 핏 외곽 구조에 서식하는 우월자들에겐 새로운 기술이겠지. 지어놓은 두꺼비집만 봐도 알 수 있었다.

-하! 건방진 놈. 감히 우리 두꺼비집을 깔보는 것이냐?

-네가 폐기물에 빠져 익사해봐야 정신을 차리겠구나.

-네가 감히 우리 두꺼비집을 욕보이다니! 너보다 수십 배는 크다!

"꾸락!"

불행히도 저들의 자존심은 내가 생각한 것보다도 예민했다.

그들의 두꺼비집을 평가한 죄로 나는 마물 중 하나의 혀에 둘러싸였다.

다행히 가시가 돋아난, 무기화된 혀는 아니었다.

[각성.]

[능력 흡수. 대상: 1092위.]

[능력 흡수 완료. A급 정화 효율 습득! 3단계 건축 강도 조절 능력 습득! B-급 혀 경화 능력 습득!]

-레벨 업! [Lv.788 / 힘: 0.788 / 민첩: 0.788 / 지구력: 0.788]

급한 상황 중에서도 난 나를 붙든 놈의 능력을 흡수했다.

혀에 붙들린 것만큼 가까운 거리는 없지.

그야말로 내 수준에 비하면 벽찰 정도의 능력들이었다.

워낙 급박한 상황이라 자세한 정보까진 살펴보지 못했다.

-그래. 한 가지 모자란 게 있지. 바로, 작고 건방진 마물을 담가서 양념을 하는 일이지! 맛이 어떨까 궁금하구나!

"꿀락!"

마물이 나를 그대로 거대한 두꺼비집 원통에 빠뜨리려 했다.

아직 정화되지 않은 폐기물이 가득했다. 당연히 나는 이 둔한 몸으로 수영을 할 줄 모른다.

이렇게 깔볼 줄은 몰랐다. 그냥 들어주기만 하면 되는데. 아예 가능성조차 보지 않는구나.

-잠깐!

다행히 나를 붙든 마물의 혀가 뚝 멈추었다.

[타겟 - 3층 - 871위.]

덩치가 훨씬 크고 외형이 독특한 마물이 다가왔다.

입 주머니에 회색빛이 돌았고 온 몸에는 화려한 적색 문양이 가득했다.

누가 봐도 우월자로구나.

-네가 감히 빅 쉘터의 두꺼비집을 욕하다니. 그래, 죽기 전에 어디 한 번 말해보아라. 대체 저 완벽한 작품의 어디가 모자란 지! 조금이라도 말이 된다면 살려주겠다.

다행히 우월자 중에는 자존심이 상한 중에도 호기심을 느낀 존재가 있었다.

너무 어이가 없을 정도로 하찮은 존재에게 비판을 받았기에, 한 번 들어나 보자는 것이었다.

내 무모한 언사가 되레 더 신경 쓰였을 테지.

저들은 분명 내 말을 듣고 역시나-라며 비웃을 준비를 하고 있을 것이다. 그 뒤에 나를 죽이는 게 더 구미가 당기겠지. 그 생각을 깨트려야 한다.

-내려주십시오. 직접 보여드리겠습니다.

"꿀라라락!"

"꿀라락!"

-놀랍도록 건방진 놈이구나. 한 입 거리 주제에 직접 시범을 보이겠다? 내 주머니보다도 작은 놈이!

-어디 천재적인 건축가의 실력을 좀 보자꾸나!

"꿀렉!"

나를 혀로 붙들고 있던 마물이 허공에서 날 스윽 놓았다.

땅바닥에 떨어진 난 고통을 참으며 겨우 착지에 성공했다.

워낙 높아서 탄력 있는 다리에도 무리가 왔다.

-제가 정화 물질 생산량이 작아서 크게는 보여드리기

힘듭니다. 조금만 시간을 주십시오.

　-자! 빌려주겠다. 어디 죽기 전에 맘껏 실력 발휘를 해봐라.

　까마득히 높은 마물들이 사방에서 쳐다보고 있었다.

　철퍽.

　내게 기회를 준 적색 문양의 871위가 혀로 정화 물질을 잔뜩 퍼주었다.

　나는 심호흡을 한 뒤 차분하게 건축을 시작했다.

　구조와 원리만 보여주면 되니까.

　우월한 자들이니 만큼 혹여라도 이해를 못하진 않을 것이다. 정화 물질로 직접 흐름을 보여주면 금세 와닿을 것이다. 미묘하게 혀가 떨리는군.

　-꾸륵. 그래봤자 모양만 기괴한 구조겠지.

　-그야말로 죽기 전 마지막 작품이구나. 작품인가? 아니면 진흙장난인가!

　-멍청하긴. 굳이 제 발로 찾아와서 수명을 앞당기다니.

　주변 마물들이 묵직하게 저주를 퍼부었지만 난 개의치 않았다.

　이제껏 쭉 무모하고 도전적으로 달려왔다.

　안전하거나 무난한 선택을 취했다면 진즉 아래 층 1위로 도태됐을 거다.

　-꾸르음. 뭔가 이해가 안 되긴 하는군.

　-대체 저게 뭐에 쓸모가 있단 거야?

내가 만든 구조는 수직 형태의 여닫이 문이었다. 그에 더해 여닫이문과 연결된 수로를 만들었다.

정말 단순한 메커니즘인 것임은 분명했지만, 빅 쉘터라는 리치 핏의 두꺼비집들은 그마저도 갖추고 있지 않았다.

여전히 원시적으로 혀로 떠 넣어서 혀로 떠내는 구조였다.

나는 주변에서 폐기물을 떠와 내 작은 두꺼비집 안에 넣었다.

꾸르르르.

-꿀라라락! 발악은 다 끝난 건가? 쓸모없는 시범은 잘 보았다. 이제 폐기물에 익사해 죽을 차례다.

-잠깐 더 기다려.

-꾸륵. 예. 알겠습니다.

성급한 마물들이 곧장 날 죽이려 했지만 871위가 말렸다.

놈은 유심히 내가 만든 구조를 노려보고 있었다.

-자, 정화가 완료된 거 같으니 한 번 보여 봐라.

-기다려주셔서 감사합니다.

나는 여닫이문을 열었다. 그러자 개방된 구멍에서 정화 물질이 나왔다.

그것은 그대로 수로를 타고 흘러 내 앞까지 도달했다.

나는 얼른 말을 이었다.

-이렇게 처리된 정화 물질을 편하게 관리할 수 있습니다.

지금 시범을 보인 구조는 하나지만, 여럿일 경우 정화 물질을 한꺼번에 한 곳으로 모을 수 있습니다. 발바닥 하나 꿈쩍하지 않고 말이지요!

−꾸르르르.

내 말에 우월자들이 신기하다는 듯한 울음소리를 흘렸다.

적색 문양의 871위도 잠시 말이 없었다.

−과연. 매우 새롭고 효율적인 구조다. 크게 만들면 귀찮게 리치 핏을 돌아다니지 않아도 되겠군. 원하는 지점으로 모을 수가 있겠어.

−그렇습니다.

−분명 말이 되는군.

"꿀렉!"

척!

871위는 매섭게 나를 혀로 잡아챘다. 나는 맥없이 물건처럼 집어졌다.

−네 말대로 네 구조를 빅 쉘터에 적용시킬 것이다. 하지만 창피하게 하찮은 마물에게 배웠다고 할 순 없지. 널 죽이고 여기 있는 부하 놈들의 입을 다물게 할 것이다. 그럼 나는 앞으로 빅 쉘터의 천재로 살 수 있을 거다!

−약속을 어기시는 겁니까?

−물론! 대단히 흥미로운 구조를 알려주어 고맙구나. 이제 너는 쓸모를 다했어!

871위는 자존심이 상한 거 같았다.

억대 서열 마물 따위에게 두꺼비집에 관해 배웠으니 말이다.

감명을 받은 만큼 더더욱 기분이 더러울 것이다.

놈은 휙 나를 집어던졌다. 능력을 흡수할 겨를조차 없었다.

"꾸라악!"

퐁당.

나는 그대로 거대한 정화 물질 탱크 중 하나에 빠졌다.

무지막지하게 깊고 큰 원기둥 형태의 탱크였다.

"꾸르르륵."

발을 휘적거려 봤지만 소용없었다.

정화 물질의 특성 때문에 늪처럼 몸이 빨려 들어갔다.

"꾸륵!"

순간 머리가 팽그르르 회전했다. 생존본능이 번개처럼 무섭게 온 몸에 뻗쳤다.

[혀 경화 활성화.]

척!

나는 익사하기 직전 탱크 벽에 혀를 박아 넣었다.

혀를 경화하자 혀끝이 돌처럼 단단해졌다.

능력 흡수 때 잠깐이나마 봐두어서 다행이지.

"꾸르."

겨우 살았다.

우월자들은 내가 익사했을 거라 확신하고 있겠지.

[학습률1000% 선택.]

빅 쉘터에 온 김에 능력 외에도 다른 것을 얻어가야겠다.

이 정도 무지막지한 정화 물질을 다 흡수하면 대체 얼마나 성장할까?

나는 벽에 박힌 혀의 작은 구멍들을 열었다.

전화위복(轉禍爲福).

내가 익사할 정도로 많은 정화 물질을 빠르게 삼키기 시작했다.

은밀한 폭식이 시작된 것이다.

원래 지금의 내 덩치였다면 몇 년이 걸렸을 것이다.

이 많은 정화 물질을 모두 먹어치우는데 말이다.

당연히 그 전에 우월자들에게 살아있단 걸 들켜 다음번엔 아주 확실히 죽임을 당했겠지.

"꿀럭, 꿀럭!"

하지만 내 경우는 달랐다.

어떤 경우의 수를 생각해봐도 지금 상황은 제법 잘 풀린 상황이었다. 막연히 뫼비우스 초끈을 본능적으로 따른 것.

그것 외에는 사실 대단한 계산이 들어가지 않은 행동이었다.

되레 안 풀릴 경우의 수가 더 많았었지.

나는 배가 터지도록 식사를 한 뒤에도 몇 초 만에 배가 푹 꺼졌다.

학습율1000%의 권능 덕분에.

모든 과정에서 권능의 효과가 적용되는 것이다. 단순히 흡수 부문 뿐 아니라 소화 후의 과정도 철저히 가속시키는 것이었다. 그야말로 전반적인 개념의 권능이 아닐 수 없었다.

-레벨 업! [Lv.986 / 힘: 0.986 / 민첩: 0.986 / 지구력: 0.986]

매순간 몸과 식사량 그리고 소화력이 늘어나며, 더더욱 빠르게 거대한 원통의 정화 물질을 빨아들였다.

그야말로 벽에 붙어 대놓고 리치 핏의 정화 물질을 탈취했다.

그럼에도 누구도 아직 눈치를 채지 못했다. 외곽 쪽 탱크라 그런가.

2층에서 스네이커즈 때문에 수 천 마리 마물들 사이에서 연속적으로 전투를 벌였던 것이 생각난다.

비록 훨씬 더 잔잔한 상황이긴 하지만, 마찬가지로 매순간이 더 나아지는 계기가 되고 있다. 들키면 끝장이기에 긴장되는 건 마찬가지다.

조급한 마음 때문에 조금 더 빨리 삼켜지는 것도 있는 거같다.

목구멍이 약간씩 당겼지만 아이러니하게도 당긴 만큼 커지는 덕분에 진짜 무리가 오진 않았다.

-레벨 업! [Lv.1096 / 힘: 1,096 / 민첩: 1,096 / 지구력: 1,096]

게다가 실제 무리가 온다 하더라도 레벨 업 효과 때문에 금세 완치될 것이다.

그래서 난 정말 앞뒤 안 가리고 미친 듯이 폭식 중이었다.

돌아가면 달텅은 물론 다른 마물들이 깜짝 놀라겠지.

나를 못 알아볼지도 모른다.

페로몬을 듣고 나서야 나라는 걸 믿겠지.

-레벨 업! [Lv.1396 / 힘: 1,396 / 민첩: 1,396 / 지구력: 1,396]

성장 속도가 장난이 아니었다.

동족 포식은 비교도 못할 정도였다.

굳이 비교하자면 매순간 꽤 굵직한 마물들이 입속으로 진득하게 녹아들어오는 기분이었다.

동족 포식을 해보지 않았음에도 그쪽으론 딱히 생각이 뻗지 않았다.

이미 그를 대체할 충분할 요소를 발견했기 때문에.

사실 1층과 2층에서 내 스스로가 세운 코드를 거의 지키지 못했다.

처음엔 미치지 않는 것에 집중하려 했으나, 역시 생존이 더 급한 지라 끝내는 동족 포식을 선택하게 됐다.

하지만 3층은 다르다. 대체제가 있을뿐더러 아래 층처럼 무조건 싸워서 강해지는 게 중요한 게 아니다.

중요한 것은 조직과 건설이다. 내 자체의 우월함은 그걸 밑받침하기 위한 수단 혹은 백업 정도일 테지.

"꿀럭, 꿀럭!"

내 덩치에 비해선 상당히 식사 속도가 빠른 것이었다.

그래서 어느새 정화 물질에 잠겼던 내 몸이 모두 드러나게 되었다.

그와 함께 벽에 박고 있던 혀가 더 이상 정화 물질 표면에 닿지 않았다.

그만큼 정화 물질의 양의 준 것이었다.

"꿀럭!"

척!

나는 혀를 빼서 더 아래쪽에다 박았다.

마치 밧줄이 달린 작살의 위치를 하강시키는 것 같은 원리였다.

다시 식사에 집중했다.

묘하게 틈새에서 초인이 됐을 때가 생각났다.

매순간 정신이 버티기 힘들 정도로 성장하는 것.

그것은 쾌락과 희열을 넘어서서 다시 고통의 범주에 들어서는 경험이었다.

온전히 즐길 수 없을 만큼 빠른 속도라 그런가.

시간 당 정신이 버틸 수 있는 적정 강도와 분량의 쾌락이 어느 정도 제한돼 있는 거 같다.

"꾸르르륵."

허나 이번만큼은 주둥이 악 물고 참기로 했다.

단순히 빠른 성장 뿐 아니라, 성공적인 탈출을 위해서도 최대한 먹어야 한다.

이 원통 밖에는 수백 마리 우월자들이 드글드글 거리고 있다.

밖을 나가기 전에, 혹은 들키기 전에 최대한 확률을 높여야 한다.

-레벨 업! [Lv.1572 / 힘: 1,572 / 민첩: 1,572 / 지구력: 1,572]

아무리 강해진다 한들 저들 모두를 상대할 순 없겠지.

약속을 어긴 건 나중에 복수하더라도 일단은 탈출이 최우선이다.

그리고 효과적인 탈출을 위해선 모든 수를 동원해야 하고, 그 모든 수의 효율과 수준을 높여야 한다.

"꿀럭, 꿀럭!"

나는 인내심 있게 폭식을 계속했다.

물론 인내심이 필요한 이유는 지루함을 참기 위해서가 아니라, 넘치는 희열과 쾌락을 버텨내기 위해서였다.

고통에 수준으로 응집된 쾌락! 점점 더 진해질 뿐이었다.

얼마나 지났을까..

이제 탱크의 내용물이 3분의 1밖에 남지 않게 됐다.

다행히 그동안 우월자들은 이 탱크에 관심을 돌리지 않았다.

내 정신은 피폐해질 정도였지만 아이러니하게 레벨 업 덕분에 버틸 정도의 컨디션이 항상 공급됐다. 스스로 자청한 고문이긴 했지만, 결과적으로 내 표정은 입이 귀에 걸릴 정도로 웃고 있었다.

단순한 고통이 아닌, 쾌락에 쩔어서 느껴지는 고통이었으니.

"꾸륵."

전에 작은 마물이 설명해준 게 기억났다.

특정한 두꺼비집은 숙성시켜서 벌레를 꼬이게 하는 용도로 쓰인다고.

운 좋게도 내가 빠진 두꺼비집이 그런 경우인가 보다.

리치 핏 외곽에 있으니 가능성이 높겠지.

덕분에 나는 필요한 만큼의 시간을 마음껏 누렸다.

-레벨 업! [Lv.9912 / 힘: 9.912 / 민첩: 9.912 / 지구력: 9.912]

[카몬 - 3층 - 3019위.]

나는 그야말로 놀라울 정도의 성장을 보였다.

몸이 두꺼비집 탱크의 반을 채울 정도로 커진 건 물론, 새롭게 생겨난 근육들 덕분에 몸에 형태가 잡혔다.

3층은 성장에 유리한 생태계라 그런지 레벨이 1만대에 달했음에도 아직 서열은 3천대였다.

다른 마물들의 효율이 어떻건, 생태계 구조 자체가 고농축 영양 흡수에 유리한 형태였다. 그렇기에 잘난 마물들은 한없이 더 잘난 모습이겠지.

[자연 각성 – 잠재된 유전자가 활성화되어 본격적인 도약이 가능해졌습니다.]

그에 더해 도약 능력을 각성했다.

전에 흡수할 때 같이 얻지 않은 걸 보니, 모든 3층 마물들이 도약의 잠재성을 가지고 있는 건 아닌 거 같았다.

그러고 보니 자세히 살펴보면 3층 마물들은 발달된 모습이 제각각이었다.

혀가 무기화된 녀석도 있고, 871위처럼 아예 대놓고 문양을 품고 있는 놈들도 있었다.

내 딴에는 흡수할 종류가 많아 좋은 거지.

2층에서도 창, 방패, 독을 모두 흡수한 덕분에 불리한 상황에서 이길 수 있었다.

여기서도 다양한 능력을 조합해 불리한 상황을 극복해보리라.

–이건 왜 이리 숙성이 안 되는 거야? 날파리 꼬일 때가 됐는데!

-뭐 잘못된 거 아냐?

평화로운 식사 시간이 끝났다.

가까운 곳에서 우월자 둘이 뒤뚱거리며 걸어오는 게 느껴졌다.

"꾸륵."

큰 일 났다.

이젠 내 덩치가 워낙 커져서 원통의 안쪽 시야각에 숨을 수가 없다.

그렇다고 각성하여 저들과 싸울 수도 없는 노릇이었다.

서열을 볼 때 너무 무모한 도전이었다. 그 정도는 이제 충분히 가늠할 수가 있었다.

-뭐야!

-왜?

꼬르르륵.

-안에 왜 이것밖에 없는 거야?

-어떤 멍청이가 먹어놓고 폐기물 안 채워놨어! 이런 게으름은 혀 채찍질 10번의 형벌 감인데!

나는 응급하게 묘수를 썼다. 덕분에 들키지 않았다.

다행히 두꺼비집 탱크엔 3분의 1 정도 내용물이 남아있었다.

내가 잔뜩 몸을 웅크리면 숨을 수 있는 부피였다.

나는 주머니에 잔뜩 공기를 담고 정화 물질에 잠수를 했다.

위에서 보면 말 그대로 탱크를 누가 먹어서 비운 것 정도로 보였다.

정화 물질이 투명하지 않아서 천만다행이다.

-근데 퍼스트 쉘터랑은 어떻게 되는 거야?

-글쎄. 저쪽에서 존경의 표시로 정화 물질 세금을 요구하긴 하는데, 우리도 절대 밀리는 입장은 아니잖냐.

정화 물질에 잠수 중이더라도 어렴풋이 우월자들의 페로몬이 들렸다.

-하긴. 저쪽에 1위가 있긴 하지만 두꺼비집만 보면 절대 우리가 밀리지 않지.

-오히려 더 낫지. 조금이나마.

-꿀라락. 그래. 멍청한 하급 마물이 말해준 사실 덕분에 이제 정화 물질 길을 다룰 수 있지.

내가 전해준 수로 기술을 말하는 거 같다. 벌써 얘기가 퍼질 정도인 걸 보면 혁신적이긴 했나 보다. 단지 내가 저수해준 걸 인정하긴 싫은 거겠지.

괘씸한 놈들. 오히려 나를 죽이려 하다니!

-제길. 우리가 채워 넣자고. 폐기물.

-가자.

우월자들이 떠나자 급히 정화 물질 밖으로 머리를 꺼냈다.

이제 남은 건 1분도 안 된다.

저들은 금세 돌아와 이곳에 폐기물을 쏟아 부을 것이다.

그럼 난 진짜 익사하게 되겠지.

"꿀럭."

[3단 강도 건축 기술 – 약/중/강의 강도로 정화 물질을 굳힐 수 있습니다. 이에 따라 목적에 걸맞는 다양한 건축 구조를 구현할 수 있습니다.]

리치 핏 우월자에게 흡수한 또 다른 기술을 살펴보았다.

나는 급히 주변의 정화 물질을 주머니에 담았다.

2차로 정화 작업을 하는 것이었다.

"꾸륵."

흡수한 감각 덕분에 손쉽게 약–강도의 정화 물질을 만들 어낼 수 있었다.

꾸드득.

약한 강도의 정화 물질은 굳기 직전에 반투명하게 형태를 갖췄다.

혀로 당겨보니 적잖은 탄력을 가진 물질이었다.

이거다.

"꿀럭, 꿀러억."

꾸르르르.

나는 한껏 정화 물질을 삼켜 2차 정화 작업을 진행했 다.

그리곤 거미줄을 뽑듯이 탱크 벽에 구멍을 뚫고 U자로 짧은 고리를 만들었다.

딱 내가 들어갈 만한 사이즈였다.

−자, 이제 붓자고. 맘대로 쳐먹고 채우지 않은 놈이 대체 누굴까.

−우리보다 서열이 낮은 놈이라면 나중에라도 채찍질을 해주어야지.

점점 우월자들이 다가오는 게 느껴졌다.

꾸드드득.

나는 U자 고리에 등을 대고 더 아래쪽 벽에 혀를 던져 박았다.

그리곤 혀로 벽 쪽으로 몸을 당겼다. 그러자 U자 고리가 고무줄처럼 늘어났다.

파앙!

"꿀럭!"

−뭐야!

나는 U자 고리의 탄력으로 대포알처럼 두꺼비집 탱크를 빠져나갔다.

미처 우월자들이 대처를 못할 정도의 속도였다.

놈들이 뒤늦게 가시 돋힌 혀를 뻗어봤지만 소용없었다.

척!

나는 도약 능력과 매서운 성장 덕분에 두 다리에 근육이 가득했다.

그래서 꽤 먼 거리를 도약하고도 안전하게 착지할 수 있었다.

−너! 너 뭐야!

철퍽!

나는 다시금 도약하여 리치 핏으로부터 한순간에 멀어졌다.

탈출은 성공적이었다.

내가 원하는 것들을 잔뜩 취하고 무사히 빠져나왔다.

기껏 대가로 치른 것이라곤 작은 건축 기술과 죽을 뻔 한 위기 정도.

얻은 것에 비해서 나쁘지 않았다.

"꾸르륵."

이제 프리프로그로 돌아갈 차례다.

조직원을 수백으로 늘리고, 본격적으로 확장 사업을 시작할 것이다.

이제 어쭙잖은 포식자가 와서 훼방을 놓는 일은 없겠지.

3000대 서열이라면 절대 이 생태계에서 만만한 존재가 아니다.

설사 나보다 높은 서열이 와도 단수나 소수라면 상대할 방법이 있다.

이젠 내 비전을 이룰 차례다.

제3의 리치 핏 세력을 형성하는 것!

신분상승 가속자

2 장 - 대포 군대

프리프로그에게 돌아가며 찬찬히 생각했다.

능력 흡수와 각성은 분명 대단히 유용한 권능들이었다.

하지만 내가 이토록 빨리 성장할 수 있었던 이유는 제1권능, 학습률1000% 덕분이었다.

10배수는 절대 우습게 볼 요소가 아니었다.

본질적으로 이해해보면 그 잠재성에 깜짝 놀랄 수밖에 없었다.

지능지수가 140인 존재가 지능이 1400에 달하면 고스란히 10배 지능을 보유하게 되는 게 아니다.

그건 천재의 정의가 아니고 그냥 단순 개체의 곱셈에 지나지 않는다.

1시간당 30개 외우던 단어를 300개 외우게 되는 게 아니라, 언어에 대한 본질적인 이해를 할 수 있는 경지에 다다른다.

시스템이란 개념을 제대로 이해했을 때, 10배수의 힘을 더더욱 깨닫게 된다.

단순 레벨과 달리 시스템 효율이 10배가 됐을 때, 모든 게 달라진다.

"꿀락."

3층에서 정화 물질을 삼킬 때, 나는 입자 하나하나에 대한 소화를 10배수로 이루어내는 것이다. 학습속도나 학습양이 아닌 학습 비율이 10배이기 때문에.

게다가 리치 핏 우월자들 정도는 돼야 1배수 학습률을 지니게 된다.

다른 마물들이 수백 년이 걸려도 제자리걸음을 하는 이유는 그들의 효율이 소수점 수준이기 때문.

게다가 성장할 때마다 자체 학습률에 10배수가 적용된다.

매순간 자체적인 기본 시스템 효율 역시 올라간다는 것.

공부.

초인으로서의 각성.

던전에서의 생존.

모두 뫼비우스 초끈이 도와준 덕분에 무서운 속도로 성장할 수 있었다.

"꿀라락."

분명 단순한 도구가 아니다.

의도가 있다.

그러나 135층까지 달려야한다는 것 외에는 아직 구체적으로 드러난 게 없다.

뫼비우스 초끈과 직접적으로 소통할 수 있다면 좋을 텐데.

아직 내 수준이 너무 미약해서 그런가 보다.

[각성.]

철퍽!

나는 힘차게 도약하여 프리프로그에게 향했다.

그리하니 금세 그들의 모습이 눈에 띄었다.

-거, 거대하신 분이시여! 부디 이 기둥들을 먼저 드십시오! 저희들이 정말 노력하여 만든 두꺼비집입니다. 차근차근 드시고, 부디 저희들은 살려주십시오.

달텅이 노련한 자세로 내게 배설물 기둥을 먹이려 했다. 그래도 내 덩치에 적잖이 당황한 게 티 났다.

나는 혀를 꺼내들어 툭 배설물 기둥을 넘어뜨렸다.

그걸 보며 달텅이 당황하여 다리를 부들부들 떨었다. 우스꽝스럽긴 했지만 오래 놀리고 싶지 않아 얼른 말했다.

-달텅. 프리프로그의 수장에게 배설물을 먹이려 하다니! 고약하구나.

-꿀락! 카몬님?

달텅이 경악하고 말았다.

내 페로몬을 듣고 프리프로그 다섯도 일제히 몸이 얼어붙었다.

반가움을 뒤덮을 정도의 놀라움을 느낀 것이다.

-말도 안 돼.

-정말 카몬님입니까? 대체 어떻게 된 일입니까?

-살짝 올려다볼 정도였는데! 이렇게 거대해지시다니!

그도 그럴 듯이 달텅만 해도 크기가 내겐 한입거리였다.

나는 당황하는 프리프로그에게 차분히 말했다.

하나하나 설명해줄 생각은 없다.

-나는 곧 3층을 벗어날 몸이다. 오래 머물 생각이 없어. 그 전에 너희들이 협력하여 도와줄 일이 있다. 평생 잊지 못할 경험이 될 것이야.

-오, 이토록 대단한 분을 모실 수 있다니! 무엇이옵니까! 무조건 따르겠습니다!

-꿀락! 이런 대단한 포식자 분 밑에서 일할 수 있다니! 함부로 쳐다보지도 못할 서열이신데!

프리프로그는 감격했다.

내가 배설물 기둥 외에도, 그들을 지킬 수 있는 힘을 갖추게 되어서였다.

내심 포식자로부터 내가 자신들을 지켜주지 못하면 어떡하나 걱정했던 것이다. 목숨이 위태로운 것 외에도 그간 노력한 것들이 물거품이 될 수도 있었으니.

그 상실감을 나도 겪어봐서 이해를 못하는 바는 아니다.

그 외에도 내 서열 자체가 그들에겐 선망의 대상이었다.

달텅은 2층 때 내 모습이 떠올랐는지 미묘한 표정을 지었다.

-이제부터 본격적으로 프리프로그의 숫자를 늘릴 것이다. 내가 여기 웅장하고 큰 두꺼비집을 지을 것이다. 너희들은 최소 100명씩 마물들을 모아와라. 무료로 배터지게 정화 물질을 먹여준다고 하고 말이다.

-무료로 말입니까?

-그렇다. 믿지 않는다고 하면 일단 멀찍이서 이 구조물을 보여줘. 내게 잡아먹힐까 두려워한다면, 다가와서 내 앞에서 정화 물질을 먹어라. 그럼 경계를 어느 정도 풀 것이다.

-오오! 과연. 그렇게 하면 웬만한 마물들은 무조건 따라올 겁니다.

내 말에 프리프로그가 혀를 꺼내들어 위로 흔들었다.

적극적인 지지를 드러내는 의사 표시였다.

-작은 혀들도 한 데 모이면 대단한 건축물을 만들 수 있다. 제대로 된 감독자만 있다면.

달텅이 대로록 눈알을 굴리곤 서둘러서 말했다.

마치 정답을 맞추고 싶어 하는 모범생 같아 보였다.

-바로 카몬님이신군요!

-그렇다. 자, 이제 떠나서 데리고 오거라! 너희들보다 서열이 훨씬 높아도 상관없어. 나를 보면 결국 수긍하게 될 거다.

-예! 꿀락!

달텅을 포함한 다섯 마물이 사방으로 퍼져 나갔다.

그 사이 나는 3단 강도에 관해 좀 더 자세히 살펴보았다.

건축의 수준은 물론 기능이나 범위까지도 확장해줄 요소였다. 찬찬히 생각해보니 반드시 땅 위에 서 있는 구조만 가능한 것도 아니겠군.

예를 들어, 가장 단순하게 바〈Bar〉에 걸쳐진 바퀴도 만들어볼 수 있겠다.

이제 본격적으로 혁신적인 건축을 펼쳐볼 차례다.

물론 3층 기준에서 혁신적이란 뜻이었다.

"꿀락."

꾸르르르.

나는 폐기물을 한껏 삼켜 정화 물질을 만들었다.

이젠 덩치가 커서 양이 제법이나 많았다.

"꾸웨에에엑!"

다음으론 정화 물질을 토해 내 덩치만한 두꺼비집을 만들기 시작했다.

프리프로그 입장에서 보면 거대한 저택 정도로 보일 것이었다.

척, 처억!

혀로 열심히 두꺼비집을 다듬었다.

그런 식으로 9개의 기둥을 세우고 기울기를 이용해 하나의 지붕으로 융합시켰다.

빅 쉘터 놈들에게 알려준 대로, 나도 수로를 이용해 여닫이문에서 나오는 결과물들을 한 곳으로 모으게 했다.

"꿀락."

이 정도면 300마리의 작은 마물들을 충분히 먹일 수 있을 것이다.

정확한 계산은 해보지 않았지만, 장기적으로 보면 상당한 흑자였다.

소량의 정화 물질을 인건비라고 쳤을 때, 마물들은 적은 양의 식사로 1시간 동안 노동력을 제공할 것이다.

물론 서열이 낮아 능력 역시 그리 대단하지 않을 테지만, 다수가 움직이면 얘기가 달라질 것이다. 때론 무조건 큰 혀보다 되레 작게 협심하여 움직이는 혀들이 더 효과적일 테지.

"꿀럭."

꾸르르르.

나는 확인 차 약/중/강의 건축 물질을 생산해냈다.

1차 정화 물질이 시멘트 같은 요소라면, 이 세 가지는 좀 더 특수화된 부위를 담당하게 될 것이다.

"꿀락."

찬찬히 혀로 세 가지 물질들을 살펴보았다.

약-강도는 이미 겪어봤다시피 반투명한 모습이었고 탄력을 갖추고 있었다.

중-강도는 약-강도보다 밀도가 높아 말랑말랑하긴 했으나 쉽게 부술 수 없는 재질이었다.

마지막으로 강-강도는 1차 정화물질보다도 훨씬 단단하고 무거웠다. 철근이나 쇠 등의 역할을 해주면 될 거 같다.

"꾸르음."

나는 번쩍 떠오른 아이디어를 얼른 구현해보았다.

프리프로그는 새 조직원들을 모으느라 아직 소식이 없었다.

꾸드드득.

오래 걸리지 않아 완성했다.

세 가지 물질과 1차 정화물질을 사용하여 완성했다.

내 눈 앞에 놓인 것은 밀어서 움직이는 새총 형식의 대포였다.

U자 고리에 강-강도의 구슬을 장착하고 기어를 돌려서 장전을 하는 방식이었다.

중간에 기어비를 맞추느라 여러 번 시행착오를 겪었다. 기어비가 맞지 않으면 운동 에너지를 전달하거나 U자 고리를 제어하는데 어려움이 생겼다.

"꿀륵."

파앙!

기어를 풀어 대포를 발사해보았다.

그러자 대포알이 높다란 천장까지 날아가 파삭 깨졌다.

던전 천장보단 단단하지 않지만, 이 정도면 웬만한 우월자의 몸통에 시원하게 구멍을 뚫을 수 있을 테다.

"꾸륵!"

흥미로운 점은 굳이 내가 아니어도 작은 마물들 역시 사용할 수 있다는 거지.

대형 공사단은 언제든 군대로 탈바꿈할 수 있을 것이다.

나 혼자 싸우는 게 아니었다. 내가 일방적으로 이들을 지켜주는 게 아니었다.

곧, 이들은 내게 직접적으로 도움이 될 존재들이었다.

-카몬님! 앞으로 모실 자들을 불러왔습니다!

-어서 오거라! 자, 약속한 대로 무료 식사를 제공하겠다!

촤아아아!

나는 여닫이문을 열어, 이번에 건설한 대형 통합 두꺼비 집에서 정화 물질을 흘려보냈다. 수로를 따라 푸른빛을 띠는 정화 물질이 흘러나왔다.

작은 마물들의 눈엔 아름다운 홍수처럼 보이겠지.

"꿀락!"

"꿀라락!"

수십 마리 마물들이 모여들어 수로 아래 모인 정화 물질을 퍼먹었다.

예상대로 배 터지게 먹어봤자, 그들 전부의 식사량이 내가 한 입 먹는 것보다도 적었다.

그럼에도 효과는 강력했다. 그들로부터 이미 황홀해하는 기색이 느껴졌다.

나는 첫 번부터 종합적인 경험으로 그들을 매료시킨 것이다. 그 핵심엔 내 존재감이 자리 잡고 있지.

-자, 나를 위해 일하면 1시간마다 이토록 풍성한 식사를 제공하겠다! 앞으로 너희들은 이런 아름다운 두꺼비집을 만드는 데 기여하게 될 것이다! 너희 하나하나의 혀는 짧고 얇지만, 내 아래 뭉친다면 얘기가 다를 것이다!

"꿀라라락!"

이미 약한 마물들은 내 거대한 통합 두꺼비집에 매료된 상태였다.

그 상태에서 거두어주겠다고 하자 감히 거절하는 자가 없었다.

워낙 내 서열이 높아서 굳이 강렬하게 원하지 않아도 거절하기가 두렵겠지.

-카몬님!

다른 프리프로그들도 하나둘 수십의 무리를 데리고 나타났다.

새로 나타난 작은 마물들은 눈을 대로록 굴렸다.

한 데 모여든 마물들 때문에 더더욱 경계가 늦추어지고 호기심이 자극되겠지.

-자! 일단 마음껏 식사하거라!

벌써 150마리 정도를 먹인 것 같은데 아직 탱크 기둥을

1개밖에 소모하지 않았다.

예상대로 값싼 노동력이 분명했다.

곧 300에서 500마리 정도가 모일 테지.

─앞으로 너희들은 내 아래 귀속될 것이다! 너희들은 이제 프리프로그다.

계속해서 마물들이 모여들었다.

수백의 마물들에게 연설을 내뿜었다.

육체가 우월했기에 그만큼 전달되는 페로몬도 강력했다.

마물들은 내 두꺼비집과 내 육신에 잔뜩 매료되어 더더욱 군중에 소속되고 싶어 했다.

"꿀라락!"

"꿀라라라락!"

던전이 차가워지는 게 느껴졌다.

내 앞엔 수백의 마물들이 동그랗게 눈을 뜨고 날 올려다보고 있었다. 모두 프리프로그에 들어오기로 한 자들이었다.

그 중에서 뫼비우스 초끈이 기다렸다는 듯 지령을 내렸다.

[빅 쉘터와 퍼스트 쉘터가 전쟁을 벌이도록 유도하라. 보상: 추가 레벨 업(+1000).]

나는 척 혀를 꺼내들었다.

─이제부터 너희들을 여러 개의 팀으로 나눌 것이다! 각 팀에는 부감독이 임명될 것이다. 그리고 너희 모두가 일사분란하게 내 명령에 따라 움직일 것이다!

큰 동작이나 작업은 내가 도맡을 것이다.

대신 다른 모든 세밀하고 작은 작업들은 450에 달하는 프리프로그가 담당해줄 것이다.

두 리치 핏 세력이 전쟁을 벌여 약해졌을 때, 나는 약한 자들의 군대를 이끌고 내가 원하는 목적을 이룰 것이다.

나는 던전의 까마득한 지평선을 둘러보았다.

곧 여유롭고 느긋하던 3층에 포효와 비명이 가득하게 될 것이다.

기대한 것 이상으로 프리프로그는 일사불란한 움직임을 보여주었다.

아무리 작고 서열이 낮은 존재들이라도, 3층 마물들은 본능적으로 타고난 건축가들이었다. 그 규모나 숙련도에서 차이가 날 뿐이었지.

말 그대로 종족 특성이었다.

때문에 공사단은 1시간 단위로 눈에 띄는 성과를 냈다.

나는 큰 그림을 본 뒤 잘게 나누어진 단순 명령을 내렸고, 각 부감독들은 충실히 그 명령을 자신의 팀과 수행해냈다.

꾸르르르.

온 사방에서 기포 끓는 소리가 났다.

작은 마물들이 지었다고 믿기 힘들 정도로 큰 두꺼비집들이 곳곳에 세워졌다.

내가 강-강도로 철근 구조를 세워주면 나머지는 프리프로그가 채워나갔다.

작은 덩치는 계단이나 사다리 탑 같은 보조 건축물로 극복했다.

당연히 내가 계몽시켜준 요소들이었다.

-카몬님. 8번 통합 탱크 두꺼비집이 완료됐습니다.

-수고했다. 식사와 휴식 후 곧장 9번에 착수하라!

-알겠습니다! 이제껏 그랬듯, 누구도 휴식을 원하지 않을 겁니다!

군중의 효과 때문인지 흥미로운 현상이 나타났다.

프리프로그 대부분은 자원하여 휴식을 반납했다.

군중에 속해 거대한 건축물을 짓는다는 성취감과 소속감이, 그들의 작은 열정을 불태우고 있는 것이었다.

막상 자신이 하는 작업은 매우 작고 단순할 테였다. 당장 자신의 작업만 보면 왜 그 일을 해야 하는지 의문이 들 수도 있었다. 하지만 복종하고 따르다보면, 어느새 다른 마물의 작업과 합쳐져 좀 더 완성에 가까운 모습을 보게됐다.

바로 그 오묘한 경험이 마물들의 원동력이 되고 있는 것이었다.

"꿀라락!"

"꿀락!"

걸핏하면 프리프로그 마물들은 완성된 두꺼비집을 보며 감탄을 내질렀다.

결코 자신의 것만은 아니었지만, 자신이 기여했다는 점이 그렇게나 뿌듯한 것이었다. 완전히 자신과 무관하지 않다는 것. 그것만으로도 충분할 정도로 그들의 입장에서 완성된 두꺼비집은 멋진 결과물이었다.

"꿀락!"

-카몬님. 새로운 조직원입니다. 허락할까요?

-물론이다. 바로 일할 곳을 배치해라.

달텅은 스네이커즈 간부 출신답게 인적 자원 관리에 유능했다.

그래서 건축 쪽에 배치하지 않고, 급격히 불어나는 프리프로그 인원을 관리하게 했다.

덩치나 서열이 높지 않았음에도, 내게 권한을 위임받아 중책을 도맡고 있는 것이었다.

여러 곳에서 꾸준히 신입 조직원들이 들어왔다.

멀찍이서 보고 다가왔다가 용기를 냈거나, 친구들이 데려온 경우들이었다.

거대한 공사 규모를 보고 포식을 하려다가 나를 보고는 가입을 열망하는 자도 있었다. 조직의 규정을 간단히 알려주고는 마찬가지로 받아주었다.

원래 서열보단 내가 정해준 구조와 팀워크를 따르라는 게 규정의 중심이었다.

"꾸르르."

이번엔 조직의 질보단 양으로 밀어붙일 생각이다.

내 덩치와 기술들 덕분에, 아무리 조직원을 불려도 결국엔 이득이었다.

정화물질의 원초적 자원이 되는 폐기물은 얼마든지 3층에 널려 있었다.

-위대하신 감독관님! 32번 대포를 완성했습니다!

-잘했다. 창고 두꺼비집에 안전히 배치해 두어라.

꽤 많은 물량의 대포들을 완성했다.

추가로 대형 투석기와 작살기, 그리고 마물들이 피신할 강-강도의 벙커까지 몇 개 구비해두었다. 위급할 때 전부는 아니더라도 일부 마물들이 숨어들 수 있을 테였다.

중요한 점은 모두 바퀴가 달려 있어 밀고 당기면 이동이 가능하단 거였다.

우수한 구조는 아니라 방향 전환이나 전자동 이동 등은 불가했다.

하지만 약한 마물들이 사용함에도 파괴력이 뛰어나단 것과, 이동이 가능하단 것 자체가 이미 3층 던전에서는 혁신적인 요소였다.

-폐기물 공급 건은 어떻게 돼가고 있지?

-네! 수로를 거의 완성해서 이제 곧 수월하게 폐기물을 끌어올 수 있을 거 같습니다!

-좋다.

꾸준한 폐기물 공급을 위해 가까운 폐기물 폭포에서 자연스레 자원을 수로로 받아올 것이다.

그러면 더더욱 모든 과정들이 가속될 것이다.

가능하다면 1만 위권 아래 조직원도 거둬들이고 싶다. 나 외에도 2단 혹은 3단 건축 강도를 생산할 수 있으면 유용할 테니.

"꿀라라락!"

─꾸레에엑! 카몬님!

서서히 밤의 끝이 다가오는 게 느껴지는데 한쪽에서 소동이 일어났다.

철퍽!

얼른 뛰어가니 서열 2549위가 난동을 부리고 있었다.

혀끝이 나처럼 경화된 모습이었다.

이런. 시간이 없는데.

─꾸라라락! 화려한 공간이구나! 신기해 보이는 두꺼비집이 정말 많아! 모두 집어삼켜 오랜만에 행복한 포식을 해보겠다! 꾸라라락!

2549위는 나보다 서열이 높았다.

놈은 마구잡이로 새로운 건축물들을 부서서 깨먹고 내 조직원들까지 잡아먹었다.

놈의 동기가 무엇인지 따위는 상관없었다. 작은 마물들이 자신은 꿈도 꿀 수 없을 만큼 아름다운 두꺼비집을 지어서건, 막연한 심술이건 상관 없다.

여기서 저 놈을 제압해야 프리프로그가 계속 내 아래 통합돼 있을 것이다.

내 목숨을 사리기 위해 여기서 도망칠 순 없지.

-뭐, 뭐야! 카몬님보다 강한 분이잖아!

-이렇게 프리프로그는 끝인가!

마물들이 동요하기 시작했다. 그간은 누구도 프리프로그를 위협할 수 없었다.

그 숫자나 규모 외에도 나란 존재가 버티고 있었기 때문에.

하지만 이번 경우는 달랐다.

프리프로그 전체가 절망에 빠졌다.

-대포를 끌어와라! 당장!

그래도 당장 내 명령에 따르긴 했다.

프리프로그는 대포를 가져와 2549위를 겨냥했다. 최소 20기의 대포였다.

나 혼자 싸우지 않아도 돼서 다행이다. 각성해도 이기기 힘든 상대니.

-발사하라!

프리프로그는 처음으로 실제 대포를 사용해보는 것이었다.

그래서 모두가 의문을 품고 있는 상태였다.

나를 제외하고는.

파앙! 파앙, 파앙!

수 없이 많은 대포알이 2549위에게 날아갔다.

나는 물론 많은 프리프로그가 침을 꿀꺽 삼켰다.

2549위는 갑자기 날아오는 검은 물체에 심히 당황한 듯 보였다.

쐐액! 퍼석!

20개에 달하는 대포알이 섬뜩할 정도로 빠르게 2549위를 훑고 지나갔다.

역시 강-강도의 대포알은 절대 우습게 볼 무기가 아니었다.

"꾸뤠에엑!"

2549위는 온 몸에서 피를 뿜었다. 그야말로 죽어가기 직전이었다.

나는 조직의 수장으로서 카리스마를 뽐낼 기회를 놓치지 않았다.

[각성.]

철퍽!

각성한 채로 2549위에게 도약했다.

그리곤 허공에서 다시 권능 설정을 바꾸었다.

이번 한 번에 죽여야 모든 상황이 맞아떨어지겠지.

[혀 경화 활성화.]

푹!

도약하는 동시에 2549위의 머리에 경화된 혀를 찍어 박았다.

이미 죽기 직전이었던 놈은 그대로 즉사해 땅에 쿵 쓰러졌다.

"꿀러억……."

널브러진 2549위의 시체를 보고 다들 한동안 말이 없었다.

믿기지 않는 광경에 군중 전체가 당황한 것이었다.

"꾸, 꿀락!"

-카몬님이 훨씬 위 서열을 이기셨다! 프리프로그를 지키셨어!

-역시 약한 자들의 대변인이시다! 대단한 마물이셔!

"꿀라라라락!"

수백 마리 마물들이 혀를 위로 치켜들고 울기 시작했다.

나보다 강한 자를 간단히 처리해버렸다는 게 감격스런 것이었다.

물론 실상은 대포 덕이었다.

하지만 군중은 결국 인상 깊은 장면만 기억하는 법이었다.

서열이 절대적인 던전에서 훨씬 위 서열을 이긴 것. 그것은 마물들에게 천운이거나 놀라운 일 정도가 아니라 말 그대로 기적이었다.

나는 기적의 실체로서 마물들에게 각인될 것이었다.

"-카몬님! 카몬님! 곧 3층을 정복하실 분이다!

달텅이 흥분하여 외쳤다. 그 덕에 프리프로그는 더더욱 광적인 흥분에 빠졌다.

눈이 스르르 감기는 게 느껴졌다.

나는 달텅에게 조용히 속삭였다.

-내가 없는 동안 적극적으로 대포를 사용해라. 그러면 웬만해선 버틸 것이다.

마지막으로 달텅이 힘차게 고개를 끄덕이는 게 보였다.

역시 추종자로 거두길 잘했어. 내 빈자리를 믿고 맡길 수 있을 테니.

❖

낮의 나를 맞이했다.

이번엔 혀가 꼬이고 두 허벅지에 근육통이 왔다.

3층 마물의 육신을 생각하면 아예 무관한 고통은 아니었다.

"으어억!"

방바닥을 한참이나 굴렀다.

아직까진 참는 것 외에는 극복하는 방법을 모르겠다.

"후어, 후!"

한참이나 지나고 나서야 몸이 정상으로 돌아왔다.

초인의 몸인데도 밤의 잔상이 남다니.

강제로 졸음이 오는 것 같은 원리인가 보다.

"후!"

고통이 사라지니 다시 구름 위를 걷는 듯한 기분으로 돌아왔다.

초인으로서의 넘치도록 강렬한 컨디션과 힘.

나는 순식간에 준비를 마치고 집을 나섰다.

"쓰!"

힘차게 달리기 시작했다.

그러다 골목으로 빠져 건물을 타보고 싶은 생각이 들었다.

지금의 도약력이라면 문제없을 테였다. 옥상에서 옥상으로 뛰어다닐 수 있겠지.

"흠."

그러다 멈춰 서서 사방에 깔린 CCTV를 둘러보았다.

구마준이 처음 나를 발견하게 된 수단 중 하나가 저거였겠지.

찰스 리는 어떻게 나를 처음 포착했을까.

문득 구마준과 찰스 리의 정보 수집 수단이 궁금해졌다.

"조심하는 게 좋겠지."

아쉬움을 뒤로 하고 일부로 다시 걷기 시작했다.

초인으로 각성한 이유 중 하나는, 최악의 상황에서 찰스 리로부터 나를 보호하기 위해서였다.

구마준과 개인적으로 거래한 일도 있고.

끝내 나는 답답하게 걸어서 재수학원에 도착했다.

-여진아. 점심 먹을까?

이번엔 먼저 최여진에게 연락을 넣었다.

하지만 곧장 답장이 오진 않았다.

그래서 B반에 들어가 수업을 들었다.

"아, A반 애들에게 이런 문제는 껌도 아니겠지."

옆자리엔 역시나 이희진이 앉았다. 그리고 뻔하게 불편한 말들을 늘어놓았다.

그렇게 불평할 힘으로 조금이라도 더 노력해서 빨리 A반에 가지.

"지우개 좀 빌려주세요."

허나 참아주는 대가로 나도 그를 적극적으로 이용했다.

0포인트 상태에서 느낀 것인데, 천재가 된 덕분인지 배우는 내용의 난이도가 그리 중요하진 않았다. 그냥 배우는 고스란히 흡수했다.

그렇다고 절대적인 시간이 드는 것도 아니었다.

마치…… 너무 모든 게 쉬운 기분이랄까.

현재 내 지능이 고등학생 수준은 아니겠지. 쌓인 지식이 충분치 않을 뿐.

"흠."

나는 잠시 수업에 집중하지 않고 나 혼자 교재를 공부하기 시작했다.

남은 수업 시간이 끝나고 정신을 차리자, 어느새 나는 교재의 끝자락에 도달해 있었다.

이건 단순히 점수를 잘 받는 정도가 아니구나.

그냥 물을 마시고 숨을 쉬듯이 대상 과목의 학문적 본질을 이해하게 된다.

진정한 학자가 되는 것이다.

던전 때와 마찬가지인 거 같다.

그냥 뉴런 교감 속도가 10배 빨라진 게 아니라, 내 지능의 위치가 10단계가 상승한 거 같다.

"후. 매점 가실래요?"

"그러죠, 뭐!"

이희진을 데리고 매점에 가려 했다.

"저기."

그런데 내내 잠을 자던 김철욱이 나를 불러 세웠다. 내 어깨에 틱 손을 얹으며.

"보니까 나보다 동생이고, 수업 중에 필기도 열심히 하던데. 교재 좀 빌려줄 수 있나? 쓰고 제 자리에 놓을게."

초면에 이름도 묻지 않고 내게 노트를 내놓으란다.

신입이라 유심히 봐뒀다가 노트가 쓸모 있을 거 같아 무례하게 부탁하는 거겠지.

부탁이긴 한가.

"싫습니다."

내 대답과 동시에 뫼비우스 초끈이 지령을 내렸다.

[미니 퀘스트: 김철욱에게 갑질을 사용하지 않고 서열을 각인시켜주어라. 보상: 갑질 300포인트.]

김철욱의 머리 위를 올려다보았다.

갑질을 사용하지 말라니.

뭔가 반어적인 느낌의 퀘스트다.

설마 뫼비우스 초끈은 내가 각성한 것조차 인지하고 있는 걸까!

"싫습니다?"

김철욱의 미간이 심히 일그러지기 시작했다.

김철욱은 더러운 성질을 드러내려다 급히 표정을 바꾸었다.

공부 머리가 없지 않은 놈답게 급히 머리를 굴리고 이성을 되찾은 것이었다.

그는 팔뚝을 스윽 거두더니 내게 가깝게 다가왔다.

슬쩍 옆을 보니 이희진은 거리를 둔 채 경직된 표정을 하고 있었다.

"동생. 내가 돈 달라는 것도 아니고, 보고 베끼고 조용히 가져다 놓는다는데 너무한 거 아닌가? 다 같이 잘 되자고 학원 다니는 거 아냐."

김철욱은 무언의 위협을 가하면서도 제 나름의 논리를 속삭였다.

주변에 어느 정도 들릴 정도로 말한 것이었다.

다른 사람들도 들으라 이건가.

그도 그럴 것이 잔뜩 시선이 몰린 상태였다.

"친한 사이면 노트 빌려주는 건 어렵지 않죠. 같은 반이면 특히 서로 도울 수 있고."

"그렇지?"

내 말에 김철욱이 이겼다는 표정을 지으며 씩 웃었다.

"근데 제 이름은 아세요? 초면에 다짜고짜 노트 내놓으라고 하는 건 아니죠. 그리고 형도 열심히 하셔서 쌍방 간에 도움이 되면 모를까, 보니까 일방적으로 빌리려고 하시던데요?"

"하아……."

내 말에 김철욱의 말문이 턱 막혔다.

노트 정도야 얼마든지 빌려줄 수 있다. 그래봤자 대단한 내용도 아닌데.

근데 문제가 되는 것은 태도이다.

김철욱은 인상을 구기면서 어금니를 씹고 말했다.

"그래. 형이 좀 급했네. 응? 여러 모로 힘든 점이 많아서 그래. 나중에 음료수라도 사줄 테니 좋게 가자고, 응?"

김철욱은 슬슬 인내심의 한계에 도달하는 것처럼 보였다.

자신이 깔보는 모범생들 사이에서 어깨에 힘이라도 주고 싶은 걸까.

그런 걸 볼수록 난 더더욱 굽히고 싶은 맘이 사라졌다.

그래야할 이유가 생각나지 않았다.

"네. 어쨌든 노트는 못 빌려드려요."

"하! 이 새끼."

김철욱은 이마에 손을 짚으며 한숨을 픽 내쉬었다.

그러면서 문신이 뻗은 굵은 팔뚝을 한껏 자랑했다.

"동생. 형이 성인이라 담배를 피거든? 스트레스 받는 일이 많을 때는 이게 아주 제대로야. 응? 갑자기 담배가 땡기네, 이상하게."

김철욱은 주머니에서 담배갑과 라이터를 꺼냈다.

위협하려고 그러는가 보다.

"잠깐 옆에서 이야기 좀 들어주련? 꼭 해야 될 얘기가 생각났네, 그래."

김철욱이 어깨동무를 하고선 나를 밖으로 데리고 가려했다.

이희진 말대로 학원에서 힘을 쓸 순 없겠지.

그래도 어디 으슥한 곳에 가서 본격적으로 협박을 하려나 보다.

이미 그에게도 중요한 건 노트가 아니었다. B반을 장악한 영향력을 지키려하는 것이었다.

"윽."

내가 가만히 서 있자 김철욱이 자기도 모르게 작은 신음을 흘렸다.

쇳덩이를 어깨동무로 움직이려한 기분이 들 것이다.

"예. 가죠."

나는 어깨동무를 뿌리치고 학원 뒤의 으슥한 골목으로 이동했다.

재수생들의 고충이 가득한 공간답게 담배꽁초와 온갖 쓰레기들이 가득했다.

김철욱 늦지 않게 뒤따라왔다.

벌써부터 자세 자체가 달라지는 모습이었다. 건들거리며 문신이 뻗은 팔을 완전히 걷어붙였다. 대체 왜 저런 행동이 먹힐 거라 생각하는 걸까.

"동생. 이름이 뭐야?"

"김준후입니다."

"그래. 준후야. 네가 재수생 꼴빡이라 스트레스가 많은 건 알겠는데, 이렇게 깐깐하게 굴면 형이 존나 힘들어요. 응? 착하게 살려고 빌리기만 하잖아. 빌리기만!"

김철욱이 조용히 언성을 높였다.

나는 새삼 이 상황보단 내가 낯설었다.

전의 나였다면 김철욱이 이마에 손을 짚었을 때부터 초조해지기 시작했을 텐데.

지금은 김철욱이 그저 코볼트보다 약간 나아보였다.

"작작하세요. 학원에 공부하러 와야지 남들이 시간과 노력 들여서 만든 액기스를 대가 없이 취하면 안 되죠. 그리고 빌리기만 한다고 괜찮은 게 아니죠. 어쨌든 남의 건데 겁 줘서 부당하게 남 노력을 뺏는 거죠."

어차피 사람도 없겠다 나는 자유롭게 말을 했다.

내 말에 김철욱이 두 눈에 쌍심지를 켜고 내 앞에 다가왔다.

그리곤 또 쓸데없는 말들을 중얼거리기 시작했다.

대부분은 욕설이 뒤섞인 푸념이었다. 결과적으론 나 때문에 안 그래도 짜증나는데 더 화가 난다는 것이었다.

내 알 바 아니지.

"흠."

나는 여유롭게 딴생각을 했다.

갑질을 하지 말고 서열을 각인시켜주라고 했지.

그럼 힘을 쓰라는 건데.

그렇다고 초인인 걸 들켜서도 곤란하다.

나는 학원 생활이 나쁘지 않다. 이제 하루 종일 자습실에 있진 않을 거지만.

솔직히 따로 공부하면 당연히 학습 속도가 빠르겠지. 근데 최여진도 그렇고, 너무 급히 일상이 달라질 거 같아 일부로 학원 생활을 유지하려는 것도 있다.

애초에 헌터인 걸 다른 학원 애들에게 들켜서 좋을 게 없었다.

"야. 형님이 말하시잖아, 새끼야."

끝내 김철욱이 툭 내 머리를 손바닥으로 쳤다.

제 딴에는 그나마 참은 것일 테지.

내 멍한 눈빛이 불쾌했나 보다. 자신에게 잔뜩 겁먹길

바랐지만 난 정반대의 모습을 보이고 있다.

"치지 마시죠."

툭.

"어헉!"

두 손바닥으로 가볍게 김철욱을 밀었다.

그러자 스티로폼이 날아가듯 김철욱이 멀찍이 밀려나 뒤로 한 바퀴를 굴렀다.

힘 조절을 해서 이상할 정도는 아니었다. 그냥 내 손맛이 너무 가벼워서 놀란 거지.

"풉."

그러면서 미묘한 기분이 들었다.

나보다 키나 덩치가 훨씬 월등한 김철욱이 저리 약하고 초라하다니.

갑질과는 또 다른 종류의 우월감이 느껴졌다.

그래서 동시에 위기의식마저 들었다.

앞으로 얼마나 경각심을 가지고 조심해야 보통 사람들을 함부로 생각하지 않을 수 있을까. 어려운 숙제이구나.

헌터나 갑질 능력자들은 한쪽만 고민하면 된다.

힘 자랑 하지 않고 교양 있게 일반 시민들을 대할 것. 그리고 함부로 인격을 무시하고 갑질하지 말 것. 분명 두 가지 다른 고민들이자 고충이었다.

하지만 내겐 둘 다 적용되는 사안이었다.

"하아, 씨이바! 아주 젖먹던 힘까지 짜내서 미네? 먼저 치셨습니다, 동생? 나는 잘해보자고 쓰다듬은 건데 말야!
이 건방진 새끼!"

김철욱이 잘 걸렸다는 식으로 말하며 일어섰다.

이미 화가 난 상태라 조심하자는 생각 따윈 없어보였다.

학원에서 이런 대우를 받는 건 처음이겠지.

"이 새끼!"

김철욱이 힘껏 주먹을 당겨 내질렀다.

그걸 보며 잠깐 고민했다.

맞아줄까.

"후."

억지로라도 맞아주기 싫은 주먹이었다.

여기서 져주면 자기도 또 잘난 줄 알고 계속해서 난리를
칠 것이었다.

그래서 살짝 피해서 정말 약하게 김철욱의 옆구리를 툭
쳤다.

굳이 0포인트 상태가 아니더라도, 이제 범인의 움직임은
너무도 느려보였다.

"꺼헉!"

김철욱은 배를 부여잡더니 바닥에서 새우 자세를 했다.

그리곤 자기도 모르게 침을 질질 흘렸다.

움찔움찔 거리는 걸 보니 고통이 좀처럼 사그라지지 않
는 거 같았다.

"운동했습니다. 실수로 급소를 때렸네요."

그래도 이정도면 상식을 벗어날 수준은 아니었다.

그저 아주 힘이 세고 싸움을 잘한다고 생각하겠지.

키가 크니 아주 의외는 아닐 거다.

"끄윽! 너 이 자식!"

스윽 발을 들었다.

김철욱이 움찔하는 게 보였다.

더 맞으면 비명을 지를 거 같은 표정이었다.

"형 말씀대로 앞으로 좋게 지냈으면 좋겠습니다. 다들 스트레스 받으며 공부하는 입장이니까요. 근데 그렇게 막 대놓고 노트 빌리고 그러진 마세요. 그런 태도면 A반가서 도 다시 또 떨어질 겁니다."

"끅."

내 말에 김철욱이 이를 악 물었다.

힘으로나 말로나 내게 당해낼 수 없단 게 분통한 듯 했다.

"혹시나 귀찮게 할 생각은 마세요. 방금 맞아보셔서 아 시겠지만 그냥 어깨에 힘좀 주고 그림 그리는 걸로는 제 상 대가 안 돼요. 저희 체육관 형들도 있으니, 괜히 밖에서 만 나도 아는 척 안 했으면 좋겠습니다."

"크흑. 개 자식이 진짜!"

나는 그를 뒤로 하고 재수학원에 들어섰다.

이제 김철욱은 나를 철천지원수로 생각하겠지. 그저 귀 찮게만 안 했으면 좋겠다.

어차피 이미 내가 걱정할 수준 이하이긴 하다. 다음번에 귀찮게 하면 뼈를 하나 부러뜨리든가 할 것이다. 급격히 강도를 높일 테다.

[퀘스트 완료. 갑질 300포인트가 지급됩니다.]

여러 가지 생각과 감정이 느껴진다. 이번 퀘스트도 뭔가 의미가 있었구나.

내가 급하게 받아들인 신분과 능력에 대해 한 번 더 생각하게 되는 기회였다.

"어어, 왔네요. 괜찮아요?"

B반은 역시나 분위기가 어수선했다. 내가 끌려간 걸 모두가 보았으니까.

"응. 그냥 좋게 얘기했어."

"어휴, 그래도 학원이라 다행이다. 앞으론 조심해요. 재수 없이 밖에서 만나면 무슨 일을 당할지 몰라요."

"네. 걱정해주셔서 고마워요."

형식적으로 대답하고 자리에 앉아 다시 내 할 일을 했다.

이희진을 포함해 사람들은 당연히 내가 김철욱에게 살벌하게 한 소리를 들었다고 생각했다. 맞지 않고 돌아온 게 다행이라 여기고 있겠지.

나쁘진 않은 거 같다.

약자인 척 해서 일상을 지키는 것도.

실상은 반대인 걸 알기 때문에 사람들이 오해를 한다 해도 그게 섭섭하진 않았다.

"형. 저 어디 긁힌 곳 없죠? 좀 봐주세요."

[갑질 1포인트 소모.]

오히려 이 상황을 이용해 자연스레 0포인트 상태에 접어들었다.

이희진은 역시 맞은 것이냐며 경직된 표정으로 내 얼굴과 목을 살펴주었다.

"네. 다행히 긁히거나 한 곳은 없어요."

"다행이네요."

"다음부턴 더러워도 그냥 빌려줘요. 어쩔 수 없으니까."

못 들은 척 하고 공부를 시작했다.

잠시 후 김철욱이 씩씩거리며 돌아와 나를 노려보곤 자리에 앉았다.

난 전혀 감정의 변화가 없었다.

방금 일은 금세 잊고 수업에 집중했다. 이번에도 교재를 홀로 독파해버렸다.

"음."

수업이 끝나자 문자가 왔다.

-그래. 먹자.

최여진답지 않게 딱딱하고 단순한 대답이었다.

그래도 답장을 해주긴 했네.

뭔가 기분 나쁜 일이 있는 건가.

내게 고민을 말해줬으면 좋겠다.

"그럼 나중에 봐요."

"이열, 이번에도 A반 여신?"

"하하, 네."

이희진이 쓴웃음을 지으며 고개를 끄덕였다.

김철욱을 스윽 돌아보니 나를 노려보다 자기도 모르게 눈을 내리깔았다.

"여진아."

"어, 왔어?"

이번에는 최여진마저 쓴웃음을 지었다. 물론 이희진의 것과는 다른 의미였다.

"맛있는 거 먹으러 가자. 뭐 안 좋은 일 있어?"

"아니이."

말을 해주지 않으니 너무 답답했다.

오래 본 사이는 아니었지만 밝고 활발한 모습이 좋았던 건데.

문득 거리감이 느껴졌다.

"시키자!"

이상한 분위기 속에서 내가 최대한 활발하게 말을 걸고 음식을 시켰다.

한동안 대답만 하며 식사하던 최여진이 마침내 입을 열었다.

"근데 준후야. 나는 네가 무슨 생각인지 모르겠어."

최여진의 말을 듣고 그녀의 표정을 본 순간 기분이 안 좋았던 이유가 나 때문이란 걸 깨달았다.

그럼에도 당최 추측이 가지 않았다.

당연히 다른 이유 때문일 거라 생각했기 때문에 더더욱 당황스러웠다.

초인이 됐어도 감정 기복이 있긴 하구나. 난 당황한 상태에서 입술만 꿈틀거렸다.

❖

내가 한동안 말이 없자 최여진이 픽 한숨을 내쉬었다.

연락을 자주 못한 것 때문에 화가 난 것일까.

그게 그나마 내가 추측할 수 있는 전부였다.

내 지나치도록 순진한 눈빛을 보고 최여진이 말을 이었다.

이 순간엔 연애에 0포인트 상태이고 싶다.

"난 그래도 우리가 심심해서 같이 밥 먹는 사이는 아닌 줄 알았어."

"응?"

무슨 말일까.

분명 난 짧게나마 여러 번 내 호감을 확인시켜 줬었다.

더 적극적으로 행동했어야 했나.

"무슨 말이야. 나도 그냥 친구 사이로만 너 만나려는 거 아냐."

너무 대놓고 말하긴 싫었다.

그래도 재수학원에 머무는 큰 이유 중 하나가 최여진 때문인데.

A반에 월반하고픈 게 단순히 수업의 질 때문만은 아니었다.

나는 분명 적절히 행동했다고 생각한다. 그런데도 만약 적극적이지 않은 것 때문에 그녀가 이렇게 섭섭해 하는 거라면 부당하다고까지 느껴졌다. 더 원할 수 있는 거지만, 이런 식으로 어필하는 건 아니지.

"근데 너 행동하는 거 보면 그렇게 안 느껴져."

"왜? 오늘 같이 밥 먹자고 한 건 왜 그런 거 같아?"

솔직히 이해가 가지 않았다.

내가 대놓고 잘못한 것도 없는데 저렇게 대놓고 섭섭해 하다니.

"그런 거 말고. 네 의도가 안 느껴져서 그런 거야."

내가 답답해하는 표정을 짓자 최여진이 젓가락을 놓았다.

작정하고 말하겠다는 것이었다.

"나하고 같이 S대 가자며. 꼭 같은 학교가 아니더라도, 같이 열심히 해야 하는 거 아냐?"

"무슨 소리야. 나 오늘도 수업에 나왔어."

"저번엔 아니었잖아. 사실 네가 궁금해서 어느 반인지 살짝 둘러봤어. B-3반이더라. 솔직히 상관없었어. 자습실에서 나보다도 독하게 공부하는 모습을 봤으니까. 금방 A반에 올라올 거라 생각했어."

아직 완전히 이해가 되진 않았다.

그래서 내가 A반에 못갈까 봐 기분이 나빴다는 건가.

어렵다. 그녀는 결코 그런 걸로 날 창피해할 사람이 아닌 거 같은데.

"그런데?"

"근데 요새 자습실에도 아예 안 오고 수업도 빠지고 그랬잖아. 저번에 말한 돈 버는 아르바이트에 집중하느라 그래? 난 학생은 공부가 우선이라 생각해. 주제넘었다면 미안한데, 속상해서 그래."

다행히 내가 B반이라 창피하다는 얘기는 아니었다.

그저 나를 걱정해서 열심히 해주길 바란다는 말 같았다.

그렇다면 얘기가 달라지지.

"나는 너를 오래 보면 편하고 좋은 맘을 가질 수 있을 거 같아. 너무 부담스럽게 들이대지도 않고, 내 말도 잘 들어주고. 근데 나는 열심히 하고 능력 있는 남자가 좋아."

최여진은 내가 바란대로 진중한 사람이었다.

내 호감을 단순히 일상적 현상으로 받아들이지 않고, 그에 대해 진지하게 고민을 해보았나 보다.

다행히 아직 내겐 가능성이 있었다.

내가 오늘 활발하지 않은 그녀의 모습에 놀란 것처럼, 며칠간 그녀는 내 열심히 하지 않는 모습에 실망한 거 같다.

이제 좀 이해가 되네.

그렇다면 그 오해를 풀어줘야겠다.

"여진아. 네가 그렇게 생각했다면 미안해. 일단 미리 못 알아줘서 미안해."

"아냐. 네가 그래도 차분히 들어줘서 고마워. 진짜 아르바이트 때문에 그래?"

걱정해주는 최여진의 눈빛을 보자 맘이 사르르 녹았다.

그래서 이 상황을 다시 적극적으로 극복해보고 싶었다.

능력 있고 열심히 하는 남자가 좋다고 했지.

나는 순간 감정에 휩쓸려 판단력을 잃었다.

최여진에게 잘 보이는 싶은 맘뿐이었다.

"응. 근데 네가 평범하게 생각하는 그런 일이 아냐."

내 말에 최여진의 표정이 미묘하게 바뀌었다.

"응? 그럼 뭔데?"

"정말 너를 믿어서 해주는 말이야. 그니까 들어주고 꼭 너만 알아줬으면 좋겠어."

"그래."

최여진이라면 약속을 분명 지켜줄 사람이었다.

어차피 솔직하게 말하지 않으면, 수업만 들으면서 그녀와 친하게 지낼 방법이 없다.

내 귀중한 낮 시간을 자습실에서 전부 보낼 생각은 없다.

"나 사실 각성했어. 방송에서나 보는 헌터들처럼 말야."

내 말을 듣고 최여진은 놀라긴 커녕 잠시 빤히 나를 쳐다봤다.

좋다는 걸까 싫다는 걸까.

헌터라면 분명 상류사회 일원이었다. 그 자체로도 초인이었고.

"그래서?"

최여진이 덤덤하게 물었다.

"대학 공부는 다 할 생각이야. 병행하면서. 걱정 안 해도 돼. 자신 있어. 곧 A반에도 월반할게."

"그럼 각성한 건 묻고 가는 거야?"

최여진이 좋아할 거라 생각한 건 너무 순진한 생각이었을까.

그녀의 표정은 좀처럼 밝아지지 않았다.

나는 약간 내키지 않았음에도 대놓고 말하기로 했다. 각성한 것이 사회적으로 어떤 의미인지. 그녀가 내 사회 서열을 볼 수 있었으면 좋겠다.

이상하게도, 구마준과 개인적으로 거래를 하고 난 후 사회 서열이 꽤나 많이 올라갔다.

각성한 것이라 쳐도 이상할 만큼 많이. 그와 아는 게 사회적인 서열에 그렇게 크게 기여를 하나? 찰스 리와의 관계도 기여를 하긴 했겠지.

"아니. 당연히 틈새도 돌고 그래야지! 돈도 엄청 벌뿐더러 일반 사회에선 누구도 나한테 함부로 못해. 너한테도 그렇게 만들 수 있어."

내가 당차게 말했음에도 좀처럼 최여진은 반응이 없었다.

그럴수록 더 답답해지고 화가 났다.

말한 대로 능력 있고 열심히 한다는 걸 어필했는데!

대체 왜 이렇게 까다롭게 구는걸까. 나는 더 바라는 거 없이 전처럼 얼굴 보고 밥 먹고 웃고 얘기하자는 건데.

"음."

최여진이 물을 쭉 들이켰다.

그러더니 차가워진 표정으로 말했다.

그 표정을 보자마자 두껍고 불편한 것이 맘속을 짓누르는 기분이 들었다.

"음. 미안한데, 나는 그럼 앞으로 너 보기 힘들 거 같아."

"뭐라고?"

이게 무슨 날벼락이란 말인가.

저런 말을 어떻게 저리 쉽게 한단 말인가.

내가 실망할 모습을 보였다면 이해라도 할 텐데. 오히려 잘 보이려다 뺨이라도 맞은 기분이었다.

"나는 평범하고 성실한 사람이랑 같이 하고 싶어. 몇 달 전에 실시간 레이드 방송을 본 적이 있어. 운 없게도 방송자가 죽는 걸로 끝이 났지. 아무로 잘나고 돈을 벌어도, 그런 위험한 사람하고는 만나기 힘들 거 같아."

위험한 직업이 아니라 위험한 사람이라고 했다.

"무슨 말이야? 위험한 사람이라니? 잘못 말한 거지?"

내 물음에 최여진이 결연하게 말했다.

"아니. 죽을 수도 있는 거 뿐 아니라, 레이드를 돌면서 폭주하는 헌터의 말과 행동들을 봤어. 아무리 괴물들이라도, 칼과 초능력으로 그렇게 살아있는 걸 죽여대는 사람을 어떻게 편하게 만나?"

솔직히 곧장 반박할 수 없었다.

이미 나도 틈새에서 0포인트 상태를 겪어봤다.

그리고 나 스스로도 찰스 리가 짐승 같다고 한 요소를 정확히 경험했다.

그럴 리야 없겠지만, 보통 남자와 달리 헌터와 말다툼 중 손찌검을 당하면 그대로 죽는 수가 있었다.

게다가 최여진은 겪어보기에 보통 사람보다 훨씬 주관이 뚜렷한 여자였다.

그 점이 마냥 좋기만 했는데 이제는 날이 세워져서 내게 돌아오는구나.

"허."

나를 괴물로 생각하는구나.

"미안. 공부는 계속 열심히 하길 바라."

최여진이 매정하게 일어서서 등을 돌렸다.

뭔가 더 사연이 있다.

단순히 방송 때문이 아냐.

그런 건 지금 중요하지 않았다.

멀어지는 그녀의 갸름하고 얇은 등이 너무나 매정하고 야속해 보였다.

너를 위해서 판단을 거스르고 솔직히 말한 건데, 나를 괴물 취급하다니.

울컥하는 감정이 올라 왔다.

"거기 서."

[갑질 1포인트 소모.]

더더욱 감정에 휩쓸렸다.

몸이 초인인 것과 정신이 감정에 휩쓸리는 건 별개의 개념인가 보다.

"이리 와서 앉아."

[갑질 1포인트 소모.]

내 말에 최여진이 다시 내 앞 의자로 와 앉았다.

그러면서 눈이 경악으로 물들었다.

다음엔 붉게 물들으며 촉촉해졌다.

가슴이 찢어질 거 같았지만 도저히 멈출 수 없었다.

"여진아."

"뭐, 뭐하는 거야? 나 가고 싶어. 근데 왜……. 설마 이것도 각성의 일부야?"

"미안해. 근데 이렇게 가버리는 건 아니잖아."

"빨리 보내줘. 당장."

최여진에 눈에 본격적으로 공포와 혐오가 물들었다.

그냥 괴물 수준이 아니라, 나랑은 사람 대 사람으로 교류할 수 없단 결론이 들어버린 것이다.

"하. 씨."

나는 물을 쭉 들이켰다.

최여진은 어깨를 움찔거리며 어떻게든 일어서려 했다.

나는 최후의 결단을 내렸다.

이렇게 그녀를 잃을 순 없지.

될 대로 되라.

"나를 학원에서 만난 순간부터 지금까지 일을 전부 잊어."

"윽."

[갑질 280포인트 소모.]

역시 기억을 지우는 게 쉬운 일은 아닌 거 같다. 그래도 정보 위주라 정신계 명령 중엔 하위 개념인가 보다. 내 숙련도에 280 정도 대가라면.

난 돌이킬 수 없는 일을 저질렀다.

"으음?"

최여진이 잠시 고개를 숙여 기절했다 다시 눈을 떴다.

"어떻게 된 거야?"

난 울 거 같은 맘을 숨기고 걱정하는 표정을 지었다.

"여진아. 얼마나 무리를 한 거야? 자다가 조는 게 어디 있어. 잠시 통화 좀 하고 왔는데 자고 있더라고."

"아……. 내가 그랬어? 어제 늦게 자긴 했는데, 이런 적은 처음이야."

"그래? 진짜 걱정했잖아. 앞으론 절대 무리 하지 마."

걱정하는 날 보고 최여진은 미미한 미소를 지어주었다.

나는 참을 수 없는 토악질에 스윽 일어났다.

"잠시 화장실 좀 다녀올게. 그 뒤엔 할 말이 있어. 꼭 들어줘."

"그래."

최여진이 혼란스러운 듯 건성으로 대답을 했다.

나는 얼른 화장실에 가 변기에 입을 향했다.

"웨아아아악!"

식당에서 먹은 걸 전부 토했다.

살아있는 마물들을 생으로 씹어 먹던 나다.

장검으로 손수 코볼트들의 뼈와 장기를 썰어버렸었고.

게다가 초인 상태라 정신 상태도 매우 차가울 텐데!

그럼에도 좋아하는 여자에게 갑질을 했다는 역겨운 일은
나를 깨트리기에 충분했다.

갑질을 한 게 역겨운 게 아니었다.

갑질을 한 것에 묘한 희열을 느꼈고, 차라리 그렇게라도
상황을 해결한 게 다행이라는 마음이 역겨운 것이었다.

"허억, 헉."

최대한 진정한 후 찬물로 입을 헹구고 최여진에게 갔다.

그녀는 학원에서 봤을 때의 표정이었다.

뭔가 축 쳐진 활발하지 않은 표정.

적어도 방금 전처럼 나를 떠나가려는 차갑고 괴물 대하
듯이 하는 얼굴은 아니었다.

"여진아. 많이 생각해봤는데, 오해하기 전에 솔직히 말

해야 될 거 같았어. 사실 내가 요새 따로 공부를 하거든. 특정 과목들은 독학이 더 편해서?"

"으응?"

내 말에 최여진이 의외라는 듯 토끼 눈을 떴다.

"A반도 월반하고 꼭 너랑 좋은 학교도 가고 싶어. 네가 편하고 좋아서 오래 보고 싶어. 근데 솔직히 네 옆이면 공부가 잘 안 돼."

"왜?"

반은 고민이 해결됐는지 최여진이 약간 풀어진 표정으로 물었다.

"너무 계속 네가 신경 쓰여. 설레고, 장난 걸고 말 걸고 싶고."

사실 내 말이 반은 진심이긴 했다.

단지 인위적 상황에서 하는 말이라 내 스스로가 싫었다.

"아아. 그런 거였어? 참! 하하하!"

최여진이 그제야 밝게 웃었다.

그걸 보자 싸악 폭풍이 휘몰아치던 맘이 가라앉았다.

나는 내가 원하는 걸 얻었다.

최여진이 웃고 있었다.

참 기괴한 방법이지만, 갑질이 아니었다면 그녀는 나와 인연을 끊었을 것이다.

이미 각성한 이상 나는 영구적으로 그녀에게 괴물로 기억되겠지.

"커피 마실러 갈까?"

내가 여유롭게 웃자 최여진이 싱긋 웃으며 고개를 끄덕였다.

그래. 바로 저 웃음이야.

저런 밝음을 계속 보고 싶다.

"가자!"

최여진이 내미는 손을 힘차게 잡았다.

겉으론 진심으로 웃고 있었는데, 속으론 온갖 욕지기가 치밀어 올랐다.

딱 한 단계 만큼 찰스 리에게 가까워진 기분이었다.

나는 아예 다를 거라 생각했는데!

❖

즐겁게 커피를 마시며 수다를 떨었다.

최여진은 고민이 해결돼 기분이 좋아졌는지 유난히 들떠 보였다.

"꺄하. 정말이야? 진짜 웃기다."

"으응. 내가 직접 봤다니까."

그 모습을 보니 맘속으로 더더욱 정당화하기가 쉬워졌다.

결국엔 그녀도 나도 불행함에서 멀어질 수 있었으니 잘된 일 아닐까.

적어도 그녀를 학원에 보내기까진 그런 생각에 가득 차 있었다.

"후-우-우."

최여진과 헤어지고 나자 공허감과 불편한 맘이 다시 올라왔다.

그래서 갈 곳을 정하지 못하고 정처 없이 걷기 시작했다.

이상하게 사람들 눈을 보기가 힘들어졌다.

들키기 싫은 죄책감이 맘속에 자리를 잡았다.

툭.

"아이 씨."

땅만 보고 걷다보니 누군가와 어깨가 부딪쳤다.

짜증나게도 상대는 좋게 넘어가주지 않았다.

"저기요. 제대로 안 보고 걷습니까? 사과하셔야지. 재수가 없을라니까!"

"갈 길 가라."

[갑질 1포인트 소모.]

귀찮았다.

얼굴도 모르는 행인 때문에 아주 조금의 에너지도 쓰기가 싫었다.

나는 다시 속이 울렁거리는 기분에 집으로 발걸음을 향했다.

솔직히 나는 갑질하는 것이 좋다. 얼마나 편한가.

말만으로 다른 사람들을 마음껏 조종할 수 있는데.

하지만 찰스 리 때문에 그런지, 나는 능력을 도구적으로만 이용할 거라 다짐했었다.

하지만 역시 개인과 능력의 성향을 아예 분리할 순 없는 법이었다.

"후우!"

-여진아. 열심히 하자.

-으응! 준후야. 오늘도 얼굴 봐서 너무 좋았어.

최여진은 이번엔 곧장 문자에 답장했다. 이렇게 좋은데.

이런 좋은 결과를 보고도 난 왜 만족하지 못하는 걸까.

애초에 각성도 하지 않고, 세뇌 능력조차 없었으면 지금과 기분이 달랐을까.

그랬다면 인연조차 시작되지 않았겠지.

그녀에게 난 그저 재수학원의 존재감 없는 키 큰 남남 중 하나였겠지.

끼익.

"오, 형!"

집에 들어서자 웬일로 동생이 드러누워 스마트폰을 하고 있었다.

내가 뭐라 하기 전에 얼른 준수가 설명을 했다.

"형. 보충한데서 수업이 미뤄졌어! 덕분에 애들 다 놀러 가고 난리도 아냐. 난 그냥 혼자 쉬고 싶어서 들어왔어."

"그래? 학교생활은 어때."

그리고 보니 준수의 뒷일만 봐주고 정확한 정황은 알아보지 않았다.

내 물음에 준수가 꾸밈없이 편한 웃음을 지었다.

"형. 바로 말 못해서 미안해. 진짜 고맙다. 덕분에 요새 학교생활이 편한 건 물론이고 이제 친구도 좀 생겼어. 애들 사이에서 소문이 돌더라. 내가 조폭 사촌이거나 사실은 금수저 친척이라고."

"푸하하. 그래? 왜?"

"잘 나가는 애들 몇을 그냥 날려버렸잖아. 걔들 듣기론 손도 완전히 망가졌다는데?"

준수도 결국 들었구나.

양아치들이 단순히 전학 간 게 아니라 손까지 망가졌다는 걸.

그럼에도 준수는 자세히 캐묻거나 나를 두려워하지 않았다.

"그래서 만족해?"

"당연하지! 진짜 고마워. 솔직히, 받아들이고 그동안 힘들었던 거 떨쳐내느라 시간이 필요했어. 아! 그리고 오해할까봐 미리 약 치는 건데, 나 친구 없어서 집에 온 거 아냐. 진짜 쉬고 싶어서 왔어."

준수가 증명하듯이 메신저 창을 보여주었다.

과연 활발하게 친구들과 톡을 나누고 있었다. 보아하니 예쁘장한 썸녀도 있었고.

내가 갑질로 벌인 일이 전화위복이 됐나 보다.

참다가 폭발한, 뭔가 있어 보이는 학생처럼 이미지가 굳혀졌나 보다.

"그래, 그래, 임마. 자, 이거로 친구들이랑 맛난 거나 먹어."

"이야. 짭짤한가 보네, 요새?"

"시끄러."

동생에게 묵직한 용돈을 건네주고 방에 들어가 누웠다.

"하아! 뭐가 뭔지."

실타래처럼 엉킨 생각을 빠르게 정리해나갔다.

적어도 초인의 정신을 가진 덕분에 막연히 감정에 갇혀 제자리에서 뱅글뱅글 돌지만은 않았다. 생각을 하는 매순간 조금씩이나마 감정이 정리됐다.

결과론적으로 보면 모든 일이 잘 풀렸다.

단순히 내 입장에서 뿐 아니라 내가 아끼는 사람 입장에서도.

그럼 갑질을 사용하길 잘한 거 아닌가.

"음."

그냥 일단은 거기까지만 생각하기로 했다.

드륵.

내 서랍에 꼭꼭 숨겨놓은 찰스 리의 초대장을 꺼내들었다.

원래는 구마준과 인공 각성을 두고 거래한 것 때문에 억지로 참여하려 했다.

그런데 이제는 조금 궁금해졌다.

나 같은 갑질 능력자들은 어떤 사람일까. 내 희망으론 전부 찰스 리처럼 사이코는 아닐 것이다. 전부 약에 쩔어서 살고 있지 않은 이상.

문득문득 찰스 리도 심판이나 정의를 말했었다. 그러기엔 이미 너무 뒤틀린 게 문제였지만.

"형 나간다잉. 너무 빈둥거리지 말고 공부도 해. 형처럼 안 되려면."

"그래. 아, 라면 먹고 갈래?"

동생이 나가려는 날 붙들었다.

같이 한상에서 먹어본 적이 오래된 거 같아 고개를 끄덕였다.

약간은 묽은 라면을 먹어치운 뒤 옷을 갈아입고 집을 나섰다.

"흐."

공부할 마음은 들지 않았다.

이상하게도 최여진이 곧장 생각날 테니.

수능이 얼마 안 남았는데도 걱정이 되지 않는다.

이미 아주 잠깐이나마 진짜 학자의 능력을 맛보아서 그럴까.

S대 정도는 쉬엄쉬엄 준비해도 될 거 같았다.

0포인트 상태 유지가 좀 까다롭긴 할 테지만.

"구마준 씨. 안녕하세요. 부탁을 좀 드릴까 하는데."

구마준에게 전화를 걸었다.

그는 개인적으로 틈새 레이드를 마련해주는 역할이기도 했다.

-그래. 준후 군. 부담 없이 말해보게.

"레이드를 좀 돌고 싶습니다. 혼자요. 가능할까요?"

내 말에 구마준이 잠시 고민을 했다. 그래도 개인적으로 연결시켜주는 일인데 내 안전에 대해 생각해보지 않을 수 없었다.

-원래는 바로 거절했겠지만, 자네니까 허락하겠네. 지난번 친구들에게 얘기는 잘 들었어.

구마준의 지인들과 틈새에서 코볼트들을 한껏 썰었었다.

좋은 결정인지는 모르겠지만, 나는 심란한 속을 레이드로 풀어보려 했다.

"감사합니다. 어디로 가면 될까요?"

-주소를 보내주지.

택시로 구마준이 찍어준 주소로 이동했다. 다음으론 그 자리에 대기하고 있는 검은 밴을 타고 한적한 곳의 틈새로 이동했다. 도시 지역에 가까운 틈새들은 대부분 긴급으로 분류되어 곧장 대형 길드들이 처리한다고 들었다.

"구마준 씨."

"그래, 준후 군. 지난번에 제대로 맛 들렸나 봐. 이렇게 먼저, 게다가 혼자 레이드를 돌겠다고 하고 말야."

"하하. 그러게요. 곧 찰스 리의 파티에 가야하잖아요. 저희끼리의 약속을 지키려면 더더욱 강해져야죠."

"그래. 레벨이 한꺼번에 올랐다지?"

"그렇습니다."

"확실히 자네는 규정을 벗어나서 따로 밀어줄 만한 인재야."

개인끼리 거래하는데 무슨 규정이 있단 말인가.

"무슨 규정이요?"

"아아. 자네 말고도 내가 거래하는 인재들이 몇몇 있거든. 그럴 때 전반적으로 적용시키는 내 개인 규정이 있네. 그래야 나중에 후회할 일이 생기지 않지."

잠깐 구마준의 얼굴에서 당황한 기색이 보였다.

그러나 더 이상 묻지 않고 그냥 모른 척 했다.

비밀스런 일을 많이 하니 규정이 있을 법도 하다.

친구 몇과 함께 세뇌 능력자들에 대항하려 하다니. 솔직히 비밀 수술실에서 인공 각성을 시켜준 게 아니었다면, 턱도 없을 거라 생각했을 테지.

"자, 들어가 보시게. 스마트 와치에 주변 틈새 정보를 넣었어. 혹시 하나로 부족하면 레이드를 더 돌아도 좋아. 솔직히 코볼트들에게 물려봐야 이제 자네 수준에선 죽기 힘들 거야."

"예. 여러모로 도와주셔서 감사합니다. 올림푸스 파티에서 꼭 쓸 만한 정보를 빼내 올게요."

대담하게 틈새에 발을 집어넣었다.

도피처를 찾아가는 기분이었다.

전과 같이 낡은 감옥 풍경이 펼쳐졌다.

이번엔 혼자였다.

그럼에도 외롭고 두렵기보단 자유롭다는 기분이 들었다.

"캬르르르."

그와 함께 낮은 코볼트들의 그르렁거림이 들려왔다.

아무런 양심의 가책도 없이 베어도 되는 하급 괴수들.

정확히 최여진이 나를 떠나려했던 이유였지만, 지금은 바로 그 행위로 맘의 심란함을 해소하려 하고 있었다.

스릉.

구마준이 빌려준 장검을 꺼내들었다.

난 배틀 크라이라는 스킬을 사용하지 못한다.

그렇다고 일일이 코볼트들을 찾아다니며 싸우기도 싫었다. 이미 첫 레이드에 버릇이 들어서 그런 건가.

"아차."

[누적 갑질 포인트: 11포인트.]

그러고 보니 0포인트 상태가 아니었다.

아쉽게 됐네.

마약에 취하듯이, 다 잊고 짐승처럼 검만 휘두르고 싶었다.

"다 이리 와!"

배틀 크라이 대신 무식하게 고함을 질렀다.

그래도 비슷한 효과가 있겠지.

"커헉."

잠시 심장이 움츠러들며 쑤시는 듯한 고통이 느껴졌다.

그러면서 뫼비우스 초끈이 미묘한 문구를 전달했다.

[뫼비우스 초끈 3차 동기화 완료.]

무슨 소리일까. 틈새에 들어온 게 처음도 아닌데.

"캬아아아!"

"키야아아!"

[갑질 10포인트 소모.]

뭐라고? 틈새에 다른 사람들이 있는 건가?

나는 경계하는 맘에 슬쩍 장검을 날카롭게 잡아 쥐었다.

솔직히 틈새에서라면 사람 하나가 죽어나가도 이상할 게 없었다.

틈새를 공략하고 어그러지는 공간을 빠져나가면 그만이었으니.

"후."

내게 갑질을 당했으니 기분이 좋진 않겠지.

하이브리드 초인임을 들키지 않고 잘 넘어갈 방법은 없을까.

최대한 말로 풀어볼 생각이다. 아직 사람을 죽일 용기까진 없다.

턱, 턱턱!

"캬아아아!"

잠시 기다리자 10마리의 코볼트들이 한꺼번에 몰려들었다.

다른 헌터보다 먼저 내게 도달한 건가.

서걱!

"키략!"

나는 손쉽게 코볼트들의 주둥이를 피해 검을 내리쳤다.

놈들의 동작은 김철욱의 것마냥 느렸고, 검에 잘리는 그들의 신체는 두부처럼 만만했다.

"캬악!"

이상하다. 분명 갑질 포인트가 소비됐었다.

그런데 다른 헌터들이 내게 다가오지 않고 있었다.

그렇게 넓은 틈새도 아닌데.

"캬아아!"

설마.

하나 남은 코볼트를 빤히 쳐다보았다.

놈이 어떻게든 내 살점을 뜯어내려고 주둥이를 찢어져라 벌렸다.

퍼걱!

이번엔 검을 쓰지 않고 옆으로 코볼트의 주둥이를 걷어찼다.

놈은 이빨이 다 부서지고 턱마저 함몰돼 처참한 모습을 하게 됐다.

"바닥에 엎드려 봐."

[갑질 1포인트 소모.]

"키략!"

내 말에 코볼트가 바짝 땅에 몸을 붙였다.

나는 경악할 수밖에 없었다.

당연히 갑질 능력은 사람에게만 통한다고 생각했다.

"크르르르!"

하지만 땅에 엎드려져 있는 코볼트를 보고 깨달았다.

하이브리드 초인인 나는, 사람 뿐 아니라 괴수에게도 갑질을 할 수 있구나!

분명 나는 저번에 성장한 것 때문에 코볼트들보다 서열이 높았다.

"허! 허어!"

그냥 따로 노는 것이 아니었다.

나는 진정한 하이브리드 초인이었다.

각성하여 싸우는 것 뿐 아니라, 괴수에게도 갑질을 할 수 있는!

갑자기 수많은 가능성들이 보이기 시작했다.

그와 함께 뫼비우스 초끈이 자극적인 유혹을 속삭였다.

[틈새의 정수를 갑질 포인트로 치환할 수 있습니다. 비율은 뫼비우스 초끈의 숙련도에 따라 달라집니다.]

"아하하하!"

미친놈처럼 웃었다.

밤에 뒤지지 않겠구나.

초인으로써도 미친 듯이 성장해볼 수 있겠다.

코볼트에게 엎드리라고 명령한 것으로 갑질 포인트를 모두 소모했다.

덕분에 0포인트 상태에 접어들 수 있었다.

공부와 달리 초인으로서 각성하고 성장하는 것은 영구적인 변화를 남겼다. 공부한 지식도 머리에 반영구적으로 남긴 했지만, 그걸 자유자재로 꺼내고 이해하는 것도 어찌 보면 공부 능력이었다.

반면 육체가 달라진 것은 딱히 발동 조건이 없는 자체적인 결과였다.

그래서 인간일 때와 초인일 때의 차이만으로도 평소 매우 만족할 만한 컨디션과 능력을 누렸다.

"후우우."

그렇기 때문에 0포인트 상태는 넘치는 상태라 표현하는 것이 맞을 것이다.

이미 초인의 컨디션 자체가 초월적인 요소였다. 그 굽절을 경험하는 것은 가히 비정상의 범주에 속하는 일이었다.

나는 미세하게 손이 떨리는 걸 느꼈다.

전보다 더더욱 섬세한 범위와 깊이로 온 몸의 신경이 인지됐다.

전신에 푸른빛으로 모세혈관 패턴의 지도가 그려지는

기분이었다.

근육 가닥을 넘어서서, 근육의 구조가 가지는 연관 관계에 따른 힘의 역학도 본능적으로 인지할 수 있었다. 예를 들어 어깨에서부터 등, 그리고 허리로 뻗어 내려가는 힘의 감각이 하나의 획으로 느껴졌다. 깊이와 농도가 다른 섬세한 획.

"캬아아!"

장검을 등에 걸었다.

장검으로 인하여 조금이나마 손실되는 손맛을 아끼기 위해.

최고의 손맛은 맨 손으로 싸우는 거지.

구마준이 알았다면 무모하다며 잔뜩 혼낼 만한 행동이었다.

하지만 내 몸은 모든 기관에서 자신감을 뿜어내고 있었다.

"와라!"

"캬아아아!"

코볼트가 확신에 차서 달려들었다.

나는 피하지도 않고 그 자리에서 달려드는 코볼트의 주둥이를 빤히 주시했다.

코볼트의 갈라지고 비틀어진 치열이 보였다. 그리고 누렇게 흘러나오는 침도 보였다. 모든 디테일이 짧은 순간 과할 정도로 시야에 담겼다.

그러면서 나를 지키기 위해서가 아니라, 감히 나를 공격하려 하는 그 순간의 장면이 쾌씸해서 전투 의지가 끓어 올랐다.

"캬아아악!"

텁!

나는 놈이 물기 직전 손가락을 집어넣어 양옆으로 코볼트의 볼을 안으로부터 잡아당겼다. 이빨이 닿지 않는 구강 구조를 손으로 잡아낸 것이었다.

다음으론 힘으로 놈을 들어올렸다.

"캬악! 캭!"

어찌 보면 코볼트를 가지고 장난을 치는 것 마냥 보일 테였다.

반면 코볼트는 들린 상태로 고통을 버텨내느라 손발을 난폭하게 휘적거렸다. 힘을 주면 줄수록 코볼트의 안면이 징그럽게 늘어났다.

촤악!

맨 손으로 코볼트의 머리를 반으로 찢었다. 그리곤 몸만 덜렁거리는 고깃덩이를 툭 바닥에 버렸다.

이미 나는 정상인 상태가 아니었다.

그냥 살짝 흘러넘쳐서 흥분한 정도가 아니었다.

턱!

힘차게 도약해 얼른 십자 길의 왼쪽 끝으로 달렸다.

사실 코볼트들이 몰려와서 내 뒤를 쳐도 당해낼 자신은

있었지만, 우두머리를 상대할 때 신경이 분산되고 싶지 않았다. 온전하게 우두머리 코볼트를 제압하고 싶었다. 더 나아가서 압도하고 농락하고 싶었다.

이미 내 머릿속에서 F급 틈새는 만만하고 하찮은 공간인가.

"캬아아!"

"키예에에엑!"

코볼트들이 매섭게 달려오는 나를 보고 포효를 내질렀다. 나는 멈추지 않았다.

달리는 중에서 어설프게 입을 벌리는 코볼트의 얼굴에 주먹을 날렸다.

정확히 안면의 정중앙을 노렸다.

퍼걱! 퍼석!

내가 지나가고 나면 코볼트들이 서 있던 자리에서 붉은 꽃이 허공에 피었다. 힘의 방향으로 인해 꽃은 내가 달린 쪽으로 늘어졌다.

나는 계속 나아가는 것에 반해 잠깐 핀 찐득찐득한 꽃은 금세 땅에 떨어졌다.

"키야악!"

그렇게 나는 금세 왼쪽 길 끝에 도달했다. 한순간도 멈추지 않고 맨손으로 코볼트들을 전부 전멸시켰다. 이제 오른쪽 길 차례다. 벽을 발로 쳐서 반대 방향으로 뛰기 시작했다.

"캬악!"

퍼석!

마찬가지였다. 방향만 다를 뿐, 나는 철저하게 코볼트들을 유린하고 제압했다. 달리는 속도를 오히려 높이며 순식간에 가까워진 코볼트의 얼굴에 손을 뻗었다.

뼈는 그나마 주먹이 뚫고 지나갈 때 바삭한 감각이 전해졌지만, 그 내부의 근육이나 뇌 등은 아예 감각이 전해지지 않을 정도로 물렁했다.

내가 쓸고 지나가는 감옥 복도에 흔적이 남듯 순서대로 붉은 꽃이 피었다 졌다.

"후!"

이제 남은 것은 우두머리 코볼트 뿐이었다.

스릉.

나는 장검을 꺼내든 뒤 우두머리 코볼트에게 달려갔다.

아무리 광분한 상태라도 미약한 이성은 남아있었다. 오히려 이성보단 전투적 지혜 부문에 의해 내린 결정이었다.

온전한 우두머리 괴수를 상대하는 건 처음이었기에, 맨손만 쓰는 오기는 부리지 않기로 했다. 맨손으로 상대하기엔 변수가 많았으니.

"크랴아아아!"

키가 2M에 달하는 우두머리 괴수가 뒤틀린 팔로 나를 후려치려 했다.

서로 기 싸움을 벌이거나 탐색할 시간적 여유 따윈 없었다.

뒤틀리며 놈의 손톱이 튀어나온 손이 내 허벅지 쪽을 노렸다.

서걱!

지난번이었다면 놈의 뒤틀리는 동선을 파악한 뒤 옆으로 빠져 허점을 노렸을 것이다.

하지만 이번엔 알고 있음에도 대놓고 놈에게 장검을 내질러 올렸다.

호기롭게 정면 대결을 하는 것이었다.

촤악!

우두머리 코볼트의 팔이 반으로 열리며 붉은 길을 트는 게 보였다.

그 사이로 내질러 들어가 대각선으로 쳐 내려오는 우두머리 코볼트의 거대한 주둥이를 똑바로 보았다. 더더욱 불쾌한 장면이었다.

"쓰!"

서거걱!

일종의 도박 같은 공격이었다.

물론 만약의 수를 준비해 두어서 펼칠 수 있었던 도박이었다.

애초에 확신이 강렬하기도 했고.

"키허어억!"

내가 정면으로 내지른 장검이, 비스듬히 우두머리 코볼트의 이빨을 빗기고 들어가 놈의 입천장 위에 박혔다.

콰각!

나는 각도를 튼 다음 그대로 장검으로 우두머리 코볼트의 뇌를 관통했다.

우두머리 코볼트는 잠시 부르르 떨더니 축 늘어졌다.

쾅 쓰러지는 놈을 내려다보며 장검과 양손에 흥건히 묻은 살점과 피를 떨쳤다.

얕은 피안개가 퍼지며 극도로 예민해진 코에 시큼한 피 냄새가 스며들어왔다.

"아하하!"

노련한 헌터들조차 정석대로 옆으로 피한 뒤 무는 동작에 대응하는 괴수가 우두머리 코볼트였다. 그럼에도 난 대범하게 정면 대결을 펼쳤다.

놈의 움직임을 정확히 파악했고, 매순간 정확한 동작과 강력한 힘을 불어넣을 수 있었기 때문이었다.

어쩌면 나는 구마준의 친구들과 홀로 경쟁을 한 것일지도 몰랐다. 구마준은 아직 앞지르려면 좀 시간이 걸리겠지.

스우우웅.

우두머리 코볼트가 죽자 역시나 틈새의 정수가 나타났다.

나는 푸르게 빛나는 광석을 덥석 잡아 쥐었다.

손에 짜릿하게 이질적 전류가 흐르는 게 느껴졌다.

[틈새의 정수(F급): 흡수해 헌터로서 성장하거나 갑질 포인트로 치환할 수 있습니다.]

나는 뫼비우스 초끈의 안내에 결연한 의지를 보냈다.

당연히 더 희귀하고 가치가 높은 쪽을 택해야지.

[갑질 포인트로 치환합니다.]

이미 틈새에서 몸으로 스며드는 기운 만으로도 충분히 레벨 업을 했다.

F급 던전이 이 정도라면 더 위의 상위 던전들은 기하급수적인 성장을 가능케 할 것이다. 물론 조심하긴 해야지.

죽으면 끝이니까.

하지만 대범함이 반드시 무모함을 뜻하는 건 아니었다. 0포인트 상태 때 비록 이성이 마비되긴 하지만 보충적으로 그만큼 전투 본능과 전투적 지혜가 상승했다.

[누적 갑질 포인트: 30포인트.]

틈새의 정수는 매 번 크기와 질이 다르다고 한다.

그래도 F급이 이 정도면 꽤 쏠쏠하다.

찰스 리나 다른 세뇌 능력자들이 어떻게 갑질 포인트를 누적하는지는 몰라도, 이제 나도 막연히 퀘스트만 기다려야 하는 건 아니다.

필요하다면 틈새에 레이드를 돌아서 내가 주체적으로 갑질 포인트를 확보할 수 있다.

"후!"

스르르.

0포인트 상태가 풀리는 것과 함께 틈새에서 빠져나왔다.

비록 미칠 듯한 광분이 사라지긴 했지만, 이대로 레이드를 멈추긴 아쉬웠다.

본격적으로 갑질을 사용해 레이드를 돌아보고 싶었다.

"흐으음."

구마준이 찍어준 정보대로 다음 틈새로 이동했다.

거리가 제법 있었지만 경사 따윈 무시하고 달음박질을 하니 금세 도착했다.

나무를 몸으로 쳐내진 않았지만 잔가지나 작은 장애물은 그냥 몸으로 깨부수면서 일직선으로 달렸다.

덕분에 내 옷은 온통 피투성이에 찢긴 모습이었다.

그야말로 광인의 모습.

"하!"

2번째 틈새에 들어섰다.

이번엔 더 직접적이고 빠르게 레이드를 진행했다.

감옥 형태의 던전을 구석구석 돌아다니며, 우두머리 코볼트를 제외한 모든 괴수들을 모았다. 달리는 속도가 딸리니 도발을 한 뒤 도망을 치면 꼬랑지 무리가 생겼다.

다음으론 달려드는 놈들을 천천히 장검으로 베며 숫자를 셌다.

현재 살아있는 녀석이 12마리.

"키약!"

"키렉!"

일단 장검으로 몸을 두 동강 내 2마리를 처리했다.

계속 레벨 업을 하는 덕분에 더더욱 검 짓이 쉬워지고 강력해졌다.

코볼트따위에게 쓰기가 아까울 정도였다.

10마리가 남았을 때, 나는 미친개처럼 따라오는 놈들을 이끌고 우두머리 괴수에게 향했다.

"키랴아아악!"

부하들을 보고 우두머리 괴수가 의기양양해진 자태로 포효했다.

"캬아아아!"

"캬르르르!"

뒤에 있던 코볼트들도 앞뒤 기습이 기대됐는지 잔뜩 그르렁거렸다.

난 슬쩍 뒤돌아 내 뒤에 있던 10마리의 코볼트들에게 명령했다.

"저 우두머리 코볼트를 죽어라 물어뜯어 죽여라."

[갑질 30포인트 소모.]

직감으로 계산한 소모량이 정확히 맞아떨어졌다.

"캬아아아!"

"키야아악!"

나를 지나쳐 10마리의 코볼트들이 매섭게 우두머리 괴수에게 달려갔다.

우두머리 괴수는 당황하면서도 뒤틀린 팔로 부하 코볼트들을 내리쳤다.

코볼트들은 죽거나 다치는 걸 개의치 않고 강제로 우두머리를 공격했다.

굳이 정신계 명령을 내려 우두머리를 적대하게 할 필요도 없었다.

그냥 공격하는 행위 자체를 강요시키면 그만이었다.

"키레에엑!"

코볼트 다섯 마리가 죽어갈 즈음, 우두머리 괴수는 만신창이가 돼 있었다.

한꺼번에 10마리의 코볼트들이 덤벼들었으니.

일반 괴수도 죽고, 우두머리도 잔뜩 약해지고. 내게는 그야말로 일석이조였다. 어부지리이기도 했고. 갑질 레이드의 특권이었다.

쐐액!

"키엑!"

나는 장검을 투척해 손쉽게 죽어가는 우두머리 괴수를 마무리 지었다.

나머지 하급 괴수들도 맨 주먹으로 머리를 터뜨려 처리했다.

"후아!"

시계를 봤다. 스마트 워치엔 당연히 다양한 시간 기능들도 내재돼 있었다.

"3분 21초."

F급 틈새 하나를 처리하는데 걸린 시간이었다.

애초에 일반 괴수들은 거의 생략하다시피 대응했으니.

STAT.[Lv.88 / 힘: 88 / 민첩성: 88 / 지구력: 88 / 지능: 88 / 마력: 88 / 내성: 88]

이제 F급은 내게 우수운 수준이 돼 있었다.

이번에 겨우 세 번째 레이드인데!

나는 0포인트 상태가 아님에도 정신이 버거운 걸 느꼈다.

지능도 늘어나긴 했으나 너무나 격차가 커진 몸이 버거운 건 어쩔 수 없었다.

적응 기간이 필요했다.

"후!"

어느덧 해가 질 시간이었다.

오늘 레이드는 이 정도로 마무리하고 집에 가서 건축학과 기계학 서적을 읽으며 잘 준비를 해야겠다.

밤에 거사를 치러야 하니 미리 준비를 해두어야 한다.

집에 돌아오는 길에 기계학과 건축학 개론 서적을 구매했다.

아직 쉬고 있는 준수에게 음료수 한 잔을 부탁했다.

[갑질 1포인트 소모.]

이로써 다시 0포인트 상태에 접어들었다.

틈새에 있을 땐 헌터 사회에 소속된 것으로 인정되어 각 성 부문에 천재가 된다.

반면 간단히 실험 해본 결과, 학원이 아니더라도 일상에선 내 기본 신분이 재수생이었다. 그래서 보통 경우는 0포인트 상태에 접어들었을 때 공부에 관해 천재가 됐다.

"형. 집에 와서도 공부하는 거야? 이야, 본 받아야겠는데?"

"그래. 그러니까 방해 말고 너도 공부하는 게 어때?"

"아니! 오늘은 날이 아냐. 나갔다 올게."

"으휴, 그래. 어머니 퇴근 시간까지는 와. 야식이라도 같이 먹게."

"오, 그러면 좋겠다. 알았어!"

준수가 가져온 음료수를 마시고 공부를 시작했다.

고등학교 교과 과정과는 또 다른 기분의 공부였다.

아예 처음부터 시작하는 것이라 속도감이 많이 느껴지진 않았다.

난이도에 무관하게 천재인 것과, 무에서 유로 지식을 쌓는 건 다른 개념이었다.

그래도 처음 보는 과목을 독학하는 것 치곤 진도가 제법 나갔다.

"흐음."

기어나 가젯 툴, 건축자재의 활용 등을 전반적으로 살폈다.

역사나 유명 건축가 혹은 정확한 시뮬레이션을 위한 물리 법칙 등은 슬쩍 보고 생략했다. 어차피 밤 때는 0포인트 상태를 누릴 수 없다. 굳이 어렵고 고등한 지식을 머리에 넣어봤자 크게 쓸모가 없었다.

평소의 나도 어렵지 않게 기억해서 쓸 수 있는 내용들을 취사선택했다.

그러다 보니 간단하고 실용적인 내용들을 주로 보게 되었다.

"흐암!"

1시간이 지나자 뒤로 드러누웠다.

지나가는 행인에게 예의바르게 길을 알려달라고 하면, 다시 0포인트 상태에 접어들 수 있다.

하지만 굳이 그렇게까지 하고 싶지 않았다.

오늘 습득한 내용만으로도 충분히 기존의 요소들을 업그레이드 할 수 있을 거 같았다. 일종의 최적화 과정에 가까웠다.

사실 대포만 해도, 물량과 프리프로그 규모만 커진다면 3층을 장악하기에 충분했다.

어려운 부분은 두 리치 핏 세력을 전쟁 붙이는 일이지.

-포털 사이트: 레이드 동영상 검색.

오랜만에 여유를 즐겨보기로 했다.

레이드 동영상을 검색해 실컷 감상하고 공부했다.

전이라면 단순히 비현실적으로 느껴지는 자극적인 동영상이었을 것이다.

하지만 이번엔 인터넷 강의를 듣는 것처럼 세밀한 부분에서 노하우나 감각 등을 터득했다.

평범한 상태라 스펀지처럼 빨아들이는 수준은 아니었다.

주된 목적은 그냥 즐기고 시간을 보내는 것이었다.

―자, 이 부분에서 급히 전략을 바꿀 겁니다. 항상 보유한 인원들을 유연하게 조합하고 배치해 대응하는 게 중요합니다. 함정과 우두머리 괴수가 엉켜 있는 경우군요. 그럼 우리 측도 철저히 준비를 해야 합니다.

생각해보면 난 딱히 레이드 팀워크에 대해 공부하지 않아도 될 거 같다. 충분히 강해진다면 혼자서도 얼마든지 레이드를 돌 수 있을 테지.

어차피 소속도 없는데 나중에 헌터 등급이 높아지면 길드나 설립해볼까.

실적만 확실하다면 무조건 흑자가 나는 사업이라 일반 사업보다 성공 확률이 높다고 한다. 소속된 헌터들의 능력과 등급 자체가 경쟁력이 되는 건 물론이고.

―운동 좀 하고 와서 다시 공부 중이야. 뭐해?

―응! 나도 공부 중이야. 운동도 하고, 멋진데?

―지덕체를 고루 갖춰야 너한테 인정받지. 네가 눈이 좀 높아?

-하하. 그래. 나중에 팔뚝 구경 좀 해야겠다.

최여진과 문자를 주고받으며 방바닥에서 뒹굴거렸다. 그런 호사를 누리자, 최여진에게 갑질을 하며 느꼈던 더러운 기분이 조금이나마 잊혀지는 거 같았다.

결국엔 나도 인간이라 반성보단 합리화 쪽에 생각이 기울어 갔다.

알바도 공부도 쫓기듯이 하지 않아도 된다.

진짜 천재가 된 것이 아닌데도.

왠지 좋은 점만 누리는 것 같아 문득 걱정이 됐다.

"흐."

뫼비우스 초끈을 내가 자원해서 받아들인 건 아니다.

그래서 대가가 어떨지는 나도 잘 모른다.

하지만 의도가 있는 걸 봐선 분명 뭔가 더 큰 목적이 있다.

그걸 따를지 말지, 일단 알아야 고민이라도 해볼 게 아닌가.

"어휴, 허리야."

어둑해지자 어머니가 장을 봐서 퇴근을 하셨다.

나는 얼른 나가 어머니를 반겼다.

"어머니! 식사 하셨어요?"

"아휴, 그럼."

"또 가정부 일 하다 대충 처리하신 거 아니고요?"

"아니야아."

어머니는 거짓말을 못하는 편이셨다. 그래서 아니라고 하면서도 티가 났다.

"족발 좋아하시죠? 좀 있으면 준수 오는데 오랜만에 세 모자끼리 맛있는 거 먹어요!"

"오오라, 족발 말이냐?"

내 말에 어머니가 숨길 수 없는 반가움을 드러냈다. 이제 보니 귀여우시네.

좀 더 레이드를 열심히 뛰어야겠다.

언제까지 남의 집안 밥상 차려주고, 주방에서 조출하게 끼니를 때우시게 할 순 없다. 곧 번듯한 식당의 사장님으로 만들어드려야지.

0포인트의 속도라면 금세 C급 틈새에 갈 수 있을 거다. 그 이상도.

게다가 난 특수하게 갑질 레이드가 가능하다. 나보다 서열이 낮은 틈새는 아예 생략하듯이 몇 분 단위로 공략을 해낼 수 있다. 1인 레이드 공장을 돌려봐야지.

"헤헤."

"왜 그러냐?"

"오랜만에 엄니랑 야식해서 좋아서요."

"하하. 녀석. 그래, 좋구나. 네 덕분에 쫓기듯이 생활하지 않아서 참 맘이 편하구나."

"조금만 기다리세요. 준수 놈 학원에 밀어 넣을 돈도 준비할 테니."

내 말에 어머니가 기특함과 걱정을 동시에 품은 표정을 드러내셨다.

"너무 무리하는 거 아니냐? 네 공부가 우선이지."

"어머니. 걱정 마셔요. 제가 번역을 좀 잘해야죠. 영어 공부도 되는 일이에요. 그리고 곧 명문대생 어머니라는 말도 듣게 해드릴게요."

그 정도로 끝날 게 아니다. 취미 활동도 하실 수 있게 보조할 것이다.

─빨리 와. 어머니 오셨어.

내 문자를 보고 준수도 늦지 않게 집에 돌아왔다.

그렇게 우리 세 모자는 맛나게 야식을 먹었다.

따듯해지는 분위기에 던전이나 학원에선 느낄 수 없는 감정을 느꼈다.

심지어 최여진에게서 느꼈던 잔잔한 기쁨보다도 더 중후하고 깊은 것이었다.

"지켜야겠네."

"응? 형, 뭐라고?"

"아냐."

나는 실컷 수다를 떤 뒤 방에 들어가 누웠다.

한껏 아늑한 기분에 취해 있는데, 눈앞으로 갑작스레 뫼비우스 초끈이 지령을 내렸다.

공교롭게도, 내가 뫼비우스 초끈이 정말 내 삶에 필요한 요소라고 생각한 순간이었다.

[미러 퀘스트: 찰스 리의 트라우마에 관해 알아내라. 보상: 던전에서 신분상승 시 10층 생략.]

[퀘스트: 찰스 리를 죽여라. 보상: 베타 권능 – 갑질 포인트 백업〈Back Up〉.]

"컥!"

벌떡 일어나 눈을 부릅떴다.

이제껏 레벨 업과는 차원이 다른 퀘스트와 보상이었다.

찰스 리는 내가 세뇌 능력자들의 사회에 들어가기 위한 수단이자 장막이었다.

동시에 내가 처음으로 만난 또 다른 갑질 능력자이기도 하다.

"후우우."

다른 마물들은 평생 꿈도 꾸기 힘든 신분상승을 나는 며칠 단위로 해낸다.

그럼에도 135층에 전준국이 있단 사실이 나를 더더욱 다급하게 만들었다.

10층을 건너뛸 수 있다면 얘기가 달라진다.

어려운 퀘스트를 수행하면 나중에도 생략이 가능해진다는 거니까! 이제는 가속 정도가 아니라 생략이 가능해지다니.

"하."

게다가 갑질 포인트를 백업할 수 있다.

그럼 아무 때나 0포인트에 접어들 수 있다.

항상 귀찮게 형식적 소모를 하지 않아도 된다는 것이다!

게다가 계속 쌓아둬서 필요할 때 쓸 수도 있고.

이만하면 능력의 진화라 해도 과언이 아니었다.

"흠."

마치 이 순간을 위해 일부로 그간 불편함을 심어놓은 것 같은 기분이었다.

그 정도로 끌리는 요소였다.

순서가 명확하네.

둘 다 포기하기 싫다.

찰스 리의 트라우마를 알아내고, 그를 죽여라.

살인이다.

결코 가볍게 생각할 일은 아니었다. 하지만 이미 던전에서 느꼈다.

낮때가 겉으로 보면 평범하고 멀쩡한 사회 같지만, 내가 엮인 사회는 던전 못지않게 살벌하고 위험하다는 것을 말이다.

"으음."

일단 거기까지 생각하고 엎어져 내리는 졸음에 눈을 스르르 감았다.

다행히 프리프로그 영역 주변에서 눈을 떴다.

내가 자리를 비운 사이 무슨 일이 벌어졌으면 어쩌나 내심 걱정했었다.

하지만 건재한 건 물론 눈에 띄게 확장된 영역이 보였다.

내가 계몽시켜준 요소들이 곳곳에서 높다랗게 건설되고 있었다.

그런 모습을 보니 내가 건국한 작은 나라를 보는 것 같아 맘이 벅찼다.

-프리프로그여! 그 주인이 돌아왔다!

내 외침에 일제히 마물들이 나를 홱 돌아봤다.

그리곤 의미심장한 눈빛으로 침묵을 지켰다.

곧 덩치가 제법 있는 마물이 다가왔다.

-위대한 분이시여. 자리를 오래 비우셨군요.

-그래. 그동안 꽤 눈에 띨만한 확장을 이루어냈구나. 용케 포식자들로부터 프리프로그를 지켜냈나 보군.

-그렇습니다. 위대한 분이 남겨주신 대포들 덕분에, 저희 도시를 노리는 침입자들을 철저히 죽여 버릴 수 있었습니다. 먼 곳에서 폐기물을 끌어와서 항상 자원 공급이 풍족합니다. 조직원도 1천명 이상으로 늘었습니다.

-잘 됐구나.

분명 대단한 번영을 이뤄냈음에도 내게 보고를 올리는 마물은 씁쓸한 기색이었다.

그래서 내가 먼저 물었다.

-헌데 무슨 일이 있었느냐? 달텅은 어디 있어?

-달텅은 외곽으로 추방당해 일하는 중입니다.

-뭐라고? 감히 내가 임명한 감독을 누가 추방했단 말이냐!

이해가 되지 않았다. 모든 초기 프리프로그 조직원들이 직접 내 행보를 목격했다.

그리고 마땅히 내가 임명한 달텅에게 충실히 복종했다.

그런데 프리프로그는 멀쩡한데 내가 명령한 조직 구조는 뒤틀린 상태라니.

-자리를 오래 비우셔서 새로운 신입들이 지도층 자리를 꿰찼습니다. 원래 프리프로그 소속이었던 지라 포식자처럼 대포를 쏴 죽이기도 애매했습니다. 대포알이 다 떨어지기도 했고, 그 지도자 분들은 위대하신 카몬님처럼 딱딱한 구조도 만드실 수 있는 분들입니다. 사실 모든 마물들이 동의했지요.

설명을 듣자 얼추 상황이 파악됐다.

급속히 커지는 프리프로그에 1만 위 이상의 서열이 가입했을 테다.

그리곤 하찮은 달텅과 내 빈 자리를 보고 기회를 노렸을 테지.

내가 돌아온 이상 어림없다.

-달텅을 데려와라. 당장!

-네. 알겠습니다.

곧 달텅이 내 앞으로 불려왔다.

덩치가 조금 커지긴 했지만 여전히 작은 모습이었다.

-달텅. 자리를 뺏겼다 들었다.

-면목 없습니다.

-아니야. 직접 상대할 수 없었으니 어려웠을 것이다. 대
포를 쏠 생각은 해보지 않은 거야?

-신흥 세력의 주장에 대부분의 마물들이 동의했습니다.
저는 카몬님께서 돌아올 거라 확신했지만, 다른 마물들은
불안에 떨었지요. 딱딱한 물질을 만들 수 있는 자들이 필요
했고, 자연스레 그들이 패권을 쥐게 됐습니다.

-그랬구나. 알겠다. 대기하고 있거라. 정리하고 오마.

-감사합니다! 카몬님만을 손꼽아 기다렸습니다.

달텅은 내가 돌아오기만을 기다렸던 듯 했다.

그래도 2인자에 가까운 감독 위치를 맡았었는데.

지금은 초라한 잡부 역할을 하고 있었다. 그래서 내내 분
을 삭여온 듯 했다.

철퍽!

나는 멀찍이 뛰어 금세 프리프로그의 중앙지역에 들어갔
다.

내 노하우를 금세 터득했는지, 전에 건설했던 두꺼비집이

곱절로 커져 있었다.

묘하게 기특하기도 하고, 기분이 더럽기도 하네.

-침입자다! 제법 큰 포식자야! 얼른 대포를 가져와라!

나라도 대포 세례를 맞으면 죽을 수밖에 없었다.

그래서 얼른 외쳤다.

-그만! 나는 프리프로그의 유일한 창립자인 카몬이다!
나를 알아보는 자들이 없는가!

-오오! 카몬님이시다!

-분명 저 페로몬이 맞아! 마지막 봤을 때의 서열과 똑같
아!

-드디어 그 분께서 돌아오셨다!

마물들이 술렁거리자, 지도자 자리를 꿰찬 세 마리의 마
물들이 슬그머니 내게 다가왔다. 그들도 군중의 민심이 중
요하단 것을 아는 듯 했다.

서열은 4319위, 3012위, 3933위로 하나만 나보다 서열
이 높았다.

-모, 몰라 뵈어서 죄송합니다.

-몰라 본 것은 용서하겠다. 하지만 건방지게 내가 세운
조직을 누가 맘대로 개편하랬지? 그것도 신입들이 말야.

-조직을 저버리셔서 저희가 대행한 것뿐입니다. 게다가
당연히 달텅 같은 하찮은 마물보단 저희가 더 쓸모 있다고
생각하지 않으십니까? 이렇게 당신의 도시를 발전시켰습
니다!

이제 프리프로그는 도시라 불리고 있었다.

천 마리의 마물들이 뭉쳐 사는 군집이었으니 아예 틀린 얘기도 아니었다.

-이런 조직을 시작한 것과 놀라운 건축 구조를 발명한 건 정말 존경하는 바입니다. 하지만 이제 와서 양보하기엔 너무 아깝군요! 나보다 서열도 낮은 놈이!

"꿀렉!"

3012위가 기습적으로 내게 독침을 뱉었다.

나는 급히 피했지만 허벅지 한쪽을 맞고 말았다.

급격히 조직 구조가 녹아들어가는 게 보였다.

-무슨 짓이야!

-모두 닥쳐라! 우월한 자들끼리의 싸움이다! 끼어드는 자는 내가 손수 녹여 먹을 것이야!

보아하니 3012위의 독단적 행위였다.

내 서열보다 약간 높은 상태라 맘먹으면 날 죽일 수 있다고 생각하는 듯 했다. 확실히, 내가 봐도 프리프로그는 소유욕이 들 만한 군집체였다.

게다가 프리프로그끼리는 무언으로 대포를 사용하지 않는 문화가 퍼져 있는 듯 했다. 직접 상대할 수밖에.

기세를 보니 4319위와 3933위는 가담자가 아닌 거 같았다.

그저 당황하여 뒷걸음질을 치는 모양새였다.

-이제 이곳은 내 것이다!

치이익!

3012위가 계속해서 독침을 뱉었다. 나는 옆으로 굴러서 수로에 흐르는 정화 물질을 삼켰다.

-레벨 업! [Lv.10031 / 힘: 10.031 / 민첩: 10.031 / 지구력: 10.031]

순간적으로 몸이 회복되며 덩치가 커졌다.

갑자기 아문 내 허벅지를 보고 3012위가 심히 당황했다.

-이 무슨!

철퍽!

"끌렉!"

[혀 경화 활성화.]

높이 도약하여 3012위에게 향했다. 허벅지가 멀쩡해진 덕분에 아주 넓고 높은 도약이 가능했다.

3012위는 정확히 독침을 쏴 나를 맞췄다.

나는 그걸 배로 받아내고 그대로 경화된 혀를 놈의 머리통에 찍어박았다.

"끌락!"

3012위는 그대로 머리에 구멍이 나 즉사했다.

"꿀러어억!"

나는 내장이 다 녹아들어가기 전에 3012위의 입 주머니를 터뜨렸다.

그리곤 얼른 쏟아지는 정화 물질을 들이삼켰다.

-레벨 업! [Lv.10131 / 힘: 10.131 / 민첩: 10.131 / 지구력: 10.131]

[각성.]

조용해진 군중 앞으로 쩌렁쩌렁한 페로몬을 뿌렸다.

-프리프로그의 주인은 나다! 함부로 내 자리를 노리면 이렇게 초라한 끝을 맞이할 것이야!

"꿀라라락!"

"꿀라락!"

마물들이 지지의 표시로 혀를 치켜들고 울기 시작했다.

이번에도 나는 위 서열을 제거했다. 더더욱 내 자리를 돈독히 한 것이다.

멀찍이서 뒤뚱거리며 걸어오는 달텅이 보였다.

달텅이 찔끔 눈물을 흘리며 혀를 조용히 치켜 올렸다.

-자! 이제 본격적으로 움직일 것이다! 대포와 작살 발사기를 가져와라! 개조하여 바로 작전에 투입할 것이다.

두 리치 핏 세력을 전쟁 붙일 작전이 생각났다.

확실히 조직의 규모가 커지니 건축 능력 역시 증가했다.

4319위와 3933위가 선두 지휘를 맡아 구체적으로 부감독들을 이끌었다.

역시 서열이 높은 지라 덩치만 큰 게 아니라 건축에 대한 이해도 역시 높았다. 내가 설명하는 요소들을 4319위와 3933위는 제법 잘 알아들었다.

그들은 3012위의 기습에 가담한 게 아니었기에 적극적으로 공사에 활용했다.

덕분에 내가 일일이 자세히 설명해줘야 하는 불상사가 많이 줄어들었다.

-달팅. 현재 대략의 조직원 규모를 알려다오.

-네, 카몬님! 현재 1200명을 돌파하고 있습니다. 계속해서 늘고 있는 추세입니다. 주변 군집체에서도 관심을 가질 정도라고 합니다.

-좋은 일만은 아니군.

-그렇습니다. 저희가 숫자는 많으나 서열이 진짜 높은 자는 얼마 되지 않습니다. 저도 그리 떳떳한 서열은 아니고요. 그 때문에 포식자들이 멀찍이서 눈을 흘기는 걸 여러 번 포착했습니다. 대포 덕분에 쉽게 다가오지 못하지만요.

-어느 정도 얘기가 퍼졌겠지.

-그렇습니다. 그래서 초기 구성원이 아니면 대포에 대한 비밀을 누설하지 못하게 하고 있습니다. 외부 세력은 단지 약한 마물들이 위험한 무기를 가졌다는 정도로 알고 있습니다.

-4319위와 3933위에게도 그리 말해두었다. 그래도 염탐하려는 자가 없지 않겠지.

프리프로그는 급속히 숫자와 규모가 늘어가고 있었다.

말 그대로 아무나 받아줘서 정화 물질을 먹이기만 하면 되니, 조직이 커지는 속도가 매우 빨랐다.

한 편으론 그게 문제였다.

조직이 빨라지는 건 좋은 점이었지만 다른 말론 체계가 없다는 뜻이었다. 충성심이나 소속감에 대해서도 안심할 수 없었고.

빅 쉘터 놈들이 내 수로를 금세 터득해 사용한 것처럼, 대포도 한 번 기술이 누출되면 다른 세력이 취해서 사용할 수 있게 된다.

그럼 진짜 전쟁이 지저분해지겠지.

–수시로 대포를 보관해둔 창고에 순찰을 돌도록 해라. 절대 초기 조직원이 아닌 자는 가까이 가게 하지 마라. 자격 없이 함부로 다가가는 자는 대포로 사형해도 좋다. 명령이다.

만약의 사태를 방지하기 위해 엄포를 놓았다.

수많은 프리프로그가 내 말을 들었고, 마땅히 주변에 전달할 것이었다.

자기 전에 공부한 기계학 지식 덕분에, 어느 정도 대포와 작살 발사기들을 개조할 수 있었다. 덕분에 대포들은 이동력은 물론 사정거리가 늘어난 상태였다.

–알겠습니다!

–꿀락! 철저히 지키겠습니다.

4319위와 3933위, 그리고 달텅이 결연하게 혀를 위아래로 흔들었다.

나는 바닥에 정화 물질을 토해놓고 혀를 연필처럼 사용해

방정식을 적었다.

이제 조직원이 1200마리에 달하니 슬슬 흑자 마진 라인이 무너지려 하고 있었다. 변수는 그냥 평균값으로 때려맞춰 계산했다.

덩치가 천차만별이라 그래봤자 근사 추정이긴 했다.

하지만 확실히 전에는 남아 돌았던 정화 물질이, 이제는 가끔가다 부족해지는 상황이 생겼다. 식사를 못하게 했다간 민심이 깨질 것이기에 어쩔 수 없이 공사가 중단되곤 했다.

대포들을 점검하고 개수까지 확인한 달팅을 다시 불러들였다.

-모두 안전히 보관 중입니다. 대포알 개수도 맞아떨어집니다. 위험한 무기니 만큼 함부로 가까이 가려는 마물이 없습니다. 카몬님의 시야가 닿는 중앙 지역에 있으니 섣불리 건드리지 못할 겁니다.

-그래. 달팅. 이 주변에 천장 구멍이 몇이나 되지? 가장 큰 게 어느 것인가.

멀리서 폐기물을 끌어오는 것으론 충분치 않다는 결론이 나왔다.

시간도 오래 걸릴뿐더러 수로의 용량에 한계가 있었다.

가장 좋은 방법은 대놓고 천장에서 쏟아지는 폐기물을 사용하는 것이었다.

프리프로그라는 도시에 발전소를 세우는 격이나 마찬가지였다.

-전에 덩치가 큰 마물들과 돌아다니며 염탐을 했습니다. 총 네 군데가 있습니다. 가장 굵고 양 많은 폐기물 폭포를 보유한 곳은 동서쪽의 군집체입니다. 대략 서열이 1만대 정도에 달합니다.

-숫자는?

-100마리 정도가 뭉쳐 살고 있습니다.

-대포를 준비해라.

-공격하는 겁니까? 꿀라락!

-그래. 앞으로 더 커질 프리프로그를 대비해서 충분히 폐기물을 확보해야 한다.

-알겠습니다!

내 명령에 따라 달텅이 각 부감독들에게 지시 사항을 전달했다.

그러자 부산히 공사에만 집중하던 프리프로그 일부가 급격히 태세를 바꾸었다.

두꺼비집에서 U자 탄력 대포 30정을 꺼내들었다.

대포알 탄환대를 만들어서 장전이 편리하도록 개조한 무기였다.

-프리프로그는 3933위가 지키고 있거라.

-알겠습니다!

나는 가장 덩치가 큰 프리프로그 500마리를 선출했다. 그리곤 그들을 토벌대라 명명했다. 모두 최소 서열이 10만 위 이상은 되는 자들이었다.

자체 전투력은 약해도 대포를 빠르게 끌고 대포알을 옮기기에 모자람이 없는 자들이었다.

-내가 도발을 할 것이다. 적군이 한 곳에 뭉쳐들면 그 때 대포를 일제히 발사하도록 하라.

-알겠습니다, 위대하신 카몬님!

-적군의 두꺼비집은 최대한 파손하지 않도록 한다! 비록 원시적인 구조지만 개조해서 사용하면 프리프로그 확장을 앞당길 수 있어.

토벌대에게 간략히 전쟁 전략을 알려주었다. 준비한 대포알은 200알.

발사 후 대부분이 사용불가하게 훼손될 테지만, 100마리 포식자들을 상대하기엔 충분할 것이다.

-자! 전쟁 준비를 위해 내가 폭식을 행할 것이다! 모두 이해해주길 바란다! 프리프로그의 가장 앞에 서서 싸우기 위한 준비니라!

"꿀라라락!"

"꿀라락!"

천 마리가 넘는 마물들에게 둘러싸인 상태에서 힘껏 정화 물질을 들이켰다.

비록 전반적인 공사가 중지될 테였지만 지금 중요한 건 내 자체 전투력이었다.

내가 강해야 장수 역할을 할 수 있었다.

"꿀럭! 꿀럭!"

-레벨 업! [Lv.12134 / 힘: 12.134 / 민첩: 12.134 / 지구력: 12.134]

"꿀라라락!"

눈에 띄게 커지는 내 몸을 보며 마물들이 의식을 행하듯 혀를 치켜들었다.

내가 명령하지 않아도 알아서 프리프로그가 여닫이문을 열어 수로를 통해 내게 정화 물질을 흘려보냈다.

정화 물질을 아끼지 않겠다는 것이었다.

나는 다른 마물들이 식사할 정도만 내버려두고 모든 정화 물질을 먹어치웠다.

이제 매우 작은 마물들은 잘못하면 내 발바닥에 짓밟힐 정도로 나와 차이가 났다.

-레벨 업! [Lv.14992 / 힘: 14.992 / 민첩: 14.992 / 지구력: 14.992]

[카몬 - 3층 - 1522위.]

1200마리 마물들을 먹여 살리던 규모의 정화 물질이 일시적으로나마 내게 집중됐다.

[잠재되어 있던 유전자가 활성화되었습니다! 자연 각성하여 낮 형태로 혀를 특수 경화시킬 수 있습니다. 다른 능력과 달리 자연 각성이기에 흡수한 능력과 중복 사용이 가능합니다!]

아래층을 생각하면 정말 엄청나게 강해진 것이었다.

자연 각성을 추가로 할 정도로 말이다.

하지만 역시 성장이 비교적 쉬운 층답게 아직도 1000위 안에 들지 못했다.

"꿀러어억!"

-꿀라락! 한순간에 서열을 급격히 올리셨다!

-역시 프리프로그 그 자체인 분이셔!

군중 앞에서 대놓고 성장하니 뭔가 부끄러우면서도 엄숙한 기분이 들었다.

원래 같았으면 이상하다며 되레 의심과 핍박을 받았겠지만, 조직의 선망을 받고 있는 상태에서 대놓고 성장하니 오히려 살아있는 신화가 됐다.

-이제 진군할 것이다! 토벌대는 대포를 이끌고 내 뒤를 따라라.

"꿀라라락!"

달텅이 이끈 방향으로 토벌대와 함께 진군했다.

프리프로그의 주요 세력이 빈 걸 들키기 전에 세력을 확장해야했다.

-저 곳입니다.

달텅이 혀로 군집체 하나를 가리켰다.

전반적인 두꺼비집이나 규모를 봤을 때 분명 1만대 서열에 어울리는 곳이었다.

당연히 내 프리프로그보단 초라했다.

철퍽!

[각성.]

꾸드드득.

몇 번 도약으로 금세 적진에 도착했다.

각성을 하자 피부가 두꺼워지며 온 몸의 근육이 부풀어
올랐다. 부풀어 오르는 동시에 밀도와 유연성 역시 상승했
다. 가장 각성 정도가 분명한 부분은 다름 아닌 혀였다.

-이 군집체에서 도망갈 기회를 주겠다! 어서 물러가거
라!

-꿀렉! 감히 누가.

나를 보고 수십의 마물들이 두꺼비집 사이에서 튀어나왔
다.

내 서열을 보고는 다들 심히 겁에 질린 듯 했다.

-하, 한꺼번에 덤비면 물리칠 수 있다!

-우리에겐 독 능력자가 있습니다. 물러가십시오!

꽤 오래 서식한 군집인지 마물들은 쉽사리 도망치지 않
았다.

서걱!

나는 낫 혀를 휘둘러 가장 가까이 있는 마물의 머리를 조
각냈다.

-이래도 말이냐?

-덤벼들어라! 우리는 단순히 혀로 싸우는 원시적인 마물
들이 아니다!

-우리 터전을 지키겠다!

마물들은 과연 서식지에 대한 애착이 대단했다. 까마득히

서열 차가 나는데도 내게 덤벼들려고 했다. 100마리 대 하나라면 승산이 있을지 모른다고 생각했겠지.

게다가 마물들은 정화 물질을 굳혀 만든 대못을 혀로 쥐고 있었다. 제법이구나.

도구화된 무기도 쓰고. 다행히 강-강도는 몇 개 없었다. 하지만 단체로 린치를 당하면 분명 내가 위험해질 수 있었다. 100마리는 절대 우습게 볼 숫자가 아니지.

나는 일단 도발에 만족하고 몸체를 돌렸다.

철퍽!

멀찍이 도망을 쳐 거리를 벌렸다. 100마리의 적군이 갑자기 기세가 살아 페로몬을 내질렀다.

-도망간다! 역시 숫자가 먼저야! 다시는 우리 터전을 넘보지 못하게 죽여 버려라!

적군이 가까워지길 기다렸다가 몇 번 더 뛰었다. 적들은 유인이란 걸 알아차리지 못하고 그저 내가 큰 몸을 가누길 힘들어한다고 생각했다.

-저 작은 놈들은 뭐야?

적군은 뒤늦게에서야 내 뒤편에 일렬로 늘어선 토벌대를 발견했다.

처음엔 워낙 나랑 덩치가 차이 나서 미처 같은 무리라고 생각하지 못했겠지.

-발사.

파앙! 파앙!

일순간 30정의 대포가 발사됐다. 내게 달려오던 마물들의 몸통에 선명히 구멍이 나는 게 시야에 잡혔다. 관통한 대포알은 곧장 떨어지지 않고 뒤에 서 있던 적군 마물의 얼굴을 추가로 찌그러뜨렸다.

드르륵.

토벌대가 탄환대에서 대포알을 밀어 올려 빠르게 장전을 마쳤다.

-다시 발사.

파앙! 파앙!

2번째로 대포가 발사되자 적군의 앞쪽 무리가 우수수 무너져 내렸다.

나는 다시 차분하게 명령을 내렸다.

아직 반도 죽지 않았으니 충분히 숫자를 줄여야 한다.

-장전. 내가 신호를 주면 다시 발사한다.

총 5차례 대포를 발사하자 총 열의 적군밖에 남지 않게 되었다.

나는 낫 혀를 휘둘러 벌투성이가 된 마물들을 목숨을 거두었다.

2층 때 벌인 혈전과는 또 다른 기분인 거 같다.

"꿀라라락!"

내가 포효를 내지르며 굵고 긴 혀로 허공을 갈랐다.

그러자 신호를 알아듣고 토벌대가 텅 빈 군집체로 들어서기 시작했다.

천장으로부터 콸콸 쏟아지는 폐기물을 대로록 훑었다.

이제 프리프로그는 본격적으로 커질 준비가 됐다.

❖

어차피 오래 끌 생각은 없다. 곧 10층 생략을 더해서 13층으로 진출할 계획이다.

만약 지난번처럼 내가 자리를 비운 사이 조직이 분열된다면, 다시 내가 나서서 손수 문제를 일으킨 우두머리를 칠 것이다.

그럼 다시 임시적으로 조직의 질서가 유지되겠지.

역시 임시책이라 하더라도 당장 직접 통하는 통치법은 힘의 군림이었다.

분명 체계와 역사가 없다는 점은 조직의 약점이었다.

하지만 나는 그걸 극대화하여 장점으로만 작용하도록 만들었다. 적어도 한동안은 그렇게 유지할 수 있다.

-카몬님! 인원 파악을 완료했습니다. 이제 조직원이 3천 명을 넘어가는 상태입니다!

-좋다. 철저히 보안 등급을 정해서 영역을 나눈 거겠지?

-그렇습니다! 믿을 수 있는 자들이 영역을 순찰하며 경계를 지키도록 하고 있습니다. 특히 중앙 구역은 누구도 함부로 들어오지 못할 겁니다.

인원이 많아진 만큼 보안 등급에 따라 중앙지역부터 바깥

방향으로 영역을 철저히 나누었다. 바깥으로 갈 수록 반복적이고 별로 중요하지 않은 일을 도맡게 됐다. 물론 많은 마물들이 합심하여 일하는 것이니 그 결과적인 모습은 전혀 초라하지 않았다.

-내가 말한 구성은 얼마나 준비됐나.

-곧 준비될 듯합니다! 완료되자마자 바로 보고를 올리겠습니다.

-그래. 수고가 많다.

-아닙니다. 스네이커즈 때보다 더 벅차고 아름다운 광경을 보게 해주셔서 감사합니다! 제가 지도부에서 일하고 카몬님을 섬길 수 있다는 게 믿기지 않습니다. 스네이커즈 때와는 차원이 다른 기분입니다.

-꿀라락. 그래.

달텅이 존경심을 담아 혀를 바닥에 축 늘어뜨렸다.

이제 프리프로그는 숫자만 따져도 2층의 스네이커즈를 상회했다.

게다가 개체마다의 수준은 물론, 조직이 가지는 힘이나 건축물 규모에서도 압도적이었다.

3천. 결코 적은 숫자가 아니었다.

폭포를 점거하고 있는 군집체 하나를 더 공략한 뒤, 본래의 프리프로그와 새로 얻은 두 군집체를 융합했다. 수로 뿐 아니라 중간 정화 건축물을 지어 더더욱 큰 도시로 만들었다.

애초에 급히 조직원을 늘리는 건 어려운 일이 아니었다. 단지 그들을 한꺼번에 수용할 튼튼한 인프라가 필요했을 뿐이다.

"꿀라락!"

"꿀락!"

본격적으로 전 조직을 신입 모집에 집중하면 금세 조직원의 숫자를 늘릴 수 있었다. 공사는 이제 급선무가 아니었다. 군집 둘을 흡수해 인프라와 자원 공급을 한꺼번에 확충했다.

사실 제대로 된 조직원이라기 보단 구두 계약 용병에 가깝긴 하지.

절대 대다수가 거대하고 아름다운 군집체에 소속되고 싶어서, 안전하게 배부른 식사를 하고 싶어서 프리프로그에 가입했다. 덕분에 하루 밤이 다 끝나기도 전에 3천 단위의 조직을 부리게 됐다.

추가로, 약한 마물들은 대포라는 걸 이용해 강한 마물을 죽일 수 있단 사실에 매료됐다. 그 무기들의 주인이자, 조직을 이끄는 자가 1천대 서열에 가까운 존재라는 것에 아이러니하게 더더욱 열광했고.

–카몬님! 준비가 완료됐습니다!

–작살 1중대에게 대기하라고 해라. 혹시 모르니 내가 직접 가서 감독할 것이다.

–알겠습니다!

이제 충분히 조직이 커졌으니 작전을 시작할 차례다.

아무리 커져봐야 조직끼리 충돌하여 리치 핏 세력을 이길 순 없다.

그들이 서로를 깎아 먹도록 만들어야 한다. 아주 대범하고 효과적인 이간질이 필요하다.

-해당 지점에 대포 2중대가 대기하고 있겠지?

-물론입니다. 장전을 마치고 장거리에서 명령을 기다리는 중입니다!

진정으로 충성심이 없어도 상관없다. 적어도 수천의 마물들은 내가 그들을 필요로 하는 동안 내 명령에 따를 것이다.

프리프로그라는 조직과 도시를 손수 확장한다는 벅참과 쾌락이, 꽤 강렬하게 충성심을 대체해주고 있었다. 어찌 보면 그들은 나를 따르는 게 아니라 내가 세운 도시 안에 속한 자신의 모습을 지키려는 것이었다.

한 편으론 그게 더 쓸만할 수도 있지.

[각성.]

철퍽! 철퍽!

큰 도약으로 프리프로그를 빠져나갔다.

그리곤 머지않아 빅 쉘터가 보이는 언덕에 대기하고 있는 작살 1팀에게 당도했다.

그들은 나를 보고 조용히 눈알을 대로록 굴렸다.

-정확히 조준했는가.

-최대한 저들의 외곽 쪽을 조준했습니다.

작살의 끝은 강-강도로 날카롭게 다듬어진 상태였다.

나는 손수 돌아다니며 작살들이 과연 빅 쉘터의 정화 탱크를 제대로 겨냥하고 있는지 살폈다.

대포보다도 먼 사거리를 가진 것이 작살 발사기였다.

기어나 여러 요소들을 더해 탄력을 몇 배로 받도록 설계했다.

-엄청난 숫자의 벌레가 꼬인 모습입니다.

-꽤 오래 숙성된 두꺼비집인가 봅니다.

-큰 타격은 아니어도 교란에는 적합한 공격이 될 것이다. 오래된 만큼 효율이나 애착이 클 테니. 발사하라.

텅! 텅텅!

작살들이 일제히 발사되어 빅 쉘터의 정화 탱크에 꽂혔다.

-일제히 도망가거라! 반드시 내가 일러준 동선으로 이동해야 돼!

-알겠습니다!

동시에 작살 1중대가 급히 도망을 치기 시작했다.

보조 바퀴를 달아준 덕분에 발사기를 들고 금세 도망을 칠 수 있었다.

-꿀레에엑! 이게 무슨 일이야!

-뭐야! 누가 감히 우리 터전을 공격했단 말인가!

-설마 간악한 퍼스트 쉘터가!

발사된 작살들은 총 5개의 빅 쉘터 두꺼비집을 파손시켰다.

날파리가 꼬이던 두꺼비집들이 작살난 구멍을 통해 정화 물질을 콸콸 흘려냈다.

-저기 있다! 저 놈들이 발사한 거 같아!

-감히 우리에게 이런 무기를 사용하다니! 명백한 도발 행위다! 어서 쫓아라!

"꿀락! 꿀락!"

육중한 덩치의 리치 핏 우월자들이 나와 작살 1중대를 발견했다.

1중대는 제법 멀리 도망친 상태였다. 작살이 제일 무거운 부분이라 발사 뒤엔 발사기를 이동시키는 게 훨씬 수월해졌다.

나 역시도 몸체를 돌려 도망치기 시작했다.

-퍼스트 쉘터의 잔당이 분명하다!

-잡아서 죽여야 한다! 실토하게 해서 퍼스트 쉘터에게 보상을 받자!

빅 쉘터 우월자들은 매우 빠르게 나와 내 군대를 쫓았다.

그들의 엄청난 도약력에 의해 눈에 띄게 거리가 좁혀져 갔다.

-외길로!

-꿀락! 네!

작살 1중대가 의도적으로 다듬어진 길을 통해 퍼스트

쉘터 쪽으로 이동했다.

나 역시도 그들의 뒤를 따랐다.

−거의 따라잡았다! 전부 잡아먹어라!

"꿀레에엑!"

우월자 몇몇이 장거리포처럼 진득한 독 덩어리를 토해 보냈다.

다행히 거리가 충분해서 피해는 없었다. 그저 땅에 떨어져 터질 뿐이었다.

−일단 저 놈부터 잡자! 다른 작은 놈들은 금세 따라잡을 수 있다!

우월자들이 나를 겨냥하고 순식간에 도약해 왔다.

나는 그제야 다시 도망치기 시작했다. 시시각각 저들이 뿜는 독과 무기화된 혀가 나를 노렸다.

"꿀렉!"

"꿀레아아악!"

나를 잡았다 확신하는 순간, 우월자들은 폐기물 웅덩이에 숨겨진 송곳 밭에 빠졌다.

중−강도로 인공 언덕을 만들고 그 안을 팠다. 다음엔 강−강도로 송곳들을 파여진 공간에 세웠다. 마지막으론 폐기물들을 채워 넣었다.

"꿀라아악!"

−이럴 수가! 이런 거대한 함정을 만들 줄이야!

나는 더더욱 멀어졌다.

척!

허나 운 없게도 우월자의 기나긴 혀 중 하나에 붙잡히고 말았다.

서걱!

다행히 낮 혀를 각성한 상태라 나를 감싼 혀를 잘라낼 수 있었다.

"끌락!"

나를 감싼 혀는 가시가 돋친 혀였다. 때문에 온 몸이 벌집이 된 상태였다.

난 극심한 고통을 참고 얼른 주변을 돌아다니던 작은 마물의 입주머니를 터뜨렸다.

-레벨 업! [Lv.14995 / 힘: 14,995 / 민첩: 14,995 / 지구력: 14,995]

레벨이 매우 조금 올랐지만, 내가 의도한 대로 몸이 완전히 회복됐다.

-대체 무슨 꿍꿍이냐! 이렇게 허접한 공격을 한다고 해서 우리가 두려워할 거 같으냐!

송곳에 몸이 꿰뚫린 동료들을 보살피느라 우월자들은 더이상 날 쫓지 못했다.

이미 송곳에 폐기물이 스며들어가서 결국엔 죽게 될 것이다.

작살 1중대와 함정 송곳 언덕. 분명 새롭고 효과적인 요소들이었지만 그래봤자 내가 처리한 빅 쉘터 우월자들은

10마리도 되지 않았다.

"꿀락!"

하지만 내가 의도한 건 단순 타격이 아니었다.

그렇다고 테러도 아니었다.

작살 1중대는 일부로 퍼스트 쉘터를 향해서 도망을 쳤다. 이제는 거의 보이지 않을 정도로 멀어져 있었다.

진짜로 퍼스트 쉘터에 진입하진 않을 것이다. 중간에 꺾어서 프리프로그로 돌아가겠지.

-기다려라! 반드시 갚아줄 것이야!

하지만 빅 쉘터 입장에선 퍼스트 쉘터가 공격한 것이라 확신할 것이다.

그 외엔 감히 대항할 세력이 없었으니. 프리프로그가 아무리 커졌다고 하나 그저 주변에 좀 알려진 수준이었다. 리치 핏에까지 얘기가 들어가진 않았을 테다.

"꿀라락!"

-카몬님!

내가 우회하여 돌아간 곳은 프리프로그도 퍼스트 쉘터도 아니었다.

나는 다시 빅 쉘터로 돌아갔다.

이번에 내가 향한 곳에는 대포 2중대가 대기 중이었다.

작살 부대가 대기한 곳과 정 반대쪽으로써, 작살 부대는 3층의 안쪽 방향에서 작전을 펼쳤고 대포 부대는 3층의 구석 쪽 방향에 대기 중이었다.

-발사하라.

대포 부대는 오로지 대포를 2정만 보유하고 있었다.

대신 매우 많은 양의 조립식 파이프를 대동한 상태였다.

강-강도 틀에 정화 물질을 부어 만든 구조였다.

파앙! 파앙!

대포가 발사돼 조용하고 작게 빅 쉘터의 두꺼비집에 구멍을 냈다.

"꿀라락."

-서둘러야 한다. 낌새를 알아차려선 안 돼.

지금 빅 쉘터는 급습을 당한 것 때문에 시선과 인원이 한쪽으로 몰려 있었다. 그래서 대포 부대가 친 곳은 일시나마 휑한 상태였다.

-어서 파이프를 설치해라!

-정화 물질을 토해서 파이프들을 접붙여!

-서둘러야 한다!

프리프로그는 미리 훈련한 대로 재빠르게 파이프를 이어붙여 빅 쉘터의 구멍난 두꺼비집에 연결했다.

그리곤 길게 파이프를 빼 한쪽으로 정화물질이 유출되도록 만들었다.

워낙 길게 이어붙여서 정화 물질이 흘러나오는 곳은 빅 쉘터와 꽤 동떨어진 곳이었다.

파이프는 폐기물과 뒤틀린 구조들을 덮어 급히 위장했다.

-됐다! 이제 빠지도록 한다!

-모두 프리프로그로 돌아가 대기한다.

나는 파이프의 끝에 입을 가져다 댔다. 앞으로 들킬 때까지 무한정으로 빅 쉘터의 정화 물질을 몰래 갈취할 수 있을 것이다. 구멍을 내 파이프를 연결시킨 부분은 탱크의 최하단이었다. 정말 자세히 보지 않으면 알아차리지 못할 테지.

-레벨 업! [Lv.15099 / 힘: 15.099 / 민첩: 15.099 / 지구력: 15.099]

모든 게 성공적이었다.

작살 부대로 도발하여 빅 쉘터를 크게 한 번 흔들었다.

그로 인해 두 가지 효과를 얻었다.

빅 쉘터가 본격적으로 퍼스트 쉘터를 적대하게 만들었다.

그리고 폐기물이 아니라 정화 물질을 뿜어대는 파이프 지점 하나를 확보했다.

"꿀락! 꿀락!"

계속해서 성장하며 서열을 높였다.

이제 퍼스트 쉘터를 같은 전략으로 칠 순서다.

3 장 - 프리프로그

신분상승
가속자

3 장 - 프리프로그

퍼스트 쉘터에도 작살 부대와 대포 부대로 큰 혼란을 야기했다.

마찬가지로 중앙 쪽에서 작살을 쏴 보내 쫓아오는 우월자들을 송곳 언덕에 빠뜨렸다. 그리곤 급히 우회해 퍼스트 쉘터의 구석 쪽 두꺼비집에 누출 파이프를 박아 넣었다.

그 결과 현재 프리프로그는 막대한 양의 추가 정화물을 얻어내고 있었다.

먼 지점에 몰래 숨겨 놓은 누출 지점은 계속해서 정화 물질을 콸콸 쏟아냈다.

리치 핏 정화 물질 탱크는 꽤 컸기 때문에, 실제론 아주 조금씩 양이 줄어들 테였다. 눈에 확 띄지는 않는다는 뜻.

한동안 리치 핏 우월자들은 갸우뚱거리며 계속 두꺼비집에 폐기물을 채워 넣을 것이었다. 한참이 지나야 양이 알아차릴 정도로 줄어있을 테니.

　파이프에서 정화 물질이 끊기면 자연스레 파이프 지점을 버리면 될 것이었다.

　그래서 일부로 프리프로그에서 먼 곳에 누출 지점을 배정했다.

　-이제 조직원이 얼마인가.

　-총 4천명이 넘어갑니다! 대포는 200정을 넘어가는 상황입니다. 명령하시면 한꺼번에 출정시킬 수 있습니다. 작살 부대는 말씀하신 곳에 대기시켜 놓았습니다.

　-아직이다. 대포 부대는 계속 정비하고 준비하라.

　-알겠습니다! 다음엔 어떤 작전을 수행할까요?

　-지금 정화 물질이 넘쳐나고 있지?

　내 물음에 달텅이 뿌듯한 표정으로 혀를 위아래로 흔들었다.

　-그렇습니다! 공사와 식사에 최대한 퍼 부어도 남아 돌아서, 따로 보관용 두꺼비집을 만들어야 할 정도입니다.

　-다시 본격적으로 신입 모집 태세에 들어서라. 오래 유지하지 않을 것이니 막무가내로 조직원들을 늘리도록 한다.

　-공사에는 쓸모가 있겠지만, 군대로 탈바꿈 할 때는 크게 쓸모없는 자들입니다. 대포조차 끌지 못하는 자들인데 무조건 많이 받는 게 의미가 있을까요? 두꺼비집이라도

하나 더 짓는 게 낫지 않을까 합니다.

-달텅. 내가 언제 생각하지 않고 움직인 적이 있더냐?

내 말에 달텅이 선을 넘었다는 걸 알고 펄쩍 뛰었다.

그리곤 눈알을 빠르게 굴리며 혀를 바닥에 댔다.

-죄송합니다! 그저 너무 조직 운영과 관리에 몰입한 나머지.

-나중에 다 쓰임이 있을 것이다. 그러니 넘쳐나는 정화 물질을 미끼삼아 계속해서 조직원을 불러. 작살 부대는 내가 알아서 관리할 것이다.

-꿀럭! 알겠습니다!

달텅에게 명령을 내린 후 내 상태를 점검했다.

[Lv.21173 / 힘: 21.173 / 민첩: 21.173 / 지구력: 21.173]

[카몬 - 3층 - 21위.]

파이프를 통해 넘쳐나는 리치 핏 정화 물질을 마음껏 식사했다.

학습률1000% 상태에서.

그 결과 밤이 끝나기도 전에 벌써 리치 핏 상위권으로 올라갈 수 있었다.

슬슬 던전이 차가워지고 있다.

그래도 한 가지 더 작전을 펼칠 시간은 있다.

일부러 그 작전을 위해 더 높게 서열을 올리지 않았다.

최상위 서열끼리는 분명 서로를 잘 알고 있을 테니, 지금 서열이 스며들기에 적합했다.

-달텅. 계속해서 신입을 받아두어라. 그리고 적절한 자리를 주어서 덩치 큰 마물들을 네 수족으로 부려. 네가 내 심복인 것을 아는 자들은 네가 더 서열이 낮아도 수긍할 것이다.

-꿀락! 알겠습니다.

-그렇게 하면 내가 잠시 자리를 비워도 저번 같은 일이 없을 거야.

-이번에는 제대로 자리를 지키겠습니다!

내가 작전을 위해 자리를 비울 때와, 낮 시간이 올 때를 대비해 달텅에게 작은 조언을 해주었다. 나를 빌미삼아 달텅 자신을 지킬 강한 마물들을 거느리라는 것이었다.

이제 프리프로그는 계속해서 불어나도록 기다리기만 하면 된다.

준비는 모두 끝이 났다.

폭발하기 직전인 두 리치 핏 세력을 불 붙이는 일만 남았다.

철퍽!

나는 멀찍이 뛰어 이제는 한참이나 확장된 프리프로그를 벗어났다.

"꿀라라락!"

"꿀락!"

내가 지나갈 때면 마물들이 경이로움과 존경심에 울음소리를 냈다.

웬만한 건물보다는 내가 더 컸으니, 일단 눈에 띄는 게 당연했다.

그 외에도 이 큰 도시를 세운 장본인이라는 사실이 마물들의 감탄을 샀다.

"꿀락."

일단 퍼스트 쉘터에 먼저 방문했다.

결국 내가 노려야할 대상은 퍼스트 쉘터에 머물고 있다는 서열 1위였다.

그렇기 때문에 그가 어떻게 보호를 받고 있는지 염탐해야 했다.

지금 서열이라면 금세 내부 지역으로 진입할 수 있을 것이다.

-꿀락. 정찰을 보고 왔다. 빅 쉘터가 굴러가는 무기들을 준비시키고 있어. 그 전에 쳐야할 거 같은데.

-꿀렉. 높으신 분이시여. 수고가 많으셨습니다.

나는 능청스럽게 퍼스트 쉘터에 들어서며 거짓말을 했다.

퍼스트 쉘터 입장에서 공격을 당한 것을 아는 자는 내부자 혹은 빅 쉘터 마물뿐이었다. 물론 나를 빅 쉘터의 첩자라 생각할 수도 있는 상황이었다.

하지만 그보다 더 혼란스러운 요소가 있었다.

-다 엉망진창이군.

-그러게 말입니다. 페로몬에 익숙해지긴 했지만, 그래도

서열만큼 서로를 알아보기에 좋은 게 없었는데. 정말 골치가 아픕니다. 저는 도리어 서열이 내려갔지 뭡니까.

―다시 정리 중이라고 합니다. 익숙해지는 데에 시간이 좀 걸리겠군요. 감히 우리 쪽 전사들을 죽이다니! 꿀레엑!

내가 빅 쉘터와 퍼스트 쉘터에 펼친 작전 때문에 우월자 마물 여럿이 죽었다.

개중에는 도발한 적군을 죽이기 위해 안쪽에서 튀어나온 높은 서열들도 몇 있었다.

그들 중 다수가 송곳 언덕에서 죽음을 맞았고.

―안에 들어가 윗분들에게 보고를 하겠다.

―네. 조심히 살펴 가십시오. 수고가 많으셨을 텐데 식사라도…….

―아니다. 급하게 보고해야할 내용이지 않으냐.

―알겠습니다, 꿀락!

추가로 내가 21위로 순식간에 오르는 바람에 모든 서열들이 뒤엉켰을 것이다.

원래의 20위 아래로 서열이 엉망진창이 됐을 거란 뜻이었다.

1층과 2층에 비해 3층은 죽음이 덜 잦은 편이었다.

목숨보단 두꺼비집이 공격과 탈취의 대상이었으니까.

"꿀락."

덕분에 혼란을 틈타 리치 핏의 일원인 냥 들어올 수 있었다.

어차피 대부분의 우월자들은 상위 서열의 페로몬을 잘 알지 못했다.

리더 지위에 있지 않은 이상 리치 핏 하위 서열과 페로몬을 나눌 일이 없었으므로.

-지도부와 간부님들을 만나봐야 한다.

-알겠습니다. 지금 중앙 성채에서 쉬고 계십니다.

퍼스트 쉘터 내부로 깊숙이 이동하며 더더욱 높고 거대한 두꺼비집들을 목격했다. 나 혼자는 짓기 힘들 정도로 대단한 규모가 많았다. 그대로 천장의 폐기물을 받아내 왕성하게 정화 작업을 벌이고 있었다.

특히 흥미로운 점은 원시적이나마 투석기가 배치돼 있단 거였다.

상위 우월자들이 자신을 보호하기 위해 두고 있는 듯 했다.

-어이, 넌 뭐야.

-보고드릴 게 있어서 왔습니다. 지난번처럼 빅 쉘터가 공격을 감행하려 하고 있습니다. 이번에는 숫자가 10배입니다.

-뭐라고!

-본격적으로 저희 두꺼비집을 망가뜨리려는 거 같습니다. 우리 쪽도 무기를 배치하여 저쪽을 먼저 쳐야 합니다.

비록 소수긴 하지만 리치 핏 세력도 공성 무기를 가지고 있단 걸 알아냈다.

그러니 그걸로 서로를 공격하게 만들면 혼란이 더 커질 것이다.

-내가 보고 드리고 오겠다.

-1위님은 어디 계시는 겁니까?

-그리토드님 말이냐? 저기 벙커에서 쉬고 계시지. 얼마 전 도발 때문에 매우 심기가 불편하시다. 네가 마주할 상태가 아냐.

"꿀락."

놀라는 척 하며 한숨을 내쉬었다.

역시 1위는 만만치 않은 방어책을 두고 있었다.

내 덩치보다 훨씬 클 정도의 대형 벙커에 숨어 있다고 했다.

멀리서 보니 벙커는 사방으로 가시를 뻗고 있었다. 당연히 강-강도 재질이라 대포알로도 쉽게 부수기가 힘들었다.

1위가 기어 나오게 만들어야겠군. 설사 전쟁으로 약해진다 하더라도 리치 핏 세력은 결코 만만한 조직이 아니었다.

"꿀르륵."

곧 보고의 사실여부를 따지러 아까 만난 간부가 나아왔다.

-1위님께서 매우 중요한 사안이라고 말씀하셨다. 네 말이 사실인지 같이 가보자. 의심하는 건 아니지만, 요새 어수선 하잖냐.

-예. 이해합니다. 하지만 기습을 당할 수 있기 때문에

아주 먼 곳에서 봐야 합니다. 들키지 않게 좋은 자리를 봐 두었습니다.

내 말에 간부가 슬쩍 눈을 굴렸다. 그의 서열은 9위였다.

-미리 말해두겠는데, 멍청한 짓 하려면 관두거라. 나는 네가 함부로 할 수 있는 사람이 아냐.

꾸드득.

9위가 힘자랑을 하듯 자신의 능력을 선보였다. 그의 등이 회색빛으로 변하며 딱딱하게 굳었다. 대포알까진 못 막아도 무기화된 혀 정도는 막을 테였다. 구부정한 3층 마물의 신체에 딱 맞는 방어책이군.

[능력 흡수. 대상: 9위.]

나야 고맙지.

-저를 전에 못 보셔서 경계하는 건 이해합니다. 저도 서열이 갑자기 올라서 적응 중입니다.

경계하는 9위를 이끌고 미리 봐둔 언덕으로 향했다.

가는 길에 궁금해져서 9위에게 물었다.

혹시라도 정치공작에 도움이 될 정보를 얻을 수도 있었다.

-헌데 우월하신 분이시여, 물어볼 게 있습니다. 괜찮을까요?

-그래. 말해보거라.

-제가 두꺼비집은 기가 막히게 짓는데 기억력이 좀 멍청한 편입니다. 꿀라락! 그래서 그런데 빅 쉘터가 어떻게 떨어져 나가 저리 성가신 존재가 됐는 지 알 수 있을까요?

물어보면서도 은연중에 빅 쉘터에 대한 적대감을 드러냈다. 물론 의도된 연기였다.

-아! 그 유명한 일을 잊다니 멍청하긴 하군. 그래, 가는 길이니 상기시켜주마. 그리토드님께 감히 3위부터 5위가 반발을 했어. 2위님만 충성스럽게 남았지. 그 때부터 리치 핏이 둘로 갈리기 시작했다.

-그렇군요. 혹시 이유가 뭔가요?

-뭐긴. 강-강도 물질을 만들라고 1위님께서 명령하셨는데, 마땅히 따라할 놈들이 오기를 부린 거지. 그 땐 리치 핏 초기 때라 특수 재질이 많이 필요했다.

-하긴. 두꺼비집을 못 쓰고 직접 만들어야 하니 상당히 번거롭겠죠.

-그리토드님의 탑을 위해서거늘. 천장에 닿을 수 있는 영광에 기여하는 것인데! 모든 우월자들이 지혜로운 건 아닌 거 같다.꿀르르.

-그러게 말입니다. 기억력이 하찮은 저도 탑 부분은 적극적으로 지지하는데 말입니다.

그리토드가 3층에 탑을 세우려 한다는 걸 알았다. 꿍꿍이가 뭐지.

일단은 탑에 대해 아는 척 했다.

-그리토드님이 리치 핏에서 살게 해줬는데 그 정도도 못한다니! 이제는 공격까지 감행해? 그것도 세금을 내라니까 먼저? 녹여 죽일 놈들이다.

-물론입니다! 자, 저기입니다.

빅 쉘터와 퍼스트 쉘터가 갈리게 된 이유를 알게 됐다.

나는 9위를 의도한 곳으로 이끌었다.

내가 가리킨 곳엔 꽤 큰 규모의 작살 부대가 대기 중이었다. 당연히 빅 쉘터의 것이 아닌 내 것이었다.

-정말이군. 근데 숫자가 그리 많진 않은데?

-저기 언덕 너머에 몇 배가 도사리고 있습니다. 가까이 갔다간 저희가 죽습니다.

-그래. 매우 위험하다고는 들었다. 함정도 많고.

-그렇습니다.

-일단 돌아가자!

9위는 부분적 진실을 보고 끝내 내 말을 신뢰했다. 크게 위기의식을 느낀 표정을 분명 보았다.

나는 9위와 퍼스트 쉘터로 돌아갔다. 그리곤 9위가 보고를 하러 간 틈을 타 도망을 쳤다. 마찬가지로 빅 쉘터로 가 새로 안 사실을 버무려 정치공작을 펼칠 것이다.

상황이 매우 긴박하게 돌아가고 있다.

매우 높은 확률로 퍼스트 쉘터는 빅 쉘터를 먼저 칠 것이다.

그럼 마땅히 빅 쉘터도 반격하게 할 준비를 갖추게 해줘야지.

이제 전쟁이 코앞이다.

불은 이미 붙여진 상태!

빅 쉘터에 잠입해서도 마찬가지로 혼란을 야기했다.

단지 이번엔 거짓 정보를 흘리지 않았다.

미리 대응할 수 있게 진짜 퍼스트 쉘터의 정황을 알려주었다.

-간부님! 사실입니다. 21위님의 말대로 저쪽 동태가 심상치 않습니다. 최상위 우월자들이 상징으로 삼고 있는 대형 투석기가 밖으로 나오고 있습니다. 하나 둘씩 혀로 대못을 치켜들고 있고요. 저를 보고는 죽일 듯이 쫓아왔습니다!

내가 처음 흘린 정보를 듣고 빅 쉘터 역시 상황을 파악하기 위해 인원을 보냈다.

이번엔 내가 굳이 작살 부대로 거짓된 상황을 연출할 필요도 없었다.

오로지 리치 핏만 공성 무기를 만들 수 있다는 우월자들의 오만 덕분에 여기까지 올 수 있었다.

-진짜 해보자는 것인가! 당장 지도자님들께 전달해야 한다!

내 말대로 퍼스트 쉘터는 전쟁에 임할 준비를 하고 있었다.

그것도 긴박하게 당장 공격할 수 있는 준비를 말이다.

단순히 긴장 상태인 것이 아니라 이미 서로 공격을 주고받았다. 물론 실상은 내가 벌인 교란용 공격이었지만.

그런 상황에서, 퍼스트 쉘터는 당연히 선공으로 유리한 입장을 얻어내려 할 것이다. 서로 피해가 크려면 마주 부딪치는 게 낫겠지.

-너! 21위. 너도 따라와라. 제대로 보고를 드려야지.

-알겠습니다. 이렇게라도 기여를 하게 돼서 기쁩니다.

-전투가 잘 마무리되면 네게 크게 보상을 내리겠다. 우아한 두꺼비집 하나의 소유권을 통째로 주지. 덕분에 빨리 대처할 수 있을 거 같다.

-꿀럭! 감사합니다!

행동 대장 역할을 하고 있는 빅 쉘터 5위가 나를 이끌었다.

리치 핏 세력이 둘로 나뉘어 있으니 서열도 뒤죽박죽이었다.

지도자들의 공간으로 가자 마찬가지로 벙커가 지어져 있었다.

대신 1위의 것보단 작고 초라한 모습이었다.

흉내라도 낸 건가.

-21위. 네가 매우 중요한 정보를 가지고 왔다고 들었다.

-그렇습니다. 저들의 투석기에 대해 몰래 조사해봤는데, 한 발에 우리 쪽 대형 두꺼비집이 최소 두세 개씩 날아갈 겁니다. 이틀이면 빅 쉘터 절반이 날아가겠죠! 준비를 철저히 한 거 같았습니다.

일부러 우리란 말을 강조했다.

"꿀락!"

"꿀라락!"

내 과장된 정보에 빅 쉘터 지도자들이 비명을 질렀다.

그들은 다수이긴 하나 결국 1위보다 못한 자들이었다.

항상 독립한 세력의 수장이라는 자신감과, 개체로썬 1위
보다 못하다는 열등감이 공존하겠지.

정확히 그 부분을 파고들었다.

-게다가 저들이 속삭이는 말을 엿들었습니다! 1위가 대
대적으로 퍼뜨리고 있는 말이라고 합니다.

-뭐, 뭐라고 하더냐, 그 잘난 척 하는 놈이!

내 말에 빅 쉘터 지도자들이 민감하게 반응했다.

1위와 개인적으로 원한이 있는 2위부터 5위가 그 대상이
었다.

나는 한 번 더 그들의 신경을 후벼 팠다.

-건방진 2위부터 5위는 절대 항복해도 살려주지 않고,
자신이 세운 탑의 가장 높은 곳에 매달아 굶겨 죽인다고 했
습니다!

"꿀레에엑!"

내 말에 2위부터 5위가 매우 격하게 분개했다.

일단 항복해도 죽인다는 강렬한 의사에 놀랐을 것이다.
다음으론 상위 서열자만 알고 있는 탑에 대한 언급을 듣고
더더욱 예민해졌을 것이다.

1위가 탑을 세우려는 욕심 때문에 2위부터 5위가 지쳐서

떨어져 나간 것이었다.

그러니 2위부터 5위에게 탑에 매달려 죽는 것만큼 끔찍한 치욕은 없었다.

-잘 되었다. 이렇게 된 이상, 오만한 1위를 죽이고 내가 1위가 되겠다!

-물론입니다. 놈의 탑을 무너뜨리고 유일무이한 리치 핏을 세우시지요.

-감히 우리에게 세금을 내라는 것도 모자라, 이젠 우리를 3층에서 쓸어버리려 하다니!

-전쟁을 준비하라! 그간 숨겨둔 무기와 대못을 모두 꺼내들어!

-철저히 퍼스트 쉘터의 두꺼비집들을 깨뜨릴 것이다!

2위부터 5위가 적개심에 가득 찬 페로몬을 뿌려댔다. 그 덕분에 일순간 빅 쉘터가 격동하기 시작했다. 육중한 덩치의 마물들이 바삐 움직이며 전쟁 물자를 퍼 날랐다.

철퍽!

나는 바쁘고 어수선한 틈을 타 빅 쉘터를 빠져나왔다.

잡는 간부나 지도자는 없었다.

설마 엄청난 보상을 약속받았는데 내가 도망칠 리 없다고 생각한 것이다.

이미 충분한 적의 동태를 파악하기도 했고. 무엇보다도 전쟁 직전이라 정신이 없을 것이다.

"꿀라락."

철퍽!

나는 퍼스트 쉘터와 빅 쉘터의 중간 지점이 내려다보이는 언덕으로 이동했다.

전쟁에 영향을 받지 않으면서도 충분히 상황을 파악할 수 있는 곳이었다.

"꿀라라락!"

드르르르.

투석기 굴리는 소리와 함께 빽빽한 페로몬이 왼편에서 들려왔다.

퍼스트 쉘터의 군대였다.

"꿀레에엑!"

반격이라도 하듯이 오른편에서 신경질적인 포효 소리가 들려왔다.

내가 얼마 전부터 그려오던 그림이었다.

텅!

ㅡ다 죽여 버려라! 허벅지와 머리통에 대못으로 구멍을 내!

ㅡ죽여라!

양측에서 투석기가 발사되고 도약에 뛰어난 우월자들이 허공으로 솟아올랐다.

독에 능한 자들은 장거리로 독 덩어리를 토해냈다. 온갖 정화 물질 무기와 초능들이 전장에 튀어나왔다.

"꿀레에엑!"

"꿀라아악!"

마침내 본격적으로 퍼스트 쉘터와 빅 쉘터가 맞붙기 시작했다.

주변에 있던 작은 마물들은 죽음의 공포를 느끼고 혼비백산하여 도망쳤다. 두꺼비집을 뺏겨본 적은 있어도 이 정도의 위협은 느껴보지 못했겠지.

"꿀레에에엑!"

뇌를 울릴 정도로 시끄럽고 고통스런 비명소리가 터졌다.

나는 확 오한이 올라오는 걸 느꼈다.

다시 올 땐 어떤 상황이 펼쳐져 있을까. 프리프로그만 무사하면 어떻게든 내가 원하는 방향으로 3층을 뒤틀 수 있다.

"꿀륵."

눈을 감았다.

혀와 허벅지의 잔상이 주는 고통을 이겨낸 후 라면을 짜게 끓여 먹었다.

"후우."

밤새 정화 물질만 먹으니 짠 게 확 댕겼나 보다.

맘 같아선 자취방 말고 집으로 가 어머니의 아침밥을 먹고 싶었다.

그럴 여유는 없겠지.

-여진아. 오늘도 학원에서 보자!

-으응! 열심히 하자, 히히.

최여진에게 인사를 넣고 학원으로 갔다.

그녀와 과일 맛 우유를 나눠 마신 뒤 B반으로 들어섰다.

이희진을 이용해 무난하게 수업을 들었다. 차후 최여진
과 점심 약속을 가졌는데 이번엔 별다른 일이 없었다. 평소
처럼 즐겁고 무난했다.

"잘 가!"

"으응!"

아무 일도 없었다는 냥 행동하니 정말 그렇게 느껴졌다.

실제로 최여진은 그렇게 인지하고 있었다.

그래도 맘 한편에 사라지지 않는 텁텁함이 있는 건 어쩔
수 없었다.

"후우."

나 혼자만 알고 있단 게 안심되면서도, 일면에선 미치도
록 괴로웠다.

차라리 싸우고 화해하면 후련하게 잊고 지나갈 텐데.

해결되지 않은 채 내가 다 짊어지고 있는 고민이었다.

앞으로도 내가 갑질을 쓰지 않을 거란 보장도 없고.

다시 생각해도 난 맞는 선택을 하긴 했다. 힘든 선택이라
서 그럴 뿐이지.

"아오!"

구마준에게 전화를 걸었다. 이번엔 본격적으로 갑질 레이드를 해볼 생각이다.

−그래. 저번엔 혼자 둘이나 틈새를 공략했더군. 처음 솔로 레이드를 돈 것 치곤 나쁘지 않은 선택이야.

"감사합니다. 오늘은 좀 더 돌 생각입니다. 긴 창을 여러 자루 부탁드립니다."

구마준은 내가 얼마나 빨리 틈새를 공략했는 지 모를 것이다.

저번엔 쉬엄쉬엄 하느라 2개만 공략했다.

오늘은 본격적으로 시간을 재며 레이드를 돌 생각이다.

처음 한 번만 손수 싸워서 틈새의 정수를 얻으면, 그 때부턴 꼬리에 꼬리를 물고 갑질 레이드를 이어나갈 수 있다.

저번에 얻은 틈새의 정수는 구마준에게 반납했었다.

"네, 그럼 거기로 가겠습니다."

구마준이 일러준 곳으로 이동해 현대식 경량 아머를 걸치고 장창을 쥐었다.

부탁한 대로 구마준은 내가 부탁한 장비를 전부 가져다주었다.

내가 그에게 아직 실제 이득을 주고 있는 건 아니다.

하지만 내가 가진 VIP리스트와 찰스 리 감시 때문에 나를 적극적으로 도울 수밖에 없을 것이다.

"오늘 파티 날이지? 자, 마나를 불어넣으면 수면 가스가 뿜어져 나오는 펜던트야."

"감사합니다. 유용하게 쓸게요."

"이 정도면 피부에 마나를 두르면 식칼 정도론 죽이지 못할 몸이구만."

구마준이 내 어깨를 한 손으로 꽉 쥐며 말했다.

역시 보통 강한 게 아니다. 엄청난 초인의 악력이 느껴졌다.

"으. 감사합니다. 그래도 튼튼한 상태로 파티갈 생각을 하니 맘이 놓이네요."

"그래도 조심해. 아직도 사회 서열이 많이 딸려서 갑질을 당할 수밖에 없을 테니까. 물론 잘못될 확률은 많이 줄었어. 여차하면 탈출할 테니까. 올림푸스 내부엔 보안 때문에 보디가드를 못 심어. 자네를 믿어서 얼마 전부턴 거리를 많이 벌리게 하고도 있고."

"알겠습니다. 들어가기 전에 문자 보내고 폰을 숨기겠습니다."

"그래. 수고하라고."

구마준에게 고개를 끄덕여 인사한 뒤 틈새에 들어섰다.

가볍게 장창을 손에서 한 바퀴 돌렸다.

"후!"

최여진 때문에 시끄러운 속에는 코볼트 사냥이 제격이지!

무난하게 첫 번째 레이드를 끝마쳤다.

틈새의 정수를 얻은 뒤 그걸 곧장 갑질 포인트로 치환했다.

그 뒤로는 연이어서 갑질 레이드를 감행했다.

F급 정수는 평균적으로 30포인트 주변으로 치환되는 거 같았다.

"하아!"

숨이 차서가 아니라 벅차서 날숨을 뿜었다.

이제 6번째 레이드를 마친 것인데, 시간이 55분 11초밖에 지나지 않았다.

0포인트 덕분에 중간 텀이나 쉬는 시간 따위는 없었다.

중간에 변형 감옥 미로가 나와서 길을 좀 헤맨 게 전부였다.

온 몸은 피 투성이었고 벌써 장창이 2개나 부러졌다.

장비를 여러 개 가져오길 잘했지.

STAT.[Lv.125 / 힘: 125 / 민첩성: 125 / 지구력: 125 / 지능: 100 / 마력: 125 / 내성: 125]

레벨이 100이 넘어가자 구마준이 말한 대로 마나를 운용하는 법을 깨쳤다.

공식적으로 따지자면 나는 이제 F급을 넘어서 E급 헌터 반열에 오른 것이었다.

피부는 물론 무기에도 마나를 불어 넣을 수 있었다.

덕분에 위급할 때 수면 펜던트를 사용할 수 있게 됐다.

구마준은 내가 이리 성장할 걸 알고서, 적절한 타이밍에 기현상 물품을 지급한 거 같다.

파티 당일 날이니 분명 필요하기도 했고.

"한 번만 더."

스르르릉.

끊이지 않는 쾌락을 쉽사리 끊기가 힘들었다.

그 쾌락이 퇴폐는커녕 성장을 동반했으니 정신적인 동기 부여까지 강렬했다.

"캬아아아!"

던전을 곧바로 가로질러 우두머리 보스에게 도달했다.

"여기 있는 코볼트들을 전부 죽여!"

[갑질 28포인트 소모.]

"키뤠에에엑!"

나는 손수 틈새를 돌아다니며 코볼트들을 우두머리 코볼트 앞으로 모았다.

달음박질이 느린 놈들은 앞에 있는 코볼트의 뼈를 뽑아 던져 머리에 구멍을 냈다.

그나마 속도가 빠른 놈들만이 나와 우두머리 코볼트 앞으로 모여들 수 있었다.

퍼걱!

뒤틀린 몽둥이에 코볼트들이 잔뜩 죽어나갔다.

쐐액!

거의 마무리될 때쯤, 나는 장창을 던져 우두머리 코볼트의 머리를 꿰뚫어버렸다.

이젠 움직임이 너무 익숙해서 투창 짓 한 번으로 우두머리를 죽일 수 있었다.

이제 와선 되레 숫자가 많은 일반 코볼트들이 성가셨다.

어차피 한 방이니.

"후아."

최대한 자제력을 끌어올려 레이드를 끝마쳤다.

틈새의 정수는 구마준과 약속한 나무 밑에 묻었다.

수고비는 알아서 입금하겠지.

나는 구비해놓은 일상복으로 갈아입고 외진 산골을 벗어났다.

─올림푸스 골든아워스 합병 축하 만찬회.

통장에서 돈을 꺼내 비싼 양복을 사 입었다.

다음으론 찰스 리가 준 초대장을 챙긴 뒤 곧장 올림푸스로 향했다.

"여기."

"아, 네, 들어가시면 됩니다."

VIP초대장인 듯 신원 확인도 없이 가드가 날 들여보내 주었다.

저번과 달리 사람들도 많고 분위기도 훨씬 활발한 상태였다.

특유의 음침하고 야한 분위기는 그대로였지만.

"히힉! 왔구나! 신입. 잘 왔어. 실컷 놀다 가라고. 중요한 분들이 많이 오는 자리니까 사고는 치지 말고. 낄낄."

찰스 리가 군중 속에서 튀어나와 내 어깨에 손을 걸쳤다.

그리곤 양주 냄새를 폴폴 풍기며 괴상한 말을 중얼거렸다.

아직 해도 지지 않았는데 독한 술에 쩔은 상태다.

"아! 재미있는 거 보여줄까? 귀빈들을 위해서 따로 쓸 만한 애들을 추리고 있거든. 히히힉!"

찰스 리가 나를 사장실로 이끌었다.

전에 한 번 와본 곳이라 감회가 새로웠다.

끼익.

사장실 문을 열자 마네킹 열이 꼿꼿이 세워져 있었다.

"헙."

자세히 보니 그게 아니었다.

화려한 드레스를 입은 늘씬한 몸매의 여자 열이 몸이 굳은 채 서 있는 거였다.

"어때? 장난 아니지? 또 골라내서 이리로 올려보내라고. 그 전에 재미 좀 봐도 괜찮고. 골라 봐."

찰스 리가 아무렇지 않다는 듯 말했다.

여성들은 가만히 선 채로 눈물만 뚝뚝 흘리고 있었다.

"아이 씨, 밥맛 떨어지게. 응? 울지 마. 웃어. 야하게."

"흐흥."

찰스 리의 명령에 여성들이 섬뜩할 만큼 빠르게 울음을
그치고 웃었다.

"빨리 고르라고! 사수님이 힘들게 서 있는 거 안 보여?"

나는 어쩔 줄을 몰라 쭈뼛쭈뼛했다. 그 때 뒤에서 묵직한
존재감이 느껴졌다.

"찰스. 아직도 이런 짓을 하고 다니나?"

"흐흭!"

찰스 리가 놀랄 정도로 대단한 인물. 분명 갑질 능력자일
가능성이 높았다.

나는 스윽 뒤를 돌아봤다. 그리곤 나도 놀라고 말았다.

찰스 리가 비틀 거리는 하이에나 같은 존재라면, 지금 내
앞에 서 있는 존재는 아름다운 갈기를 가진 근육질 사자 같
은 남성이었다.

무력으로 따지자면, 아무리 거구에 근육질이어도 일반인
중 날 압도할 수 있는 사람은 없었다. 그냥 부피가 나보다
클 뿐이었다.

그럼에도 지금 앞에 서 있는 남성은 내 위로 묵직한 존재
감을 얹어 눌렀다.

뭔가 정신적으로 강렬한 파장을 뿜어내는 거 같았다.

찰스 리는 잔뜩 움츠러든 어깨로 말했다.

"신입. 인사 드려. 남궁철곤 이사님이시다. 원래 얼굴도 뵙기 힘든 분인데, 가족사 때문에 들르셨다가 친히 자리를 빛내주러 참가하셨어. 너는 운수 튼 거야, 임마."

"안녕하세요. 김준후입니다."

올백 머리에, 고급스런 양복과 과하지 않은 명품. 남궁철곤이라는 중년은 귀족의 품위를 갖춘 맹수 같았다. 일단 덩치나 골격 외에도 키가 190cm를 훌쩍 넘어갔다. 이목구비는 동양적이면서도 상당히 진했다.

혼혈인가.

"반갑네. 자네가 저번에 장로님들이 감각으로 인지한 SL305번이군. 숙련도가 낮았는데도 장거리 인지가 돼서 신기했지. 직접 보니 알겠군."

발음만큼은 유창한 한국인이었다.

"SL305번이요?"

"그래. 조직원 지명 코드라네. 우리 노블립스에서 서로를 내부적으로 언급할 때 사용하곤 해. 장로님들은 대륙 단위로 특수 뇌파를 잡아내실 수 있다. 위성처럼 자세히 위치를 파악하는 건 아니지만, 무작위로 느끼곤 하지."

묵직한 저음이라 길게 말을 해도 귀가 기울여졌다.

다르게 말하면 남궁철곤은 중후한 배우 같은 사람이었다.

그런데 노블립스는 무슨 말일까.

내 아리송한 표정을 보고 남궁철곤이 스윽 찰스 리를 바라봤다.

찰스 리가 뜨끔하며 손톱을 입으로 가져갔다.

"히힉, 그것이. 잊어버려서!"

"이번에도 제대로 교육을 하지 않았나 보군. 아무리 점 조직이라도 자신이 속한 조직의 이름 정도는 알아야하지 않을까? 찰스."

조곤조곤 혼내는 것이었지만 한 마디 한 마디에 무게가 실려 있었다.

찰스 리는 취한 상태로 땀을 흘리며 몸을 떨었다.

"죄송합니다, 히힉. 파티 준비로 여러모로 바빴던 지라! 신입. 이사님과 얘기 나누고 있어. 국제 금융 펀드에서 활동하시니 배울 게 많을 거다. 나는 여기 길 잃은 아가씨들을 다시 1층으로 돌려보낼 테니까."

서열과 조직이라는 게 그렇겠지만, 찰스 리는 철저히 남궁철곤에게 저자세를 보였다. 마치 던전의 생태계를 보는 기분이었다.

내 앞에서는 온갖 고상한 폼을 다 잡더니.

슬쩍 남궁철곤의 머리 위를 올려다보았다.

과연 국제적인 수준의 서열이긴 했다. 서울로만 따지면 압도적일 정도였다.

"흠. 골치 아픈 친구야. 우리가 조직으로써 보살피고 가르쳐야 하긴 하는데, 너무 주변거리에 신경이 팔려 있단 말이지."

"약이나 여자 말하시는 거군요."

"그러하네. 마땅히 잘난 만큼 누리는 걸 말리고 싶진 않네. 과해서 본 목적을 흐리게 되면 그게 문제인 거지."

"그렇군요."

남궁철곤은 나를 묵직하게 내려다보았다. 그러더니 엷게 웃었다.

그 모습이 더더욱 무서웠다.

맘만 먹으면 내가 팔을 부러뜨리고 맨손으로 죽일 수도 있는데, 왜 내가 되레 겁을 먹는 걸까. 왜 움츠러드는 걸까.

"헙!"

남궁철곤이 스윽 거대한 손을 내 머리 위에 얹었다.

"겁먹지 말게."

그는 잠시 지긋하게 내 눈 안을 주시했다. 뭔가 간파하려는 거 같았다.

"놀랍군. 숙련도가 낮음에도 장로 후보급 뇌파를 가지고 있어. 찰스 리에게 붙여 놓기에는 아까운 인재인데? 밤에 잠자리가 어떻나."

남궁철곤의 말에 눈이 부릅떠졌다.

내가 밤에 던전에서 생존해야 한다는 걸 아는 걸까.

일단은 섣불리 드러내지 않기로 했다.

전준국이 뫼비우스 초끈을 찾고 있었다면, 남궁철곤도 그러할 가능성이 있었다.

"맞지? 자네 몇 층에서 서식 중인가."

역시 맞았다. 이 이상 모른 척 하는 건 의미가 없을 거 같았다.

듣자하니 노블립스는 갑질 능력자들의 비밀 조직이었다.

또한 장로라 불리는 고위 간부는, 머나 먼 곳에서도 어렴풋이 다른 갑질 능력자를 인지할 수 있나 보다.

남궁철곤은 손을 얹는 것으로 내 고유 뇌파의 특성을 알아냈었고.

"14층입니다."

3층이라고 하기엔 뭔가 스스로가 초라한 기분이었다.

어차피 곧 올라갈 거니까.

"그래? 그럼 찰스 리 아래가 아니로군. 그냥 재산이 좀 부족할 뿐인 거야."

남궁철곤의 말에 의아한 맘이 들었다.

밤에 던전에서 눈을 뜨는 게 혹시 노블립스에선 좋은 의미인가.

"밤마다 생존하다 보면 뇌의 파장이 더더욱 강렬해지네. 그래서 죽지 않고 꾸준히 생존한다면 갑질 능력에 보탬이 돼. 일단 밤에 던전에서 눈을 뜬다는 거 자체가 장로 후보란 뜻이야."

"그럼 제가?"

문득 흥미로운 생각이 들었다.

남궁철곤에게 인정을 받아 찰스 리보다 신임을 받게 되면 어떻게 될까. 잘난 찰스 리의 표정이 어찌 변할지 궁금하다.

"그러하네. 자네도 나 같이 장로 후보야. 나는 99층에서 생존 중이지. 고생이 많군. 99층도 녹록치는 않지만, 밑으로 갈수록 더 지옥 같다던데."

역시 전준국만이 아니었다. 3층 위로는 또 다른 인간 생존자들이 존재했다.

"아닙니다. 이제는 어느 정도 익숙합니다."

"아주 희귀하게 층을 올라가는 경우도 있지만, 거의 없지. 14층 정도면…… 평생 장로 후보에 머물더라도, 일단 노블립스 내에서 특별한 인재라는 뜻이네. 조금씩 성장한다는 뜻이니까."

다행히 뫼비우스 초끈에 관해선 묻지 않았다. 설마 내가 그 보물의 보유자라곤 생각지 못하는 거겠지. 그것도 겨우 14층 생존자가.

그에 더해 남궁철곤은 층을 올라 신분상승하는 게 매우 어렵다고 말했다.

뫼비우스 초끈이 없으면 본래 타고난 층에서 주로 평생 생존하나 보다.

"그거 반가운 말씀이네요."

남궁철곤이 내 머리에서 손을 뗐다.

잠시 머리가 텅 비는 듯한 기분이 들었다.

헌터가 서로를 이질적인 향으로 인지하듯, 갑질 능력자들은 뇌파로 서로를 인지하는 듯 했다.

"음, 그래. 보아하니 제대로 교육을 받지 못한 거 같은데.

내가 잠시 얘기를 해주도록 하지. 따라오게. 오늘 만나길 잘
했어. 안 그래도 무료했는데."

"네, 알겠습니다."

남궁철곤이 좋은 사람인지는 잘 모르겠다.

적어도 찰스와 달리 조직의 윗사람다운 모습은 갖추고
있었다.

찰스 리 아래에 있을 때보단 노블립스에 대해 더 잘 알
수 있을 거 같다.

"자, 여기 앉지."

남궁철곤과 함께 VIP룸에 들어섰다. 빈 방에 양주가 세
팅돼 있는 상태였다.

남궁철곤이 글라스 한 컵을 가득 양주로 채우더니 그대
로 그걸 원 샷 했다.

그리곤 내게 스윽 글라스 잔을 들어보였다.

"괜찮습니다."

"그래, 알겠네."

아직까진 그래도 무난한 거 같다.

남궁철곤은 찰스가 두려워할 법한 서열을 갖췄음에도 전
혀 강압적이지 않았다. 이미 나보다 훨씬 위라는 확신이 있
기에, 굳이 초면에 갑질로 힘자랑을 하지 않았다.

다른 말로 하면 여유가 있단 거였다.

"자, 노블립스란 고귀한 입술이라는 뜻이야. 자네에게
의사를 묻진 않았으나, 어느 정도 느꼈겠지. 일반인들 사이

에서 사는 건 매우 귀찮고 고된 일이라는 걸. 마땅히 서로를 이해해줄 공동체가 필요해. 그래서 굳이 가입 의사를 묻지 않네. 결국 우린 답에 대한 확신이 있으니까."

"그 공동체가 바로 노블립스군요."

"그렇다네. 원래는 찰스처럼 능력을 악용해서 부와 명예만 누리는 조직은 아냐. 찰스는…… 방황 중인 거지. 물론 마땅한 대가라고는 생각하네. 그만큼의 실용적인 기여를 하는 게 중요하지."

남궁철곤의 말에 의하면 노블립스는 분명 목적과 의도가 있는 조직이었다.

단지 찰스를 통해 보면 전혀 보이지 않을 뿐이었다.

"우리는 겪어봤다시피, 사람들을 움직일 수 있네. 그건 그들을 물건이나 벌레, 혹은 노예 취급한다는 게 아냐. 말 그대로, 더 효율적으로 이끌 뿐이야. 우월한 자로서 길을 보여주는 거지."

남궁철곤의 말을 듣자 마음에 뜨거운 것이 일었다.

그동안 나 스스로를 괴물로만 생각했는데, 저렇게 말하니 리더십의 일부가 된 기분이었다.

"사람들은 멀리 보지 못해. 의지도 부족하지. 그래서 하나로 뭉쳐주는 강단 있는 입술이 필요하다."

내가 재수학원에서 친했던 형을 강제로라도 공부시키고 싶었던 것과 비슷한 맥락인 거 같다.

"노블립스."

"그렇다. 여기까진 마음에 와 닿는가?"

남궁철곤이 나를 지그시 바라봤다.

장로 후보라면 조직에서 제법 의미 있는 존재였다. 그러니 공감한다는 의사가 없으면 등용해 쓰기가 힘들 테다.

방금 말한 대로 조직에 속하는 건 강제였지만, 얼마나 활발히 활동하게 해줄 지는 달라질 테다. 그에 따라 접근할 수 있는 정보와 권한도 달라지겠지.

"무슨 말씀인지 이해합니다. 저도 어느 정도 그렇게 느낀 적이 있습니다."

양아치들을 전학 보낸 걸 떠올렸다.

가장 좋은 방법이었는지는 몰라도, 적어도 가만히 내버려둔 것보단 훨씬 잘한 일 같다.

"좋아. 뇌파가 맘에 드는군. 비슷한 경험을 한 모양이야. 우리가 크고 작게 만들고 있는 흐름들이 있네. 너무 이상하지 않게, 적절한 속도를 갖추고 조작 중이지. 아주 세밀한 공예를 하는 것과 비슷하네."

"어떤……?"

"아직은 자세히 알려주기가 힘들어. 거의 모든 분야라고 생각하면 돼. 정치부터 경제, 군부, 그리고 문화까지."

"아아."

그 정도일 줄은 몰랐다.

돈이 많은 능력자 몇 십이 뭉쳐 만든 조직인 줄 알았다.

그런데 나라 단위로 전 분야에 걸치고 있다니.

정치 쪽 간부가 전준국인 걸까.

"내가 자네에게 이렇게 관심과 기회를 주는 이유는, 장로 후보가 그리 흔치 않기 때문이야. 밤 때 죽으면 낮에서도 뇌사하거든."

"역시 그랬군요."

"그래. 악몽이라 생각하고 쉽사리 생존을 놨다간 그대로 끝이지."

문득 답을 얻을 수 있을까 하여 조심스럽게 물었다.

"혹시 왜 저희가 밤에 그런 일을 겪는지 아십니까?"

"그건 나도 모르네. 오로지 장로 중에서도 원로급만 알고 계시지. 일단 나는 고등한 자가 겪어야할 고행 정도라고 생각하고 있네."

위가 더더욱 많고 복잡하다는 걸 알아냈다.

"하지만 말했듯이 자네가 희귀한 인재이기 때문에, 내가 직접 케어를 해줄 생각이야. 멘토 같은 거지."

"찰스를 사수로 두는 것보단 좋네요."

약간의 리스크를 두고 남궁철곤에게 솔직히 말했다.

적어도 그와 있으면 불편하거나 갑질을 당할까봐 떨리진 않았다.

그는 나를 하나의 인격으로 대해줬다. 일반인을 장난감이 아닌 똑같은 인간으로 생각했고. 게다가 그는 내게서 가능성을 보았다고 했다.

"그렇게 생각한다니 반갑네. 앞으로 여러 가지를 가르쳐주지. 일반 갑질 능력자들이 보병이라면, 우린 장교 같은 존재들이야. 희귀하고 가능성이 많은 만큼 더 많은 책임과 일을 떠맡아야 하지."

"그렇군요."

난 구마준의 잠입 요원으로 이곳에 있는 것이었다.

찰스 리만을 봤을 땐 구마준이 말한 대로 노블립스는 견제해야할 조직이었다.

하지만 남궁철곤을 만나고 나니 들어볼 맘이 생겼다.

내가 무조건적으로 구마준에게 충성해야할 이유는 없었다.

"헌데 찰스가 자네에게 별다른 짓을 하진 않았나? 장로 후보인 줄도 모르고 막 대했겠지."

나는 한 차례 고민한 뒤 그간 당한 일을 털어놓기로 했다.

바닥으로 떨어진 찰스 리에 대한 신뢰를 완전히 깨트리기 위해.

상세히 그간의 일들을 고해 바쳤다.

"허! 얼굴을 지우는 것은 모욕일 뿐 아니라 명령 불복종에 대한 처벌인데. 게다가 자살 동영상까지 자랑했다 이거지? 아무리 자네가 위 서열인 걸 몰랐다지만 같은 식구에게 너무했군."

남궁철곤이 높은 콧대 위로 찌푸린 미간을 드러냈다.

심기가 불편해진 거 같았다.

"원하는 처벌이 있나? 내 멘티가 된 기념으로 들어주지. 찰스의 기억은 지우면 되니 걱정 말고."

"그의 트라우마를 듣고 싶습니다."

내 말을 듣고 남궁철곤이 스윽 눈썹을 치켜들었다. 의외의 요청이라는 기색이었다.

"흐음. 그래. 잠시만. 찰스, 잠시 10번 VIP룸으로 들어와."

남궁철곤이 찰스 리를 통화로 호출했다.

찰스는 비틀거리면서도 얼른 VIP룸으로 뛰어 들어왔다. 코에 하얀 가루가 덕지덕지 묻어 있는 모습이었다.

"찰스. 이제부터 김준후가 네 위 서열이다. 네 재산 반을 양도해."

"알겠습니다."

"네 가장 깊은 트라우마를 말하고 돌아가라. 그 정도 자아성찰은 해둔 거겠지?"

나 역시 느낄 수 있었다. 강렬한 파장이 일방적으로 찰스에게 퍼부어진 걸 말이다.

찰스는 갑자기 애처럼 울며 죽어가는 목소리로 말했다.

"……미국에서 초등학교 때 백인 새끼들한테 노예 놀이를 당했습니다! 그 새끼들이 저를 노란 원숭이라고 부르면서 온갖 심부름을 시켰어요. 어릴 때였지만 평생 잊지 못할 일입니다. 으히히히. 물론 그 놈들은 지금 다 고기 조각이 돼 있지요! 어릴 적 일이지만 제겐 가장 큰 상처입니다."

"좋다. 방금 트라우마를 말한 사실을 잊어라. 이제 나가."

뫼비우스 초끈이 미러 퀘스트의 완료를 알렸다.

찰스는 남궁철곤에게 갑질을 당한 뒤 조용히 걸어 나갔다.

"그 외에도 자네 앞으로 주식을 걸어주지. 그럼 돈이 없어서 사회 서열이 낮진 않을 거네. 자, 내 별장으로 가자고."

"알겠습니다."

남궁철곤은 한순간에 날 부자로 만들어버렸다. 국제 금융 펀드의 간부니 방금 한 말들은 며칠 내로 전부 실현될 테였다. 그럼 사회 서열이 폭발적으로 올라가겠지.

노블립스를 막연히 악마들의 소굴로 보았는데, 이면이 있는 거 같긴 하다.

나는 남궁철곤을 따라 그의 리무진에 탔다.

기사는 조용히 리무진을 경기도 지역 쪽으로 이끌었다.

❖

남궁철곤과 나는 그의 별장에 도착했다.

교외 지역의 큰 부분을 차지하고 있는 사유지였다.

고급스런 홍차를 마신 뒤 향한 곳은 그의 과수원이었다.

남궁철곤은 옷을 갈아입은 뒤 내게 손수 딴 사과를 건넸다.

"먹어 보게."

아삭!

한껏 사과를 베어 물었다. 싱싱하고 달달한 과즙이 입안에 감돌았다.

"자, 이렇게 좋은 과실을 맺기 위해선 과수원을 잘 관리해줘야 하네. 그런데 이런 요소들이 있으면 곤란해져. 어느 정도 쳐내는 게 중요해."

남궁철곤은 사과를 갉아먹으려는 벌레를 집어 들어 검지와 엄지로 그걸 뭉갰다.

그리곤 내게 무덤덤한 표정으로 말했다.

"사과를 키우기 위해 모든 벌레들을 멸종시킬 필요는 없네. 생태계가 파괴되니까. 하지만 어느 정도 쳐내는 작업은 필요해. 그래야 필요한 만큼의 사과 박스를 채울 수 있지. 야생의 사과나무와 과수원의 것들이 본질적으로 다른 이유야."

무슨 의도로 말하는 것인지 정확히 이해하지 못했다.

상징적으로 뭔가 말하는 거 같은데.

"오히려 같은 인간으로 존중하기 때문에 응당 대응해주는 것이라네. 자세한 얘기는 차차 하지. 여기선 푸른 야채들을 키우고 있어."

의외의 모습이긴 했다.

금융 회사의 거물이라기에 휴식할 땐 호텔 수영장에서 샴페인을 마실 것만 같았다. 그런데 이런 한적한 곳에서 과수원을 돌본다니 색달랐다.

물론 제대로 관리를 하는 인원들이 심심치 않게 눈에 띄긴 했다.

남궁철곤은 취미처럼 잠시 들러서 즐기는 거겠지.

"찰스 리의 트라우마를 들으니 어떠했나."

남궁철곤이 내 요청이 인상 깊었던 듯 물어왔다.

사실은 순전히 미러 퀘스트를 위해 요청한 것인데.

"그가 유독 갑질을 즐기는 이유를 알 거 같았습니다. 의외인 것은 백인이 아니라 한국인들을 대상으로 갑질을 즐긴다는 것이죠."

"사람은 항상 뻔 하게 변하지 않는다네. 잘 염두에 두어야 할 일이지. 아마 이렇게 추측해볼 수 있을 거야. 백인에 대한 증오가 크기 때문에 갑질조차 하지 않는 것이다. 오히려 같은 한국인에게 그리 행동하는 이유는 그게 찰스 리가 소통하는 거의 유일한 방법이기 때문이지."

"그렇군요."

"하지만 그렇게 사람을 움직여선 안 돼."

당연한 말이었다. 남궁철곤이 말하는 큰 뜻은 절대 찰스 같이 막무가내로 진행할 수 없는 일이었다.

"사실 찰스가 완전히 이해되지 않는 건 아냐."

남궁철곤이 잘 익은 사과를 베어 물었다.

2번 만에 금세 사과를 먹어치운 모습이었다.

거구답게 양주도 꽉 채워서 원 샷, 과일도 한두 입이었다.

"나도 한 때 방황하던 적이 있었거든. 대학 시절에 말야. 찰스보다 어렸을 때지!"

"대학 때 말입니까? 그 때도 갑질 능력자이셨나요?"

"그래. 대부분은 태어날 때부터 능력을 가지고 있지만 뇌를 통해 의지적으로 사용하게 되는 때는 저마다 달라. 활성화라고 부르지."

이럴 수가. 헌터들과 틈새가 등장하면서 갑질 능력자들도 나타난 것인 줄 알았다.

그런데 남궁철곤이 대학생이었을 적이면 적어도 20년 이상 전이었다.

"모르고 있었습니다. 갑질 능력이 훨씬 전에도 있었다는 걸."

내 말에 남궁철곤이 흥미롭다는 듯 고개를 끄덕였다.

"앞으로 역사책이 재미있어 질 것이네. 멘토로서 비밀을 하나 말해주지. 파라오나 고대 장수들, 중세의 왕이나 제후들, 또는 위대한 인물들이 과연 평범했을까?"

"설마요. 정말 제가 생각하는 경우입니까?"

"하하! 맞네. 그들도 갑질 능력자였어. 단지 현대에 가까워지면서 개체수와 능력의 정도가 상승했을 뿐이지. 좀 기하급수적으로 말야."

남궁철곤의 말에 의하면 갑질 능력은 매우 오래된 요소였다.

다른 말로 하면 카리스마라는 것인가.

그렇다면 일부 위인들은 카리스마로 사람을 매료시키는 게 아니라, 구체적으로 갑질 명령을 내렸다는 것이었다. 물론 사회 서열이 어느 정도 갖춰져 있었겠지.

"정말 신기합니다."

"그럴 법도 하지."

과수원 정자에 앉아 남궁철곤과 비서가 가져온 과일 음료를 나눠마셨다.

시원한 얼음이 새로 알게 된 비밀과 버무려져 향긋한 느낌을 건넸다.

"그럼 노블립스도 그만큼 오래된 조직인가요?"

"그건 아니네. 중세 때 나라마다 작게 친목회가 있긴 했지. 하지만 하나로 합쳐지긴 어려웠어. 서로를 장거리로 감지할 법한 장로급 인물도 많이 없었을 뿐더러, 그 때는 세계가 지금처럼 국제화되지 않아 소통이 불편했지."

"그럴 거 같습니다. 직접 이동하려면 항해나 승마로도 한참이 걸렸을 테니까요. 편지를 보내도 한참이고."

찰스를 만나면서 갑질이 내 일상이 아닌 사회 전체의 일임을 알았다.

그런데 남궁철곤을 만나고 나선 그 능력이 역사와도 연관돼 있음을 깨달았다.

곧장 믿긴 어려웠지만, 나도 능력 보유자니 설득이 될 수밖에 없었다.

"그렇지. 내 과거를 일부 말해주겠네. 나는 멘토로서 자네와 개인적으로 알아가고 싶은 맘도 있으니까."

남궁철곤은 묵직하고 강단 있는 모습과 달리 의외의 친화성을 지니고 있었다.

멘토로서 정말 적합한 존재였다. 상류 사회에서 정치를 많이 해온 고수다웠다.

물론 그의 철학과 계획에 아직 동의하고 따르겠단 뜻은 아니었다.

꿀꺽.

남궁철곤이 한꺼번에 과일 음료를 들이켰다.

비서가 알아서 통 째로 음료를 더 가져왔다.

"사실 흔한 얘기긴 하지. 사랑하는 미인을 얻기 위해 갑질을 행했다. 그러다 사귀고 좋은 추억을 나누게 됐지만, 결국 갑질이 과해진 거다. 뭐 이런 얘기네."

"아아."

최여진이 생각났다. 남궁철곤은 나보다 더더욱 진한 수준까지 간 거 같았다.

문득 그가 더 궁금해졌다. 나와 비슷하다는 생각을 했다.

"처음엔 그녀의 모습을 하나하나 존중하고 좋아해주려 했네. 하지만 너무 거슬렸지. 그래서 프로그래밍을 하듯 그녀를 하나하나 바꿔나갔어. 갑질 세뇌로 말야. 단순히 행동만 명령하는 게 아니라, 그녀라는 사람을 차근차근 내 입맛에 맞게 바꿔간 것이네. 강력한 정신계 명령과 기억 조작으로!"

"아아."

탄식 외엔 달리 반응할 방법을 몰랐다.

역시 나보다 더 깊고 진하게 갑질을 연애에 적용시켰구나.

그냥 한 사건이 아니라 아예 여자를 재구성해버리려 했나 보다.

꿀꺽, 꿀꺽.

목이 타는지 남궁철곤이 한꺼번에 1.5L 음료를 전부 들이켰다.

"하아. 날씨가 덥군. 결국 자살했네."

"예? 아."

"내가 심한 병에 걸린 적이 있었거든. 아는지 모르겠는데 우린 컨디션에 영향을 많이 받네. 뇌가 면역 체계에 집중하느라 잠시 집중을 잃으면 우리가 걸어놓은 장기 갑질이 풀리기도 해."

그래도 난 초인이라 그럴 걱정은 없다. 심한 전투 직후라면 몰라도.

"그래서 갑자기 바뀐 자신을 자각한 거군요. 그 여성분이."

"그래. 한꺼번에 몇 년 치 혼란을 삼키니 충격이 컸겠지. 쭉 가짜로 살아온 걸 기억해낸 거니까. 다시 살려고 해도 더 이상 자신이 누군지 몰랐겠지."

"음."

무슨 말을 해야 할지 몰랐다.

나는 남궁철곤이 저지른 실수는 반복하지 않을 거라 생각했다.

하지만 그 의도만 보면 거의 똑같았다.

내 핑계를 대며 관계를 내 위주로 가져가고 싶은 욕구.

만약 내가 진정으로 최여진을 존중했다면, 그녀가 떠나갈 때 보내줬어야 했다.

하지만 나는 그녀가 머물기 원했기에 그녀를 조작했다.

"그 이후로는 좀 더 조심하고 행동하게 됐지. 내게 주어진 권력과 힘에 관해서 말야. 그 일을 후회하기는 하네. 인간끼리 어느 부분은 자연스러운 게 좋다는 생각도 하게 됐고. 하지만 이제껏 노련해져 왔기에 아예 사람을 움직이는 걸 포기할 생각도 없네."

"그렇군요."

남궁철곤은 인간으로서 진지하게 자신의 능력에 대해 사유해온 거 같았다.

완전히 포기하지 않았음에도, 양날의 칼이란 점은 분명히 인지하고 있었다.

역시 멘토인 그라도 명확한 답은 주기 힘든가 보다.

"자네도 앞으로 많이 연습하게 될 것이네. 단순 행동으로 물결을 만들어 전체의 그림을 바꾸던가. 아니면 아예 사람을 재구성하던가."

남궁철곤은 사람을 정신 개조하는 것에 대해 완전히 반대하진 않는 거 같았다.

단지 사랑 같은 요소는 자연스러운 게 좋고, 과거 자신은 서툴렀다고 말하는 거 같았다.

그렇다면 찰스 리도 무조건 잘못했다기 보다는 서툰 거라고 생각할 테지.

일단 동기나 목적, 결과가 중요하단 맥락은 동의한다.

"자네는 찰스나 어릴 적 나보다 출발이 좋아. 보아하니 방황하지 않고 덤덤히 받아들이더군. 기특한 모습이야."

고개를 살짝 숙여 감사 인사를 표했다. 거물이 해주는 칭찬이었다.

"감사합니다."

"그래서 보여주기로 결정했네. 아주 작은 그림부터 말이야. 앞으로는 차차 큰 그림을 보여주겠네. 과제도 내주고."

"알겠습니다. 신중히 보겠습니다."

남궁철곤은 나를 자신의 별장 지하로 이끌었다.

그곳에는 튼튼하게 개조된 비밀 공간이 있었다.

하얀 색 방들이 가득했고, 기계 같은 표정을 짓고 있는 여성들이 방에 갇힌 사람들에게 음식이나 물을 건넸다.

사설 감옥인가? 찰스 리 때와는 다른 묵직한 섬뜩함이 느껴졌다.

단단한 철학으로 뒷받침 돼 있을 거 같은 광기가 느껴졌다.

"여긴……."

내 표정을 보고 남궁철곤이 스윽 내 어깨에 손을 얹었다.

"오해하지 말게. 멀쩡한 사람들을 데려와서 찰스가 그러듯 가지고 노는 게 아니야. 이곳은 내가 운영하는 사설 갱생 병원이네."

"갱생 병원이요?"

"그래. 정신 병원과는 또 다른 곳이지."

어렴풋이 이해가 됐지만 아직 완전히 와 닿지는 않았다.

적어도 단순 유희를 위한 사이코 짓은 아니라는 건가.

"전부 사형수들이거나 인터폴에서 흥미를 둘 정도로 극악무도한 범죄자들이네. 예를 들어 저기 2번방에 있는 자는 13명의 아이들을 해친 악마야. 경찰에서 잡지 못한 걸 내가 사유 네트워크로 걸러냈지."

얼핏 들은 적이 있는 거 같다. 온 나라는 물론 전 세계를 분노케 했던 연쇄살인범.

끝내 잡지 못했다고 들었는데 여기에 갇혀 있었다.

"그들은 단순히 정신병자가 아니야. 단순한 질병보다 더 크게 고장 나 있는 자들이지. 이것이 정의의 가장 작은 모습이네. 처벌과 참회가 아닌, 직접적이고 효율적인 개조! 잘 보게."

철컥!

남궁철곤이 2번문을 열었다.

"으아악! 그만! 제발! 제발 죽여줘! 고문해줘, 차라리!"

"앉아, 조용히 해."

남궁철곤의 말에 2번방 죄수가 제자리에 앉아 몸을 부들 부들 떨었다.

그러면서 순식간에 하얀 죄수복에 똥오줌을 지렸다.

"생리 현상을 막는 건 너무한 거 같아 내버려두네. 훈계 중엔."

"그렇군요……."

내가 뭘 보고 있는 건지 아직도 모르겠다.

너무 거대한 철학 요소라 감이 잘 안 온다.

"자, 2번. 눈을 감고 네 어릴 적을 기억나는 대로 전부 떠 올려라. 단, 너를 때리고 강간했던 아버지를, 사랑이 가득 하고 푸근한 아버지로 대체해서 기억해. 항상 행복했다고 생각해라. 온 힘을 다해서 몰입해."

남궁철곤의 말에 2번 죄수가 어린 아이처럼 웃었다.

똥오줌을 지리던 모습은 온데간데없었다.

잠시 시간이 흐르자 남궁철곤이 말을 이었다.

"자, 이제 네가 죽인, 너를 닮았던 13명의 아이들을 차례 대로 훑어. 그들을 죽였던 장면을 선명하게 기억해. 그리고 그 감정을 곱씹어라. 다음엔 네가 그 아이들 하나하나의 입 장이 되어 봐."

"으에에엑! 악! 으아아앙! 엑!"

2번 죄수가 고장 난 것처럼 앉은 채로 몸을 비틀었다.

정신이 허락하는 한에서 최대한 남궁철곤의 명령에 절대적으로 따르는 것이었다.

"마지막이다. 너를 사랑해줬던 어릴 적 아버지처럼, 죽은 아이들의 부모를 상상해봐. 그리고 그들이 평생 지고 갈 상처를 생각해 봐."

"으아아아악!"

한꺼번에 느껴지는 감정에 2번 죄수가 비명을 질렀다.

그러면서 입에서 피를 흘릴 정도로 세게 이를 갈았다.

"이를 그만 갈도록. 오늘은 여기까지다. 자, 가지."

남궁철곤과 방을 빠져나왔다.

일종의 극진적 심리학 실험을 본 거 같다.

"방금 그건, 참회 과정 같은 건가요?"

"그렇지. 강제 재구성 작업 중이네. 임시적으로나마 철저히 트라우마를 회복시킨 뒤 죄책감을 느끼게 하는 것이네. 신기한 점은, 반복할수록 죄수들이 미치긴 커녕 더 멀쩡해진다는 거야. 자신의 행동을 실제로 뉘우치기 시작한다는 거지. 나를 보면 과민 반응을 하긴 하지만, CCTV로 감시할 땐 더 멀쩡해진 모습이야."

"느끼지 못했던 감정들을 느끼게 돼서 그렇군요."

"그래. 갇혀 있는 동안 할 생각이라곤 그거뿐이거든."

충격 받은 내 얼굴을 보고 남궁철곤이 엷게 웃었다.

그리곤 내 어깨에 묵직한 손을 올렸다.

"아까 과수원에서 일하던 비서 있지?"

"네. 음료수 가져다주신 분."

"그 여자도 사형수였네. 이혼과 독살을 반복했던 트라우마 덩어리였지. 자존감 회복과 사랑의 간접 체험, 그리고 수십 가지 실험을 반복했네."

"그럼 설마?"

"그래, 갱생에 성공해서 지금은 날 섬기고 있지. 아무런 갑질 요소도 없이 말야. 내가 왜 전에 독살을 벌인 여자에게 음료수를 맡기는지 아나?"

"모, 모릅니다."

이런 제기랄. 독살로 전남편들을 죽인 여자가 준 음료수를 마셨다니.

오한이 올라왔다. 대체 남궁철곤은 얼마나 자신감이 강한 거야.

"갱생 후 몇 달 동안 낱낱이 그녀의 정신을 파헤쳤네. 밑바닥까지. 그래서 확인할 수 있었어. 거짓말을 못하는 상태의 그녀가 말하는 진심을."

"정말 뉘우치고 새롭게 변한 겁니까?"

"물론이야. 내가 해준 실험들이 그녀를 정상인으로 만들었네. 정신 개조에 성공한 거지."

"허!"

방금 나는 2번 재수가 당한 일을 생생히 목격했다.

아까 그 여비서도 그런 일을 당했을 텐데, 자원해서 비서 일을 한다니.

정말 차원이 다른 갑질 개념이긴 하다. 사람을 개조시킨
다라.

"자, 따라오게. 줄 선물이 있어."

멍해진 나를 남궁철곤이 다시 이끌었다.

역시 찰스와 너무 다르다.

채 소화를 못할 정도로 남궁철곤은 거대한 존재였다. 그
것이 좋은 의미든 나쁜 의미든. 그의 뒷모습이 거인처럼 느
껴졌다.

이번에 남궁철곤이 날 이끈 곳은 그의 서재였다.

역시 탄탄한 철학을 가진 자답게, 서재는 온갖 고서와 두
꺼운 책으로 가득 차 있었다. 얼핏 제목들을 훑어보면 한글
책이 아닌 게 더 많았다.

영어나 독일어 제목이 제일 많이 보였다.

"음. 여기서 풍기는 종이책 냄새가 아주 일품이지."

남궁철곤은 두터운 손가락으로 스윽 책들을 훑었다.

그러더니 턱 멈추어 서서 책 중 하나를 꺼내들었다.

"아껴두긴 했는데 바빠서 쓰질 않으니 의미가 없더군.
먼지만 싸이고."

찰랑!

남궁철곤이 던진 물건을 받아들었다.

고풍스러운 상징이 박혀 있는 자동차 키였다.

"클래식한 90년대 차를 스포츠 카 수준으로 개조해서 업그레이드 했네. 특수 맞춤형 보험이 씌워져 있는 녀석이지. 그걸 타고 다니게. 너무 눈에 띄면 하나 사도 좋아."

드르륵.

남궁철곤이 이번엔 서랍을 열어젖혔다.

그는 내게 카드와 통장, 그리고 검은 스마트폰을 건넸다.

"자, 지금쯤이면 내가 회사에 넣은 연락이 전산 처리 됐을 거야. 찰스 리도 시킨 대로 재산을 양도했을 테고. 그 쪽은 복잡한 구조라 며칠이 걸릴 걸세. 그래도 이제 자네의 사회 서열이 많이 올랐겠지. 허나, 앞으로 느끼게 될 것이네. 대부분의 부자들은 유동 자산이 많지 않아."

"그럼?"

설마 또 금전 혜택을 주는 건가.

도대체 남궁철곤이 얼마나 부자인지 감도 잡히지 않는다.

"현금 10억이 들어있어. 한도는 없고. 그걸로 실컷 사고 싶은 걸 사보게. 돈에 관해 질리는 게 중요해. 우리는 남들보다 더 가졌기 때문이 아니라, 타고난 사명이 있어서 노블립스라는 걸 깨쳐야 해."

"알겠습니다. 정말 감사합니다."

구마준이 공급해준 인공 각성은 분명 절대적으로 대단한 도움이었다.

하지만 남궁철곤도 만만치 않았다.

그는 하루 만에, 내가 평생 온갖 반칙을 일삼아도 모을 수 없는 재산을 주었다.

과연 대가가 없는 걸까.

그래도 현재로선 안 받기가 모호했다.

그래도 남궁철곤이라면 돈 때문에 무조건적인 충성을 원하진 않을 것이다. 금전적 도움은 말 그대로 그냥 도움이었고, 그가 진짜 원하는 것은 내 철학적 공감일 것이다.

"그런데 이 스마트폰은 뭔가요?"

"웬만해선 추적이나 도청이 불가한 폰이네. 연락처는 딱하나지."

"음. 여기 하나 있군요. 도베르만."

"그래. 아까 말했듯이 세상은 복잡한 생태계이기 때문에, 최상의 요소가 아니더라도 한꺼번에 거들어내기가 어렵네. 그건 단순 학살 혹은 무식한 이분법에 지나지 않지. 범죄자들도 마찬가지야. 헌터들은 우리와 대립 한다 쳐도, 범죄자들은 한꺼번에 갱생하는 대신 그 방향을 우리가 조금씩 바꿔줄 수 있어."

"그럼 도베르만이라는 자가?"

남궁철곤은 전에 내게 과제를 내준다고 했었다.

이 부분은 솔직히 부담스럽긴 하다.

찰스 리는 불쑥 찾아와 속을 뒤집어 놓고 가는 정도였는데.

사회 서열이 많이 올랐다지만, 쉽지 않을 것이다.

이제 본격적으로 활동을 해야 한다는 뜻이었다.

"우리 쪽 갑질 능력자 중 하나네. 어두운 세계에서 제법 자리를 잡았지. 일반 회원이고 자네보다 아래야. 자네가 잘 지도해주면 되네."

"괜찮으시다면 묻고 싶습니다. 어떤 목적을 이루시려는 겁니까? 아까 지하에서 본 자들도 분류는 극단적 범죄자잖아요. 그런데 오히려 범죄자를 키우고 이용한다니 잘 이해가 가지 않습니다."

"갱생 병원은 작은 정의에 지나지 않아. 대신 수백, 수천의 불량한 인생을 이용하는 건 좀 더 큰 범위에 속하지. 그들은 자신의 이익과 욕구를 따라 움직이겠지만, 결국엔 우리의 프로젝트에 기여하게 될 걸세."

이번에도 어렴풋이 이해가 됐다.

남궁철곤이 말하는 개념들은 너무 큰 그림이라, 한 번에 다 이해하려는 거 자체가 욕심일지도 몰랐다.

"음. 그러니까, 어차피 필요악인 존재들을 정복해서, 그들을 더 큰 일을 위한 도구로 쓰자는 거군요?"

내 말에 남궁철곤이 만족스럽다는 듯 고개를 끄덕였다.

"바로 맞췄네. 도베르만을 이끌어서 수도권 지역의 조직 세력을 통합시켜. 몇 년에 걸쳐서 우리 노블립스가 원래의 족보 세력들을 정리하긴 했네. 검찰과 경찰, 혹은 내부 분열을 일으켜서 말이지."

3층에서 프리프로그를 확장했던 일이 생각났다.

과연 남궁철곤은 나를 장로 후보로서 상당히 신임하고 있었다.

보통 경우는, 아직 대학도 들어가지 못한 풋내기에게 수도권의 뒤세계를 장악하라고 하지 않지.

물론 불가능할 거 같진 않다. 혀와 두꺼비집 대신 연장과 사무실을 가졌다고 생각하면 될 테다.

"아아. 뉴스에서 전통 깊은 조직이 와해됐다는 소식을 본 적이 있습니다. 회장인가 하는 사람이 빠져나갈 수 없게 덜미를 잡혔다고요."

"그래. 삼키기에 너무 크다면 깨트리고 부셔서 잘게 씹어 먹어야지. 사과의 상한 부분은 도려내고."

"무슨 말씀인지 알겠습니다."

"자세한 사안은 도베르만이 알려줄 걸세. 불가피하게 존재하는 세상의 일부를 장악하는 거라 생각하게. 말했듯이 정치부터 문화까지, 전반적으로 뿌리를 뻗는 작업이야."

"알겠습니다."

나도 남궁철곤의 말에 완전히 반대하진 않는다.

조폭들을 깡그리 죽이거나 가둘 수도 없는 노릇이었다.

그럼 적어도 그들을 이끄는 수장의 목에 제어 가능한 목줄이라도 채우자는 것이었다.

코드명 도베르만이 그 수상 역할인 듯 했다.

나는 도베르만을 움직이는 조련사였고.

"좋아. 그럼 기사를 불러줄 테니 돌아가 보게. 곧 자야할 테니 남은 시간 잘 지내고."

"즐거운 시간이었습니다, 멘토님."

진심을 담아 90도로 인사를 했다. 비록 모든 걸 납득할 순 없었지만, 남궁철곤은 찰스 리와는 차원이 다른 영감과 깨달음을 줬다.

각종 비밀과 혜택은 말할 필요도 없었고.

"그래. 인연이 계속되길 바라겠네."

남궁철곤은 고수답게 다시 묵직하고 차가운 기색을 드러냈다.

한껏 매료시켜 놓고 등을 돌리는 것이었다.

마치 방금 내준 과제를 충실히 수행해, 자신을 감명시켜 보라는 거 같았다.

"후."

리무진에 올라타며 날숨을 내뱉었다.

한꺼번에 너무 많은 걸 받아들여서 머리가 지끈거릴 지경이었다.

노블립스에 일부나마 맘을 뺏긴 기분이었다.

내가 그들과 동의하게 되면 구마준을 속이는 이중 스파이가 되는 건가!

"다 왔습니다. 이사님께서 말씀하신 클래식 카는 나중에 전달해드리겠습니다. 운전면허가 없다고 하셔서."

"감사합니다."

차에서 내려 골목의 볼록 거울을 올려다봤다.

서울 범위로만 따져도 까마득했던 숫자가, 어느새 세 자리로 줄어 있었다. 이제 난 서울에서 1000명 안에 드는 존재였다. 재산은 물론 각성까지 했으니.

"허."

극심한 우월감은 물론 남궁철곤이 말한 사명감마저 느껴졌다.

지나가는 모든 사람들이 나보다 사회 서열이 낮았다.

그들 모두에게 맘만 먹으면 갑질을 할 수 있었다.

레이드를 돌아서 갑질 포인트를 확보하면 그만이었으니.

갑자기 시야가 구부러지는 듯한 기분이었다.

이제야 비로소 실감이 나는 거 같았다. 그래도 미리 생각해둔 것 때문에 휩쓸리진 않았다.

"안녕하세요, 집 보러 왔어요."

"아이구, 어서 오세요."

그간 쌓인 포인트는 물론 마지막 틈새의 정수를 갑질 포인트로 치환했다.

이제 구마준이 주는 수고비는 필요 없다. 오히려 내가 헌터 시장에서 틈새의 정수를 구매할 수 있는 상황이었다.

"여기 이 지역에서, 셋이서 살기 좋은 복층 구조 물건 좀 보여주세요. 비싸거나 좀 많이 넓어도 상관없어요."

"아유, 그럼 또 봐놓은 좋은 물건이 있지요."

당장 가족들을 이사시키고 싶었다.

당연히 그들에게 설명할 마땅한 변명이 없었다.

수억 짜리 전세를 어떻게 번역 알바만 하는 재수생이 구했으랴.

그냥 갑질을 사용하기로 했다. 모두 가족들을 위한 일이었다. 원래 그랬다고 설득하면 가족들은 아무런 피해 없이 더 좋고 편한 집에서 살게 되는 것이었다.

한동안은 의외의 어색함에 의아해할 테지만.

"자, 이 가격에 빼드립니다."

"전부 현찰로 바로 쏴 드리면요?"

"예? 오. 그러면 보증금 빼고 이렇게……."

비록 돈이 넘쳐났지만, 부동산업자의 표정이 의미심장해서 기분이 찜찜했다.

돈 많고 젊은 놈에게 제대로 한탕 뜯어내려는 심보가 보였다.

확인해 보면 되지. 내겐 간단한 일이었다.

돈이 많아졌다고 해서 일부러 필요 없는 낭비를 하긴 싫었다.

"진짜 현실적인 가격으로 정산해보세요."

[갑질 2포인트 소모.]

"훨씬 낮아졌네요? 중고 차 한 대는 뽑겠네."

"예……? 아아, 네! 제가 잠시 실수를 했나 봅니다. 이, 이게 맞는 가격이죠. 제가 워낙 좋게 처리해드리려다 중간 과정을 빼먹은 거 같습니다."

스스로 덤탱이 가격을 실토한 것에 부동산업자가 심히 당황했다. 나는 제대로 된 가격에 계약서를 사인했다. 그리곤 이사짐 센터에 전화를 넣었다. 당장 지금의 허름하고 낡은 집에서 가족들을 탈출시킬 것이다.

가정부까지 하나 붙이려다 일단 참았다.

"오늘 안에 들어가는 거 맞죠?"

"예, 그렇습니다."

이제 내 자취방도 청산해야지.

복층 집은 워낙에 넓어서 세모자가 각자 방을 쓰고도 방이 1개 남았다. 위치도 세 모자가 가장 편리하게 이동하고 생활할 수 있는 역세권이었다.

"네, 그럼 보내드린 주소로 이사 시작해주세요. 전세 값은 지금 입금해드릴게요."

나는 은행으로 가 마땅히 필요한 절차들을 전부 처리했다.

잘 알지 못하는 과정이라도 상관없었다.

그냥 주변에 관련된 사람을 시키거나, 돕도록 명령하면 됐으니.

갑질을 하면 마치 자기 일인 것처럼 내 일을 도왔다.

"후우."

초인이 되었기에, 살짝 밀치는 걸로도 사람을 해할 수 있었다.

이제는 서열이 급격히 올라서, 말만 하면 왕이 된 마냥 원하는 대로 일처리를 할 수 있었다.

왜 찰스 리가 그렇게 행동하는 지 어렴풋이는 알겠네. 되레 나는 찰스 리보다 더 혹할 수 있는 상황이었다. 알고 보니 난 노블립스 내에서 장로 후보에 속하는 인재였다. 게다가 설사 위급한 상황이 와도 난 나를 지킬 충분한 힘이 있다.

이젠 항상 성가셨던, 돈 문제도 깔끔히 해결이 됐고.

정말 최선을 다해 사람들을 동등하게 보려고 노력해야 했다.

안 그러면 나 스스로에 취해 완전히 이상한 기분에 젖을 거 같았다.

"후우우."

구마준에게 문자를 넣었다.

일단 오늘은 집을 구한 것으로 만족해야지.

자기 전에 한 가지 일을 더 처리할 것이다.

-마나를 통해서 화력을 내는 원거리 무기가 있나요?

던전 3층으로 돌아가기 전에 10층 생략은 물론, 베타 권능을 취득할 것이다.

솔직히 아직 맘의 준비가 다 된 것은 아니다.

그래도 준비는 다 갖춰놓은 상태에서 최종 결정을 내려야지.

-그래. 어떤 종류를 원하는 거냐? 가격이 좀 있어서 그냥 주긴 어려워.

-몇 가지 원하는 게 더 있습니다. 리스트 목록 1개와 맞바꾸시죠.

구마준과 거래를 하기 위해 발걸음을 옮겼다.

❖

구마준이 지정해준 곳으로 이동했다.

감각을 펼쳐 몇 백 미터 반경을 훑어보았지만, 지켜보는 기색은 구마준이 붙여준 개인 보디가드뿐이었다. 다행히 노블립스에게 노출될 일은 없겠군.

이제 E급 반열에 오르니 기본적 마나 운용은 물론, 야생동물에 필적하는 감각을 지니게 됐다.

이제부턴 진짜 조심해야 한다.

구마준 쪽과 노블립스 둘 다에 깊숙이 발을 담그게 됐으니.

"그래, 왔나, 준후 군. 지난 번 봤을 때보다 향이 더 강해졌군. 내가 생각하는 정도의 변화가 있는 게 맞나?"

"그렇습니다. E급 반열에 올랐습니다. 레벨이 100을 넘어섰어요."

내 말에 구마준과 그의 옆에 있던 친구들이 놀란 기색을 보였다.

믿기지 않는 성장 속도라는 것이다.

"허. 동작 흡수로 끝나지 않는다는 건가. 지난번에 친구

들이 일러준 말이 사실이군. 틈새의 기운을 미친 듯이 빨아

들인다는 걸 말야."

"스마트 와치로도 확인했습니다."

"나중 가선 잠입 요원 말고, 본격적인 전투 요원으로도

활동해도 되겠어."

"네?"

"활성화 시켜줘, 창준아."

"예."

구마준이 의미심장한 말을 하자마자 그의 친구 김창준이

스윽 내게 다가왔다.

내가 경계하는 기색을 보이자 김창준이 안심하라며 손바

닥을 들어 보였다.

"잠깐만 참으면 다 알게 될 거야."

스우웅.

김창준이 내 머리 위로 이질적인 기운을 뿌렸다.

"윽."

그러자 잠시 눈앞이 번쩍하며 다리에 힘이 풀렸다.

얼른 중심을 잡자, 머릿속으로 회복된 기억의 연결 고리

들이 기차처럼 빠르게 회전했다. 나는 그제야 완성된 기억

을 자각한 채 한숨을 내쉬었다.

"그렇군요. 가디언즈. 어쩐지 개인 활동 치고는 조직력

이나 자원이 항상 많다 했습니다. 주변에 있는 헌터들도 단

순 친구는 아닌 거 같았고."

"익숙해질 거네. 걱정할 필욘 없어. 기억을 재우는 것이라 영구적인 손상은 없네. 단순히 재우고 깨울 때 잠깐 불편할 뿐이야. 자네도 이해하지? 가장 확실한 안전장치네."

"예. 찰스와 마주했을 때도 여러모로 더 안전했었던 거 같습니다."

김창준은 가디언즈에 대한 내 기억을 일깨워준 것이었다.

그럼으로써 이제야 제대로 된 그림을 보게 되었다.

가디언즈와 노블립스의 대립.

둘 다 나라를 넘어서는 초인 집단이었다.

"후."

"왜 그러나?"

"아니요. 솔직히 벅차서요."

"그렇기도 하겠지. 각성은 물론, 그 위선자들 사이에서 활동해야 하니. 조금만 참게. 그래도 각성한 덕분에 심리적 영향이 지대하게 몸을 해하진 않을 거야."

"그나저나 놀랍군요, 대장님. 세뇌 능력자가 각성을 하면 저렇게 성장 속도도 빠른 겁니까? 저 정도면 신인류 아닙니까."

아직도 이해가 안 된다는 듯이 가디언즈 요원들이 구마준에게 말했다.

"나도 뭔지 모르겠어. 분명 생체 검사에서는 그럴 만한 요소를 찾지 못했는데. 다차원 요소가 몸에 겹쳐 있으면 우리 기술력으로도 검사하기가 힘들지."

"음. 정말 어렵군요."

가디언즈를 보자 문득 구마준에게 요청하고 싶은 사안이
생겼다.

이제는 가디언즈를 만날 때 노블립스에게 들키지 않아야
할 뿐 아니라, 노블립스를 만날 때도 가디언즈에게 들키지
않아야 한다. 대외적인 접촉을 제외하고는.

남궁철곤을 만났을 때는 차마 숨어서 관찰할 지점이 없
었겠지. 넓게 열려 있는 사유지였으니까.

"대장님. 부탁이 있습니다."

"음? 그래, 말해보게."

"제 뒤에 붙은 보디가드는 이제 해산하셔도 됩니다. 너
무 불편합니다. 이제는 E급이라 항상 인지가 되거든요. 제
사생활도 있고. 아무리 멀리서 지켜본다고만 해도 이젠 불
필요한 듯합니다."

"음. 그런가."

구마준이 잠시 턱에 손을 짚었다.

그는 이내 코를 쓸어내리며 표정을 굳건히 했다.

"알겠네! 자네가 그렇다면 배려해줘야지. 이젠 신뢰 뿐
아니라 잠임 요원에 적합한 환경도 우리가 만들어줘야 하
니까. 자네 정도면 충분히 입만 살은 부자들 사이에서 살아
남을 수 있을 거네!"

"감사합니다."

다행히 구마준은 내 요청을 승낙해주었다. 이제 기억 관리와 정보 관리만 제대로 하면, 대놓고 꼬리를 밟혀 들킬 일은 없겠다.

"그런데 헌터는 항상 서로를 인지할 수 있는 겁니까?"

"주로 그렇지. 서로 향을 맡을 수 있으니까. 하지만 여기 창준이처럼 각자 특기가 다 있어. 기색을 숨기는 것에 능한 자들은 주로 기습자 혹은 우두머리 암살자 역할을 맡지."

"그렇군요."

"대장님. 혹시 저 신입 말입니다, 특기가 완벽 습득 이런 거 아닐까요. 동작 뿐 아니라 다른 것에도 적용되는."

"그럴 수도 있겠군. 조사한 바로는 재수 학원에서도 갑작스런 성장을 보였으니."

가디언즈는 나를 떠보는 거 같았다.

내 능력에 관련된 사실을 화두로 꺼내 내 반응을 보는 것이었다.

나도 한 배를 타기로 하고 공개를 하지 않는 상태니, 저들을 원망하기만은 할 수 없다. 그래도 누구에게도 뫼비우스 초끈의 비밀을 말하긴 싫다.

"아, 준후 군."

"예."

"말한 물건들을 가져왔네."

"감사합니다. 저도 리스트를 가져왔습니다."

구마준이 고급스런 티타늄 박스를 꺼내들었다. 그 안엔

내가 부탁한 물건들이 잘 정돈되어 있었다. 나도 마땅히 주머니에서 USB를 꺼내들었다.

내가 보유한 VIP 리스트를 전부 한 번 검토해 봤었는데, 남궁철곤의 이름은 들어 있지 않았다. 찰스 리가 공식적으로 초대하기엔 너무 높은 신분이라 이거였다.

개인 대 개인으로 방문하는 거겠지.

"여기 있습니다."

"고맙네. 운전을 못한다고 하니 우리가 배달해주지. 숨겨둘 장소는 있는가?"

"네. 일단은 자취방에 두어도 될 거 같습니다. 오래 간은 안 되겠지만."

"그러게."

구마준과 가디언즈 요원들이 나를 물끄러미 바라보았다.

다음으론 서로 눈빛을 주고받더니 고개를 끄덕였다.

"준후 군."

"예, 더 하실 말씀이 남으신 건가요? 아, 기억을 지우셔야 한다면 그렇게 하십시오. 각성했더라도 조심해야 하니까."

"그 전에 물어보고 싶은 게 있네. 혹시 자네 세뇌 능력이 사회 서열이나 소속된 공동체와 연관이 돼 있나? 자네 뿐 아니라 다른 세뇌 능력자들을 감시해 봐도 그런 패턴이 나타나서 말이지."

크게 숨길 법한 정보는 아닌 거 같다.

"네, 그렇습니다. 그래서 저번에 훈련 전에 여러 가지를 부탁드린 겁니다."

"흠. 독특한 시스템 능력자로군. 조건부라. 그럼 우리가 제안을 하나 할까 하는데 어떠한가."

"네. 뭔가요?"

"자네의 사회 서열을 높여주기 위해서 길드를 하나 창업해줄까 하네. 가디언즈 측에서 말야. 대신 자금이나 인원은 아예 독립된 조직으로 운영해. 즉 가디언즈 하부 소속이 아니라 자네만을 위한 길드라네."

구마준의 제안에 순간 머릿속에 번개가 치는 거 같았다.

엄청난 영감을 받았기 때문이다.

어차피 난 가디언즈와 노블립스 사이에서 아슬아슬한 줄다리기를 해야 한다.

그렇다면 언제까지 눈치만 보며 맘 졸여할 순 없다.

그건 아무리 내가 양측에서 막대한 이득을 보더라도, 결국엔 끌려 다니는 모양새다.

내 독립된 조직을 가지면 어떻게 될까. 내가 공동체의 수장이자 창립자라면, 당연히 절대적으로 조직원들은 내게 종속되는 서열을 가진다. 고대 파라오에 비할 바는 아니지만, 나는 철저히 복종하는 인원들을 보유하게 된다.

"흐음."

일부러 잠시 고민하는 척 했다.

"좋습니다. 대신 말씀하신 대로, 독립성을 존중해주세요. 하부 조직처럼 움직이다간 금세 탄로 날 테니."

"걱정 말게. 순전히 돈과 세력을 늘려서 사회 서열을 올리는 것에 집중해주게. 우리가 내부적으로 정말 많은 회의를 했거든. 본부 사람까지 나와서. 그런데 자네가 우리와 뜻이 같다면, 세뇌 능력을 가디언즈를 위해 사용해도 될 거 같다는 의견이 나왔네."

"정확히 말하면 다른 세뇌 능력자들을 향해서이지요. 무슨 뜻인지 알겠습니다. 그래서 사회 서열을 높이도록 도움을 주시는 거구요."

"그렇다네."

"감사하게, 지원해주는 사안들을 받아들이겠습니다."

"잘 생각했네! 세뇌 능력자들에게 들키지 않게 페이퍼 컴퍼니와 개별적인 신원을 준비하겠네. 대외적으로만 활동하지 않으면 세뇌 능력자들에게 들킬 일은 없을 거야. 저들은 우리 쪽 사회에 정보통이 그리 많지 않거든."

아직 노블립스는 내가 하이브리드 초인이란 걸 모른다.

고로 들키지 않아야 한다.

크게 걱정할 요손 없다.

틈새에서 딱 마주치지 않는 이상, 내가 익명으로 운영하는 길드에 관해 저들이 알 방도는 없다.

애초에 갑질을 통해 그런 요소를 알아내려 할 생각조차 못할 것이고.

가디언즈의 소수를 제외하고, 하이브리드 초인은 모든 이들에게 상식적으로 불가한 존재였다.

구마준의 머리 위를 바라봤다. 가디언즈의 대장 중 하나답게 그도 서열이 세 자리 수 대였다. 그를 C급이라 쳤을 때, 내가 길드를 갖추고 C급 반열에 오르면 그보다 위 서열이 된다.

얼마 남지 않았네.

"여러모로 유익했군요. 감사합니다."

"우리도 자네 같은 인연을 얻어서 행운이라고 생각하네. 언젠간 국제무대에도 나갈 수 있겠어. 그나마 한국의 세뇌 능력자들은 얌전히 움직이는 편이거든."

남궁철곤이 말한 큰 흐름과 큰 뜻이 생각났다.

다른 나라에선 그러한 계획들이 더 급진적이고 공격적으로 진행되나 보다.

그럴수록 가디언즈는 더더욱 견제를 강화하겠지.

나는 뜨거워지는 두 조직 간 불꽃 사이에서 생존해야 할 테고.

두 조직에 깊숙이 엮여지게 된 것이 이제까지 성장하고 얻어온 것에 대한 대가였다.

"그럼 다음에 뵙지요."

김창준이 내 자취방으로 물건 패키지를 옮겨다주었다. 그리곤 기억을 지워주었다.

잠들기까지 3시간 정도가 남았다.

구마준과의 개인 거래를 통해 물건 패키지를 얻어냈다.

그에게 부탁해 사설 보디가드도 떼어 놓게 했다.

이제 결정을 내리고 행동하거나, 체념하면 된다.

"후."

베타 권능을 얻으면 아무 때나 0포인트 상태에 접어들 수 있다.

진정한 장점은 그게 아니었다.

표면적으론 0포인트 상태가 강조되지만, 진정한 혜택은 갑질 포인트를 저장할 수 있다는 거였다. 그것도 개별 된 물체인 틈새의 정수에.

그러면 포인트를 낭비하지 않을 수 있을뿐더러, 원하는 물리적 장소에 갑질 포인트를 보관할 수 있다.

"으!"

의도적으로 기지개를 켠 다음 물건 패키지를 열어젖혔다.

치이이익!

시원한 가스가 흘러나오며 내부의 물건들이 드러났다.

철컥.

나는 권총 같이 생긴 무기를 집어 들었다. 마나 피스톨이었다.

마나를 이용해 마나 탄을 발사하는 원거리 무기였다. 이것에 맞게 되면 대상 부위가 관통되는 건 물론, 스치고 지나간 자리에 파란 화상이 남게 된다.

이 정도 정보는 요즘 시대에 인터넷에 널려있는 사안이다.

우우우웅.

마나 감각을 불어넣자 마나 피스톨의 총구가 잠시 파랗게 달아올랐다.

이걸로 찰스 리를 죽이면 분명 헌터들의 소행이라고 오해하겠지.

세뇌 능력자는 마나를 못 쓴다고 확신할 테니까.

스르르릉.

물건 패키지에서 또 다른 물건을 꺼냈다.

C급 틈새의 정수 덩어리와, A급 틈새의 정수가 박혀 있는 팬던트였다.

[C급 틈새의 정수 – 갑질 포인트로 치환.]

[누적 갑질 포인트: 1052포인트.]

엄청난 갑질 포인트를 얻었다. 이제 올림푸스에 침입할 완벽한 준비를 마쳤다.

나는 검게 옷을 갈아입고 모자를 눌러썼다. 올림푸스로 이동하는 중, 혹은 도착한 뒤 결정을 내릴 것이다.

"후우우우."

어쩌면 이미 답을 정해놓고 있는 지도.

가디언즈에서 차려주는 길드에 도베르만이 운영한다는 조폭까지 다루어야 한다. 그러면 검은 늑대와 푸른 코끼리를 동시에 조련하는 셈이 된다.

그런 상황에서 내 자체 행동력이 취약하다면 나는 역으로 잡아먹히게 된다. 둘 다 아무리 개별 조직이라도 진정 내게 충성하는 조직은 아닐 테니.

결국 문제는 윤리적인 요소였다.

찰스 리는 죽어 마땅한가.

분명 남궁철곤은 독살을 일삼은 여인을 정신 개조시켰다고 했다. 전혀 거짓이나 과장된 사실 같아보이진 않았다.

찰스 리도 그렇게 고쳐질 수 있다면, 그를 내버려 두어야 하는가.

"여기 이 주소로 가주세요. 크게 올림푸스라고 써 있을 거예요."

"예에."

일부로 택시를 타고 뱅뱅 돌아 올림푸스 주변에 내렸다.

이동 시간을 억지로 늘렸음에도 결정을 내리지 못했다.

노블립스는 같은 세뇌 능력자를 절대 갱생 병원에 넣지 않을 것이다. 고로 찰스 리는 평생 지금처럼 살아가겠지. 과복용〈OD〉으로 심장마비에 걸리지 않는 이상.

밤이라 어두워서, 모자를 눌러쓰고 다니면 CCTV에 잡혀도 신원이 탄로 나지 않을 것이다.

"이런 복장으론 입장 안 되십니다."

올림푸스 가드가 날 막아섰다.

"비켜, 방금 일은 잊어버려."

가뿐히 가드를 제치고 내부로 들어섰다.

그리곤 익숙한 길을 따라 계단으로 들어섰다.

"제한 구역입니다. VIP만 입장 가능합니다."

"비켜. 방금 일은 잊도록."

매우 쉽게 가드들과 매니저들을 제쳤다. CCTV는 나중에 보안 직원이나 매니저를 시켜 지워버리면 된다.

나는 현재 가장 효율적이고 쉬운 암살 작전을 펼치고 있었다.

끼익.

항상 두려워하기만 하던 찰스 리의 사장실 문을 열었다.

이번엔 오히려 차가울 정도로 덤덤했다.

붉은 점이 펼쳐지며 나보다 낮은 서열이 보였다.

그 아래엔 찰스 리가 시체 두 구와 함께 있었다.

"히히힉! 이것이! 진정한! 우월함이야! 으응?"

찰스 리는 시체 두 구를 칼로 난도질하고 있었다. 피인지 약인지 모를 끈적끈적한 액체에 뒤덮인 상태로.

보아하니 시체는 클럽에서 놀던 백인 커플 한 쌍이었다.

왜 찰스가 저런 만행을 저질렀는지 알 거 같았다.

남궁철곤과 나에에 트라우마를 고백하고 급격히 옛날의 분노가 상기됐겠지.

비록 기억은 잊었더라도 그 감정의 흔적은 남아 있을 테였다.

"으으응? 아히히! 김준후 님 아니십니까? 잘나신 위 서열님! 같이 하실래요?"

찰스 리가 시뻘겋게 물든 사시미 칼을 내밀었다.

"어휴."

나는 결정을 내렸다.

마나 피스톨을 치켜들어 찰스 리를 겨누었다.

찰스는 고개를 갸우뚱하며 사시미 칼을 떨어뜨렸다.

챙그랑.

"왜, 왜 그러는 거야? 으응? 우리 같은 편이잖아! 같은 한국인에 같은 갑질 능력자잖아. 게다가 이사님에게도 예쁨 받는 놈이 왜 그래? 내가 전에 장난 좀 쳤다고 그래? 으응?"

찰스 리가 비틀거리며 일어섰다.

그의 몸에서 붉은 핏방울이 뚝뚝 떨어졌다.

찰스는 붉은 손으로 스윽 쳐진 앞머리를 들어 올려 뒤로 넘겼다.

"하아. 내가 이런 상태라도 머리통이 아예 비어있진 않아요, 응? 히힉! 네가 돈이 좀 많아졌다고 감히 나보다 서열이 높을까? 아직은 내가 위거든. 근데 도저히 이해가 안 되네."

찰스가 비틀거리며 내게 다가왔다.

나는 차분히 마나 감각을 끌어올렸다.

"짐승들 쥐새끼인가? 하지만 왜? 태어날 때부터 우리 편인 놈이. 게다가 그 무기는 뭐냔 말이지. 내가 지금 헛것을 보는 건가? 그동안 이런 일은 없었는데! 내가 질투를 하나?"

찰스는 혼란스러운 중에서도 이해를 하려는 듯 혼잣말을 중얼거렸다.

그러면서 날 노려보았다.

"아직은 실제 서열이 내가 위일 거야! 앉아! 총 놓고 앉으라고!"

실제 서열을 정확히 볼 수 있는 건 나뿐이었다. 뫼비우스 초끈의 특권 중 하나지.

찰스는 자신이 아직 나보다 서열이 높다고 착각하고 있었다.

우우우웅.

"왜 그러냐고. 위 서열님. 히히힉. 말로 하자니까!"

갑질이 통하지 않자 찰스가 심히 당황했다. 나는 불과 얼마 전만 해도 그에게 아무 것도 아닌 존재였다. 그저 같은 노블립스라서 장난감 취급을 면하는 정도였다.

"이 개자식아! 같은 식구끼리 이게 무슨!"

펑!

찰스 리가 더 소리를 지르기 전에 마나탄을 발사했다.

마나탄은 깔끔하게 찰스 리의 심장을 뚫고 지나갔다.

나는 한 번에 다가가 찰스 리의 옷을 양 옆으로 찢었다.

"끄어."

찰스 리가 텅 빈 날숨을 내뱉고 뒤로 쓰러졌다.

흥건히 피가 바닥에 퍼지는 것과 함께 파랗게 그을린 그의 몸통이 보였다.

이제 됐다.

"흠."

나는 마나 피스톨을 다시 옷에 숨겨 넣었다.

그리곤 찰스 리의 사무실 책상을 전부 뜯어 열었다.

펄럭!

온갖 서류들을 꺼내 찢어버리거나 구겨서 피로 물든 바닥에 버렸다.

이것으로 완전히 헌터에게 털린 상황을 연출했다.

"후."

오랜만에 심장이 뛰긴 했지만 그 정도가 다였다.

방을 나가며 엉망진창이 된 찰스의 사장실을 뒤돌아보았다.

최여진에게 갑질을 했을 때보단 훨씬 기분이 멀쩡하네.

사람이 아니라 괴물을 죽인 기분이라 그런가 보다.

백인들을 난도질하던 그를 보니, 오히려 끝내주는 게 평화를 주는 거란 맘이 들었다. 노블립스는 그를 방치하고 있었던 것이다.

끼익.

"어? 들어오시면 안 됩니다!"

"전부 앉아."

보안실로 들어가 직원들을 앉혔다. 오는 길에 매니저를 만나면, 간단히 잊고 지나가라고 했다. 모든 게 간단하고 쉬웠다. 실제 잠입 따위는 없었다.

마치 내가 올림푸스 사장인 마냥 걸어 다녔다. 곧 실제 사장이 되겠지.

"이제부터 하루 동안의 보안 자료를 전부 지운다. 그리고 완료되면 잠시 조명을 전부 끄도록."

"알겠습니다."

내 명령에 일제히 보안 직원들이 CCTV자료와 관련 백업들을 삭제했다.

"이제 오늘 일을 모두 잊고 잠에 든다."

"으음."

보안 직원들의 목이 뒤로 넘어갔다. 곧장 잠에 빠져든 것이었다.

나는 모자를 눌러쓰고 불이 다 꺼진 올림푸스를 유유히 빠져나왔다.

갑작스런 소등 때문에 파티에 참여했던 사람들이 부산한 광경을 자아냈다. 곧 찰스가 죽을 걸 발견하면 더더욱 난리가 벌어지겠지.

[퀘스트 완료. 베타 권능을 취득했습니다.]

우우웅.

목에 걸어놓았던 A급 틈새의 정수가 오묘하게 반응하는 게 느껴졌다.

[갑질 포인트 저장.]

나는 팬던트에 갑질 포인트를 저장했다. 백업 감각은 퀘스트 완료와 함께 터득했다.

그러자 전과 같이 0포인트 상태에 접어드는 걸 자각할 수 있었다.

"후우우."

원하는 모든 걸 얻었다. 찰스를 제거하기로 맘먹는 데 가장 크게 기여한 건 뫼비우스 초끈이었다. 낮과 밤 모두, 내가 철저히 계산하여 움직인 게 아니었다. 그저 퀘스트를 하나의 등대 삼아 움직인 거였다.

그러다 보니 항상 유리하고 이기는 위치에 서 있었다.

나는 시원한 음료를 사 마신 다음 천천히 자취방을 향해 걸어갔다.

처음 사람을 죽인 것인데도 기분이 덤덤하다니.

초인인 것이 좋지만은 않은 거 같다.

적어도 찰스가 선량하고 호감 가는 사람은 아니었으니.

"읍읍!"

극도로 풍부한 오감각에 불편한 신호가 걸려 들어왔다.

남성이 입이 막힌 채 엷게 신음을 흘려내는 소리였다.

"흠?"

게다가 엷게 피 냄새가 코에 스며들어왔다.

사냥 본능에 가장 예민하게 작용하는 신호 중 하나였다.

탓!

나는 급히 몸을 날려 소리와 피 냄새가 난 방향으로 다가갔다.

공사가 중지된 곳의 바리케이드를 뛰어넘자 냄새가 더더욱 강해졌다.

"키히히히!"

찰스 리와 필적할 음침한 웃음소리가 들렸다. 나는 한꺼번에 2층 높이로 도약해 공사 구조 내로 들어섰다. 펜던트에서 갑질 포인트 일부를 재흡수 했다.

"그만, 둘 다 멈춘다."

내 말에 칼을 쥐고 있던 남성과 묶여 있던 남성이 그대로 돌처럼 굳었다.

둘 다 나를 보지 못하는 상태에서, 저벅저벅 그들에게 걸어갔다.

"칼 든 놈이 입 막은 테이프를 때라. 누워 있는 놈이 먼저 말한다. 무슨 상황이지?"

누워 있는 남자는 얇게 복부가 긁혀서 피를 흘리고 있었다.

"사, 살려주세요! 제발! 지나가는데 이 미친 아저씨가 약이 뿌려진 수건을 제 입에 댔어요. 눈을 떠보니 여기였어요. 게다가 같은 남잔데, 이상한 소리를 지껄여요."

설마 내가 생각하는 그런 상황인가.

오늘은 잊고 싶었는데, 다시 남궁철곤이 생각났다.

"알았다. 이번엔 칼 쥐고 있는 놈. 너 초범 아니지? 몇 번째인지 실토해봐."

"키히히. 젠장. 이게 뭐지? 이놈이 3번째다. 왜 몸이 안 움직이는 거야?"

"나머지 둘은 어쨌어?"

"갈아서 전국에 뿌려버렸지! 요새 장비가 얼마나 좋은데."

"누워 있는 분은 일어나서 도망치고 병원 가세요. 병원에 들어서는 순간 제 목소리와 얼굴은 잊으세요. 그리고 일단 오늘은 신고하지 마세요."

"네."

내 말에 누워 있던 피해자가 기계처럼 일어나 공사장을 달려 나갔다.

복부의 상처는 다행히 아직 심하지 않은 상태였다.

"히히, 이게 뭐냐고 진짜. 모가지도 돌릴 수가 없네? 너 정체가 뭐냐. 헌터인가 그런 거냐. 목소리는 애새끼는데."

"비슷하지. 칼 버리고 일어서. 이제 날 따라와라. 날 공격할 생각은 절대 하지 마."

"그러지."

연쇄살인범이었다.

그냥 일상이라 생각하며 지나쳤을 길을, 나는 이제 모른 척할 수가 없다. 들렸고 냄새가 맡아졌다. 게다가 개입할 힘과 능력까지 갖추고 있었다.

"흠."

가다가 뒤돌아서서 연쇄살인범을 노려보았다.

축 쳐진 눈매와 빼빼마른 얼굴. 툭 튀어나온 광대.

신고할까 아니면…….

"너 뭐야? 이런 능력자들도 있는 거야?"

"닥쳐. 입 다물고 따라와."

내 말에 살인범이 꿀 먹은 벙어리가 됐다.

나는 심한 갈등에 휩싸였다. 남궁철곤에게 영감을 받아서만이 아니었다.

방금 나도 괴물 같은 찰스의 목숨을 거두었다. 그렇기 때문에 나와 달리 원해서 살인을 저지르는 자를 심문해 보고 싶어졌다.

더해서, 그를 경찰에 넘겨서 강제로 자수하게 해봤자 이자는 뉘우치지 않을 것이다. 나도 정신 개조를 한 번 연습해볼까.

"후."

살인범의 두 손을 잡았다.

"소리 지르지 마."

우드드득!

"끅!"

살인범이 최선을 다해 비명을 삼켰다.

"이제 경찰에 가서 자수해. 내 얼굴과 목소리는 전부 잊는다. 최대한 간악하고 잔인하게 증거와 정황을 묘사해서 최대 형량을 받도록."

내 말에 살인범이 텅 빈 눈빛으로 고개를 끄덕였다. 그리곤 뒤돌아서 덜렁거리는 손으로 경찰서를 향해 걸어갔다.

"후으!"

아무래도 남궁철곤을 따라하기엔 맘이 내키지 않았다.

그래도 법과 질서가 아직 존재하니 만큼, 내가 살인범을 정신 개조하는 건 과하다 느껴졌다. 적어도 평생 손을 쓰지 못할 테니. 그걸로 예방은 한 거라 생각해야지.

집으로 돌아와 몸을 누였다.

정말 기나 긴 하루였다. 오늘은 이상하게 밤 때보다 더 피곤한 낮이었다.

다시 눈을 뜬 곳은 빅 쉘터 주변이었다.

멀찍이서 봐도 빅 쉘터는 난장판이 돼 있었다.

대형 투석기에 맞았는지 반 정도의 두꺼비집이 전부 박살 나 있었다. 아직 전쟁이 끝나지 않았는지 복구될 기색조차 없어보였다.

나머지 멀쩡한 반쪽에 줄어든 숫자의 우월자들이 움직이는 게 보였다.

"꿀락."

21위 서열을 단 상태로는 어느 리치 핏에도 들어설 수가 없다.

게다가 두 리치 핏 세력의 수장 모두가 내 페로몬을 알고 있었다.

바로 공격을 받진 않겠지만, 적어도 막연히 얼굴을 드러내기엔 성급한 상황이었다. 추궁 정도는 확실히 받게 될 테고.

잘못 걸리면 쉽게 몸을 빼지 못할 수도 있다.

일단 몸을 돌려 프리프로그로 향했다.

"꿀렉!"

의외로 프리프로그 역시 피해를 입은 모습이었다.

빅 쉘터처럼 처참하진 않았지만 제법 눈에 띄는 피해였다.

눈에 확 띄는 나를 보고 수백 마리 프리프로그가 뛰어 나왔다. 대부분 벙커에 숨어 있던 모습이었다.

-이게 어떻게 된 일이냐. 대포가 있는데 누가 이렇게까지 프리프로그를 공격한 거야?

-카몬님. 돌아오셨군요. 의도하신 대로 두 리치 핏 세력이 강력하게 전쟁을 벌였습니다. 게다가 아직까지 두 쪽 모두에서 정화 물질을 빼내고 있습니다. 그래서 회복은 가능합니다. 단지, 중간에 불행한 일이 좀 있었습니다.

달텅이 능숙하게 보고를 올렸다.

-계속해봐.

-저희 프리프로그에 대한 얘기를 흘려들었는지, 구석 쪽에 서식하는 군집체에서 단체로 침략을 해왔습니다. 당연히 대포를 대동해 물리쳤지요. 불행하게도, 그 때 전략적으로 우회해서 이동하던 빅 쉘터의 눈에 띄었습니다.

프리프로그의 급격한 확장에 불만을 품은 포식자 세력이 있었나 보다. 운 없게도 그들과 출동하던 중에, 전쟁 중인 리치 핏에게 발각됐던 것이다.

자연스레 추가 견제를 받았겠지.

그래도 내가 없던 것 치고는 잘 버텨냈구나.

-대포 부대를 들켰다 이거지.

-그렇습니다. 대응 사격해서 쫓아내긴 했습니다만, 아무래도 저희를 퍼스트 쉘터의 전초 기지로 오해하는 거 같습니다.

-공성 무기를 봤다면 그랬겠지. 오로지 리치 핏만 가능한 무기라 생각하니까.

-게다가 퍼스트 쉘터 쪽도 덩치 큰 정찰병을 보냈습니다. 공격은 하지 않았지만 급히 수거하던 대포를 분명히 목격했습니다.

-골치 아프게 됐군.

-그래서 일단은 복구보단 안전을 꾀하며 벙커에 숨어 있었습니다.

-잘했다. 일단 추스르고 있거라. 곧 명령을 내릴 것이다.

-알겠습니다. 죽은 조직원을 제외하면 현재 병력은 4천 정도입니다.

나는 급히 머리를 굴려보았다. 원래 의도했던 대로 퍼스트 쉘터와 빅 쉘터를 싸움 붙이긴 했지만, 그 사이에 프리프로그가 끼어버렸다.

"꿀렉."

위험 가능성이 컸다.

잘못해서 이간질한 게 탄로 나면, 그대로 두 리치 핏의 연합 공격을 받을 수가 있었다. 프리프로그는 남아나질 않겠지.

두 원수가 소통하기 전에 다시 내가 물을 흐려야 한다.

철퍽!

정화 물질 누출 지점으로 이동해 급히 정화 물질을 삼켰다.

"꿀럭! 꿀럭!"

[카몬 - 3층 - 15위.]

어느 정도 서열을 올린 뒤 곧장 퍼스트 쉘터로 향했다.

그래도 빅 쉘터보단 꾀기 쉬운 대상 같았다.

-1위님을 뵙고 싶다. 대포를 대동한 제3 세력이라고

하면 아실 것이다.

-음. 일단 말씀 드려 보겠습니다.

내 서열을 보고 퍼스트 쉘터 간부들은 쉽사리 날 내치지 않았다. 그들도 대포를 가진 군집체에 대해 전해들었을 테지.

잠시 후 간부가 돌아와 적대적인 기색으로 말했다.

-일단 뵙자고 하십니다.

-가지.

다행히 1위는 날 볼 의사가 있었나 보다. 함부로 내치면 빅 쉘터에게 붙을 수도 있단 걸 알고 있겠지. 내가 빅 쉘터의 수하인지 아닌지도 떠봐야 할 테고.

-그리토드님을 뵙습니다.

-이런 녹여죽일 자식! 저번에 본 공성 무기들은 네 것이었지? 빅 쉘터와 전쟁을 벌이며 내내 살펴보았는데, 그런 무기들은 본 적이 없다! 다 우리 것을 흉내 낸 투석기뿐이었어.

-거짓말을 한 건 죄송합니다.

나는 태연하게 혀를 바닥에 댔다. 그리곤 1위가 귀를 기울일 수밖에 없는 거짓말을 속삭였다.

-하지만 반드시 빅 쉘터의 탑을 무너뜨려야 했습니다. 안 그러면 놈들이 천장에 닿는 기괴한 상황이 벌어질 거 같았습니다. 4층 마물들이 노하면 큰 일 나지 않습니까.

-뭐라! 그게 무슨 소리야!

퍼스트 쉘터의 그리토드는 분명 빅 쉘터에 정찰 병력을 보냈을 것이다. 그래서 빅 쉘터에 탑다운 탑은 없다는 걸 알고 있었다.

그럼에도 탑이란 말에 혹했다.

-빅 쉘터에는 탑이 없습니다. 가장 구석 지역에 몰래 짓고 있지요. 이런 형태더군요.

꾸르르르.

나는 즉석에서 강-강도 물질을 만들어 와이어 프레임 구조로 피라미드를 만들었다.

그러면서 놀랍다는 듯이 말했다.

-이걸 보시면 위로 올라갈수록 지지 구조가 튼튼해집니다. 끊임없이 높은 구조를 지을 수 있지요.

"꿀레에엑!"

벙커 밖으로 빼꼼 고개를 내밀고 있던 그리토드가 쑥 상체를 드러냈다.

그 정도로 충격을 받은 것이다. 그도 그럴 것이 현재 눈에 보이는 그의 탑은 원시적이기 그지없었다. 수직 원기둥 형태의 탑이었는데, 높아지면서 옆으로 기울어지는 모습이었다.

-이럴 수가! 빅 쉘터 놈들이 정녕 저런 건축물을 짓고 있단 말이냐.

-그렇습니다. 절대 무너지지 않을 거처럼 보이더군요.

일부러 비교하듯이 그리토드의 탑을 바라보았다. 분명

까마득히 높았지만 더 건설하면 옆으로 기울어져 무너질 것처럼 보였다.

나는 정확히 그리토드의 아킬레스건을 찌른 것이었다.

-꿀렉! 믿을 수 없다. 당장 놈들을 막아야 해.

-그리고 그리토드님이 진짜 제대로 된 세모 탑을 세우셔야지요.

-무, 물론이다. 그런데 지난번엔 왜 거짓말을 했지?

내 파격적인 정보 제공에 그리토드가 잠시 분노를 가라앉혔다. 물론 실제 빅 쉘터는 어떠한 피라미드 구조도 보유하고 있지 않았다.

-저 홀로 빅 쉘터를 칠 순 없었습니다. 그렇다고 퍼스트 쉘터에 말해봤자 무시하셔서 받아주지 않을 거 같았습니다. 파악하셨겠지만, 제 세력은 서열이 낮은 자들로 구성돼 있습니다. 무기만 뛰어나죠.

-꿀락. 이해가 안 되진 않는군. 그래서 내 세력을 이용해 빅 쉘터의 힘을 약화시키겠다 이거였나?

-그렇습니다. 그래서 마무리를 지으려던 참이었습니다. 그리토드님이면 몰라도, 뭣도 아닌 우월자들이 천장에 닿게할 순 없었습니다.

-흠, 그래. 그래도 아직이다. 놈들에겐 병력이 제법 남아 있어.

그리토드는 내 말에 어느 정도 수긍하는 듯 했다. 절반은 진실이었을 뿐더러, 잠깐 내가 보여준 건축과 전략에 대한 숙련도 때문에 나를 인정하게 된 것이었다.

　-제게 생각이 있습니다.

　1위 그리토드에게 연합 침공 작전을 일러주기 시작했다.

　실제론 전투를 가장한 암살 작전이었다.

❖

　2시간 정도 준비를 한 뒤 퍼스트 쉘터와 합류했다. 프리
프로그 대부분을 대동하고서.

　"꿀라락."

　"꿀륵."

　프리프로그는 잔뜩 경직된 표정으로 나를 따랐다. 퍼스
트 쉘터의 거대한 마물들과 같이 전투를 벌인다는 게 믿기
지 않는다는 듯 했다.

　그도 그럴 것이 개체 서열만 따지자면 하늘과 땅 차이였다.

　"꿀르르."

　반면 퍼스트 쉘터 마물들은 프리프로그를 깔보면서도,
우리가 가진 무기들을 계속 힐끗거렸다. 여러 면에서 대포
는 투석기보다 훨씬 우월한 무기였다.

　드르르륵.

　-카몬이라고 했나. 정말 확실한 작전이겠지.

　서열 1위 그리토드는 이동형 벙커 속에서 퍼스트 쉘터를
이끌고 있었다.

머리만 **빼꼼** 내밀고 있는 모습이었다.

건축의 3층에서 최고 자리에 오른 자답게 조심성이 엄청 났다.

―이번 전투로 빅 쉘터를 확실히 끝낼 수 있습니다. 다음 엔 구석의 세모 탑을 공략하시죠.

―좋다. 상으로 네 세력을 거두어주고 세모 탑 건설에 참 여시키겠다.

다른 말로 하면 내가 가진 무기들을 전부 거두어들이고, 날 탑 건축에 부려 먹겠다는 거였다.

암묵적으로 흡수하겠다 통보하는 거다. 최고 서열답게 자기 마음대로네.

―감사합니다.

어차피 죽을 놈이었기에 대놓고 반발하지 않았다.

―자, 이 지점입니다.

―대형 투석기를 최장거리로 장전하라!

꾸드드득.

대형 투석기에 거대한 탄알이 먹여졌다. 퍼스트 쉘터의 작업량에서만 나올 수 있는 크기였다.

―발사하라!

텅! 텅!

거대한 탄알이 날아가 빅 쉘터의 두꺼비집을 때렸다. 거 친 충돌음과 함께 멀찍이 보이는 두꺼비집이 우르르 무너 졌다.

"꿀레에에엑!"

"꿀렉!"

-퍼스트 쉘터 놈들이다! 전부 죽여라!

도발 공격에 즉각 빅 쉘터 마물들이 반응했다.

투석기가 배치되는 건 물론, 거대한 마물들이 혀로 대못을 들고 도약해 왔다.

-아직 대응하지 마라!

-대포 부대. 장전.

드르르, 철컥!

내 명령에 프리프로그가 조직적으로 퍼지며 대포를 앞으로 겨눴다.

그 모습을 보고 퍼스트 쉘터는 기가 죽었는지 눈에 띄게 술렁거렸다.

-무, 무슨!

-저렇게 많은 무기가!

-제길! 전초 기지의 그 무기들이다!

파앙! 파앙!

일제히 대포가 발사됐다. 덩치만 믿고 덤벼들던 빅 쉘터 우월자들이 삽시간에 벌집이 됐다. 수십 마리가 풀썩 쓰러졌다.

-물러서지 마라! 여기서 물러서면 빅 쉘터는 끝이다!

"꿀레에엑!"

빅 쉘터 우월자들이 물러서지 않고 힘차게 도약하며

전진했다.

–다시 장전.

나는 빅 쉘터 우월자들이 땅에 착지할 때를 기다렸다.

계속 허공에 떠 있을 수도 없었을 뿐더러, 한 번 도약해서 닿을 수도 없는 거리였다.

–발사!

파앙! 파앙! 파앙!

"꾸렉!"

이번에도 엄청난 수의 빅 쉘터 우월자들이 죽었다.

–꿀락! 엄청나구나! 작은 마물들이 이런 파괴력을 내다니!

그리토드는 상당히 감명을 받은 듯 감탄을 내질렀다. 그러면서 내 대포들이 곧 자신의 것이 된다는 생각에 혀를 날름거렸다.

–카몬이라고 했나. 내가 꼭 옆에 있도록 해주지. 자, 퍼스트 쉘터여! 약해진 저들을 어서 쳐라!

"꿀라라락!"

그리토드의 명령에 우월자들이 무기화 된 혀를 치켜들고 뛰쳐나갔다.

투웅! 투웅!

빅 쉘터가 대형 투석기를 발사했다. 그 때문에 우리 쪽 피해가 적잖게 생기기 시작했다.

–작살 부대! 진입하여 견제하라!

<u>드르르르.</u>

퍼스트 쉘터 우월자들이 내 작살들을 직접 끌었다. 그러면서 빠르게 치고 들어가 빅 쉘터를 겨눴다.

터엉, 터엉!

작살들은 정확히 빅 쉘터 투석기들을 노렸다.

뾰족한 날이 박혀 들어간 대형 투석기들은 그대로 부서져 내렸다.

투석기 틀마저 강-강도 재질은 아니었으니까.

-좋다! 승기를 거머쥐었다!

-계속 밀어붙여!

"꿀라라라락!"

빅 쉘터는 그야말로 양동 작전에 맥을 추리지 못했다.

덩치 큰 보병들은, 대포와 대등한 덩치의 보병 병력으로 견제했다.

그나마 방어에 유리했던 대형 투석기마저 작살 부대에 당해버렸다.

"꿀레에엑!"

"꿀라락!"

어지럽게 우월자들이 뒤엉키는 중에서, 점점 전세가 기우는 게 보였다.

퍼스트 쉘터가 천천히 전선을 밀어내더니 끝내 빅 쉘터에 진입했다.

-두꺼비집을 아껴두심이 어떨지요. 탑을 지을 때 재료

공급이 원활할 겁니다.

-꿀락. 과연. 지혜로운 신하의 조언이구나.

내 제안에 그리토드는 고개를 끄덕였다.

이미 전쟁은 끝나가고 있었다.

내 대포 부대와 작살 부대 덕분에, 퍼스트 쉘터가 급작스레 압도적인 전력을 갖추게 된 것이었다.

그 결과로 몇 시간 만에 승리를 거두었고.

-꿀라락. 이렇게 쉽게 끝내다니. 카몬, 너는 아주 쓸만한 신하야.

-감사합니다.

이번엔 그리토드와 서열이 비슷하지 않아서 다행이다. 필요 없이 경쟁의식을 느끼지 않고, 당연하다는 듯이 나를 자기 아래에 두려 했으니.

-빅 쉘터 놈들을 철저히 죽여라! 아래 서열들은 항복할 경우 살려주어라! 내가 다시 거두어 탑 건설에 동원할 것이다.

"꿀레에렉!"

어지러운 중에서 전쟁이 마무리됐다.

마침내 빅 쉘터에 끝이 도래한 것이었다.

태반의 빅 쉘터 마물들이 혀를 바닥에 대고 다리의 힘을 풀었다. 항복의 뜻이었다.

-이런 찢어죽일!

-네 탑은 끝내 무너질 것이다!

전쟁이 정리되자, 3위부터 5위가 포로로 잡혀왔다.

혹시 1위가 직접 나서서 죽이려나. 놈이 벙커에서 나오나 지켜보았다.

그렇게 되면 내게 기회가 생길 테지. 지금 상황이라면 1위를 급습하기에 나쁘지 않을 것이다.

-하찮은 것들. 내가 내버려둘 때 미리 주제 파악을 하고 세금을 냈으면 이런 일이 없었을 거 아니냐!

-꿀락! 죽일 거면 빨리 죽여라.

3위부터 5위에겐 항복해도 죽인다는 거짓말을 해놓은 상태였다. 그래서 그들은 오히려 포로로 잡히고도 거친 자세를 보였다.

-그렇게 원한다면! 대포를 겨냥해라.

❖

그리토드는 어떻게든 빅 쉘터 지도자들을 빨리 죽이고 싶었나 보다.

내 무기로 죽이려고 하는 걸 보면 말이다.

-발사하라!

파앙! 파앙!

"꿀렉!"

그래도 한 때 퍼스트 쉘터에 대적할 만한 조직을 이끌던 지도자들이 온 몸에 구멍이 나서 즉사했다.

널브러진 지도자들의 시체를 보고 빅 쉘터 전체가 항복하기 시작했다.

"꿀라라라락!"

그리토드가 만족스럽게 포효했다.

마침내 3층을 장악했다는 자축 행위였다.

-그리토드님. 잠시 드릴 말씀이 있습니다.

한껏 상기된 분위기 속에서 조용히 그리토드에게 속삭였다.

-무엇이냐. 말해 보거라, 전쟁의 일등 공신이여!

그리토드는 절대적으로 날 신임하는 중이었다.

실제로도 나 덕분에 전쟁을 이긴 게 맞았다.

-다른 이들이 탑을 보면 좋을 게 없을 겁니다.

-아! 조용히 무너뜨리는 게 좋겠지?

-물론입니다. 그리토드님이 세모 탑을 세운 첫 번째가 되셔야지요. 흉내 냈다고 오해하면 큰일이잖습니까. 저도 그래야 맞다고 생각합니다. 그러면 천장에 닿는 게 말이 되지요.

-꿀락. 물론이다. 최고만이 천장에 닿는 일을 이뤄내야 하는 법이지. 역시 넌 지혜롭다.

-소수 병력만 이끌고 가시죠.

-그래.

-먼저 가시죠. 병력을 적절히 갈무리하고 가겠습니다.

-오냐! 어서 오거라. 같이 영광을 나누자.

-물론입니다, 3층의 주인, 그리토드님이시여.

"꿀라라락!"

내 말에 그리토드가 기분 좋게 웃었다.

그리곤 정예 병력만을 이끌고 내가 가리킨 구석 쪽으로 이동했다.

-프리프로그는 전부 대포를 점검하도록 한다! 퍼스트 쉘터가 빅 쉘터를 장악하는 동안, 외곽으로 이동해 대기한다!

-알겠습니다!

[학습률 1000% 선택.]

나는 조용히 빅 쉘터의 정화 물질을 들이켰다.

소화량과 먹는 양이 많아서 성장 속도가 엄청나게 빨랐다.

[Lv.33216 / 힘: 33.216 / 민첩: 33.216 / 지구력: 33.216]

[카몬 - 3층 - 3위.]

순식간에 서열을 올렸다.

원래는 시간이 좀 더 걸릴 테지만, 3위부터 5위가 죽어버린 덕분에 시간이 단축됐다.

게다가 전쟁 중에 그 아래 서열들도 수두룩하게 죽어나갔다.

-달팅. 준비해온 걸 가져 오거라.

-알겠습니다!

달텅이 프리프로그 몇 십 마리와 함께 숨겨두었던 수레를 끌어왔다.

털컥, 턱!

나는 수레에서 강-강도의 갑옷을 꺼내들어 입었다. 중세 기사의 갑옷을 개구리 형태로 제작한 것이었다.

수많은 전투를 관찰한 뒤, 가장 취약한 부분들을 보호하기 위해 제작했다.

-다녀오십시오.

-그래. 곧 끝나겠구나.

내 말에 달텅이 기쁘면서도 우울한 기색을 지었다. 매우 기억에 남는 표정이었다.

철퍽!

나는 그리토드가 향한 곳으로 이동했다.

그는 이동형 벙커에서 나를 불러 세웠다. 약간 짜증이 난 듯 했다.

-카몬! 전쟁을 이기도록 도운 건 고맙다만, 왜 내게 또 거짓을 말한 거지? 세모 탑 대신 작은 탑 몇 개밖에 없잖느냐!

그리토드의 말은 사실이었다.

피라미드 대신 덮개가 씌워진 소형 탑만 4개 자리를 잡고 있었다.

-함정을 발동하라!

철커덕! 콰광!

내 말에 숨어있던 프리프로그가 튀어나와 숨겨진 장치를 활성화시켰다.

사실 이곳은 중–강도로 내가 만들어낸 인공 대지였다. 일반 대지 위에 고도를 높여 만든 대형 함정 공간이었다.

3층 마물들은 지성이 제한돼 있었기에, 정화 물질로 아예 대지 규모의 건축을 할 생각은 못했다.

"꿀락!"

땅이 푹 꺼지며, 4개의 탑을 경계로 하여 그리토드와 그의 호위대가 구덩이에 빠졌다.

-카몬! 이게 무슨 짓이냐!

-폐기물 탑을 열어라.

탑 4개 중 2개가 열렸다.

그러자 펌프 원리에 의해 탑에서 콸콸 폐기물이 쏟아져 나왔다.

-대포 탑! 조준하고 발사하라!

내 명령에 다른 2개의 탑이 덮개를 열었다.

그리곤 마구잡이로 구덩이 안으로 대포를 쏘기 시작했다.

파앙! 파앙!

"꿀레에엑!"

그리토드의 정예 부대는 그대로 대포에 맞아버렸다. 구멍 난 상처로는 급격히 폐기물이 쏟아져 들어갔다.

콰아아아.

2개의 탑은 계속해서 폐기물을 쏟았다.

이제 거대한 이동형 벙커가 잠기려 하고 있었다.

"꿀르르륵!"

털컹!

마침내 갑옷처럼 닫혀 있던 이동형 벙커가 열렸다. 그리곤 3층에서 가장 거대한 덩치를 가진 그리토드가 튀어나왔다.

-카몬! 내가 직접 네 놈을 찢어죽이겠다! 결국엔 네가 다 해먹으려고 날 이용한 거구나!

-너무 덜컥 믿은 네 잘못이지. 느긋하게 조직을 운영하다 감각이 둔해진 것이다.

"꿀레에엑!"

그리토드가 붉은 문양을 띄워 독가스를 둘렀다.

그 외에도 채찍처럼 긴 혀를 꺼내 들었다. 끝이 도끼처럼 단단한 모습이었다.

"꿀렉!"

쾅!

그리토드가 기나 긴 혀를 찍어 내렸다.

그리곤 곧장 내가 있는 곳으로 뛰어왔다.

나는 급히 뒤로 도약해 거리를 벌렸다.

-대포 발사!

파앙! 파앙!

꾸드득.

탑에서 대포를 발사했지만 그리토드는 등껍질을 단단하게 만들어 자신을 방어했다. 앞을 노려야겠군.

−어디 죽을 때까지 도망가 보거라! 어차피 내가 무조건 네 위다!

[각성.]

철퍽!

그리토드는 자신의 압도적인 힘에 잔뜩 취해 있었다.

방금 전쟁에서 덩치만이 전부가 아니란 걸 봤음에도, 아직도 원시적으로 생각하고 있었다.

쾅!

나는 찍혀 내리는 혀를 조금만 피했다.

서걱!

그리곤 낮 혀로 그대로 긴 놈의 혀를 절단했다.

"꾸레에에엑!"

그리토드는 반쯤 절단된 혀를 보고 비명을 내질렀다.

−대포 발사!

퍼엉! 퍼엉!

이번엔 대포가 먹혀 들어갔다.

텅!

난 힘껏 전진해 몸에 구멍이 난 그리토드를 폐기물 구덩이로 밀어 넣었다. 놈이 중간에 너덜너덜한 혀를 휘두르긴 했지만, 미리 입고 있던 갑옷이 충실히 막아주었다.

덕분에 독가스 피해도 적었다.

"꿀르르륵!"

폐기물이 몸으로 쏟아져 들어가자, 아무리 그리토드라도 버틸 수 없었다.

끝내 벙커에 숨어 있던 1인자를 끌어내 제거하는 데 성공했다.

이제 3층도 끝이었다.

[1인자 등극을 축하합니다. 4층으로 신분상승하시겠습니까? 아니면 3층의 특혜를 누리며 안정적인 삶을 택하시겠습니까?]

4층으로 가는 대신, 14층으로 생략될 것이다.

승낙하려고 하는데 뫼비우스 초끈이 흥미로운 지령을 내렸다.

[추종자 퀘스트 – 달텅을 추종자로 데려가려면, 대포의 메커니즘을 오픈 소스로 공개하고 프리프로그의 정체성을 확립해주십시오.]

나는 혀를 꺼내들어 땅을 툭툭 쳤다.

달텅의 표정이 사뭇 궁금해진다.

굳이 따지자면 번거로움이고 시간 투자였다.

추종자 퀘스트를 완료하는 것 말이다.

3층에서 세력을 확장하며 충분히 달텅의 충성심이나

쓰임새 등을 확인했다.

하지만 그건 3층에서의 얘기였다.

그나마도, 2층에서 스네이커즈로 활동했던 경험을 적극적으로 써먹게 해준 것이었다. 인적 자원 관리를 통해 말이다.

3층에서 달텅은 건축에 관해 딱히 두각을 드러내지 못했다.

"꿀꺽."

14층에 가면 더더욱 격차가 커질 것이다.

육체 지능은 높아질 테지만, 타고난 감각이나 지성 등은 제한될 터였다.

그럼에도 데려가기로 맘먹었다.

단순히 그가 쓸모 있거나 믿을 만 해서가 아니라, 이제까지 날 보필해준 게 고마워서.

사실 달텅이 없었다면 매 번 낮에 자리를 비울 때마다 프리프로그가 흔들렸을 것이다.

신분상승할 때까지 시간이 훨씬 더 걸렸을 테고.

-달텅!

-네! 카몬님!

-퍼스트 쉘터 병력이 사라진 상태로군.

-그렇습니다. 2위가 갑작스레 움직이더군요. 신경 쓰지 않기로 했습니다. 오오, 그나저나 카몬님 서열이!

-그렇다. 그리토드를 제거했다. 이제 곧 올라갈 거 같아.

-그렇군요…….

내 페로몬에 달텅이 축 처진 모습으로 혀를 끄덕였다.

나는 일단 의사를 확인해보고 싶어 물었다.

-달텅. 나와 함께 올라갈 수 있다면 그리 하겠느냐?

-꿀레엑! 물론입니다! 하지만…… 저는 너무 서열이 낮아 이번엔 카몬님을 뒤이어 1위에 도달하지 못할 거 같습니다.

그러다 달텅이 실낱같은 희망을 보았는지 펄쩍 뛰었다.

-그렇지! 프리프로그에게 말씀해 두시면, 계속 정화 물질을 먹어서 최대한 빨리 커지겠습니다. 그리고 언젠가 1위가 되어 4층으로 따라가겠습니다. 너무 늦으려나요?

희망에 찬 달텅의 두 눈알에 대고 말했다.

-그럴 필요 없다.

-역시 너무 오래 걸리겠지요.

달텅이 절망스럽게 혀를 바닥에 툭 댔다.

이번엔 복종의 표시가 아니라, 진짜 힘이 빠져 내려놓은 것이었다.

-너는 나와 14층으로 올라갈 것이다.

"꿀레에엑!"

내 말에 달텅이 이제껏 본 것 중 가장 높게 펄쩍 뛰었다.

-그게 무슨 말씀이십니까?

-위층은 더 어렵고 까다로운 생태계일 것이다. 그래도 좋아?

-물론입니다. 카몬님을 따라오지 않았다면 저는 2층에서 불평불만만 하다가 죽었을 겁니다. 단순히 카몬님을 모실 수 있다는 거 외에도, 새로운 몸과 세상을 맛보고 싶습니다!

-좋다. 바로 그 자세다.

달텅은 내가 생각한 대로, 위험 부담을 품고 새로움을 추구할 줄 아는 마물이었다.

비록 능력 면에선 딸릴지 몰라도, 나와 같이 올라가며 적응하기엔 충분하지.

-좋다. 대기하고 있어라.

-꿀렉! 정말 감사합니다, 카몬님! 위층에서도 열심히 모시겠습니다!

신나하는 달텅을 뒤로 하고 프리프로그에게 향했다.

-프리프로그는 전부 듣거라!

"꿀렉!"

내 페로몬을 듣고 일제히 프리프로그가 얼어버렸다. 몇 천 마리의 마물들이 눈알만 대록 거리며 날 쳐다봤다.

단숨에 1위로 등극한 내가 놀라운 것이었다.

-너희 모두에게 대포의 비밀을 공개하도록 하겠다! 이제부터 약한 마물들은 스스로를 보호할 수 있게 될 것이다!

"꿀라라라락!"

"꿀라락!"

내 선언에 일제히 모든 마물들이 혀를 높이 치켜들었다.

-또한! 프리프로그는 약한 자들을 대변하는 조직이 될 것이다. 나는 곧 사라질 몸. 프리프로그 내 두 번째 서열자는 나아오라.

내 말에 2011위가 나아왔다. 새로 영입한 조직원 중 가장 높은 자였다.

-묻겠다. 프리프로그가 제3의 리치 핏처럼 되길 바라는가?

내 말에 2011위가 기특한 대답을 올렸다.

-아닙니다. 저는 분명히 보았습니다. 제가 깔보던 약하고 작은 마물들이, 카몬님의 무기를 들고 거대한 두꺼비집과 우월자들을 쓰러뜨리는 걸 말입니다. 제가 앞장서서 약자들을 지키겠습니다.

〈3권에서 계속〉